古典文獻研究輯刊

四 編

曾永義 主編

第23冊

清初蘇州崑腔曲律研究
——以《寒》《廣》二譜與傳奇作品爲論述範疇（上）

李佳蓮 著

國家圖書館出版品預行編目資料

清初蘇州崑腔曲律研究——以《寒》《廣》二譜與傳奇作品為
論述範疇（上）／李佳蓮 著 — 初版 — 新北市：花木蘭文化
出版社，2012〔民101〕
目 6+156 面；19×26 公分
（古典文學研究輯刊 四編：第 23 冊）
ISBN：978-986-254-772-4（精裝）
1. 清代戲曲 2. 戲曲評論
820.8 　　　　　　　　　　　　　　　101001747

ISBN-978-986-254-772-4

古典文學研究輯刊
四 編 第二三冊 　　　　　ISBN：978-986-254-772-4

清初蘇州崑腔曲律研究
——以《寒》《廣》二譜與傳奇作品爲論述範疇（上）

作　　者　李佳蓮
主　　編　曾永義
總 編 輯　杜潔祥
出　　版　花木蘭文化出版社
發 行 所　花木蘭文化出版社
發 行 人　高小娟
聯絡地址　新北市永和區中正路五九五號七樓
　　　　　電話：02-2923-1455 ／傳真：02-2923-1452
網　　址　http://www.huamulan.tw 信箱 sut81518@ms59.hinet.net
印　　刷　普羅文化出版廣告事業
初　　版　2012 年 3 月
定　　價　四編 32 冊（精裝）新台幣 52,000 元

清初蘇州崑腔曲律研究
——以《寒》《廣》二譜與傳奇作品爲論述範疇（上）

李佳蓮　著

作者簡介

李佳蓮，女，一九七五年生，台灣台北縣人，已婚，育有可愛一女。台灣大學中文所博士，現職明道大學中文系助理教授，擔任國科會研究計畫主持人，考試院高等考試命題委員。曾三度榮獲教育部「優質通識教育課程」獎助，以及國科會人文學中心「暑期進修訪問學人」、「年輕學者學術輔導與諮詢」獎助，2010 年榮獲第五屆中國海寧王國維戲曲論文一等獎，以及明道大學教學優良教師、優良導師。曾任教於國立台灣戲曲學院戲曲音樂學系兼任講師，研究領域為古典戲曲、現當代戲曲、民間文學，著有博士論文《清初蘇州崑腔曲律研究——以《寒》《廣》二譜與傳奇作品為論述範疇》及學術論文多篇，發表於國內外各大學術期刊。

提　　要

本論文的議題是「清初蘇州崑腔曲律研究」，其定義與內容乃是：清初順、康二朝蘇州府所轄一州七縣，目前所能考察之此時地崑腔曲律發展與變化情形，所謂「崑腔曲律」一般包含兩個部分：一為文學方面的曲詞部分，一為音樂方面的曲調部分，本論文乃以崑曲曲詞文字、包含曲牌之句讀正襯等格式以及曲牌聯套規律等文學部分為研究範疇，而非「崑曲曲調旋律之高低快慢等音樂」方面的探討。至於研究動機，是從既有的研究成果來看，一者關於清初蘇州地區既有的研究成果尚不及「曲律」此區塊，二者則日漸重視的地方戲曲腔調研究仍不及此時地，因此，針對「清初蘇州崑腔曲律」作出專題探討者仍闕之弗如，本論文即嘗試為這極為重要卻仍空白的諾大區塊補缺拾遺。

　　而曲譜則是研究崑腔曲律的第一手資料，然囿於現存清初曲譜都是文字譜，且大多不收常用聯套，因此，本論文以崑曲曲詞之文學部分作為探討重點，對於曲牌聯套規律，則必須憑藉崑曲以為載體的劇本—傳奇。是以筆者以產生於清初蘇州地區的張大復《寒山堂曲譜》、李玉《北詞廣正譜》此南北二譜，以及十多位清初蘇州劇作家現存五十五部傳奇劇本，作為本論文的論述範疇。

　　至於本論文的研究步驟，首先，在第壹章探勘清初蘇州地區所能考知的各式戲曲腔調劇種，以期掌握崑山腔面對明末清初諸腔並起時的處境；繼而嘗試釐清張大復《寒山堂曲譜》繁雜的版本問題，藉此瞭解清初曲家對於曲譜的編纂態度與曲律演變的審美心態。接著，第貳、參章即據張大復《寒山堂曲譜》、李玉《北詞廣正譜》二譜觀察清初崑腔曲律，以分析曲牌格律變化、研究曲牌形式異同，作為研究崑腔曲律發展與變化之途徑。繼而，第肆章針對清初蘇州劇作家傳奇作品，檢驗當時地崑曲聯套規律之發展；終至，第伍章探討劇作中聯套規律與排場處理之關係。

　　本論文還嘗試運用多種研究方法，以應不同議題的探索：第壹章首先全面概觀，從筆記叢談等原典文獻，以及近人相關論著中爬梳整理各地方腔調的蛛絲馬跡，繼而以考證論辨的方式，釐清張大復《寒山堂曲譜》的版本問題。第貳、參章則以張譜、李譜作為觀察曲牌格式的基準，與其前、後具代表性之諸家曲譜進行校讎比對、歸納異同。第肆、伍章則進一步開展，先就清初蘇州劇作家作品所運用的聯套進行統計與分類，嘗試用「量化」的方式，客觀比較明清前後之異同，繼而進一步分析聯套運用與排場處理，在方法上便大量援引劇例以茲檢驗證明。

經過全文的討論，筆者以為，崑腔曲律自明中葉魏良輔創發為水磨調之後，在晚明蓬勃茁壯，待入清之後已經過近百年，彼時在前人的豐厚基礎上，既有所繼承延續、也有所拓展啟發，然更多的是進一步的蛻變與衍化：

首先看到繼承延續方面，就曲牌的整理而言，從張大復《寒山堂曲譜》約有近四成是全同於以往諸譜，可見這部分是構成崑腔曲律性格穩定、鞏固自身特質的基石；就曲牌的性質而言，大部分常用的曲牌在性格及其使用的次序、方法上，是不容許有太大的歧異與突變；就聯套的形成與襲用來說，明傳奇發展的初期，事實上已奠定了日後創作所需的大部分基礎，這些班底一路沿用至清初，甚至佔了清初劇作五、六成之多的份量；就北套的運用來說，無論是從《北詞廣正譜》所存「套數分題」或者傳奇劇本所使用的北套來看，清初廣為使用者，體製都相當固定、幾乎是顛撲不破；就關目情節的運用而言，明傳奇常見的關目到了清初，仍見基本型態的續用；就排場的運用來說，前輩學者所歸納出特殊排場的慣用熟套舉例，也大多可見於清初蘇州劇作家劇作中，少有完全的悖離與歧異。

凡此種種，皆可見出崑腔曲律自魏良輔製定以來，即已揮別南曲戲文隨心可唱的即興散漫，而有一套顛撲不破的規律與法則，此套規矩撐起崑曲的基本骨幹，成為異於其他聲腔的獨門特色。然而行至清初，在繼承之餘畢竟有所開拓與啟發、進而發展變化，筆者以為，有以下幾個方向可尋：

（一）部分曲牌之格式日趨鬆散：

比對張大復《寒山堂曲譜》所收曲牌格式與以往諸譜的異同之後，可以發現：清初決定曲牌格式變化的幾項因素往往一齊發生變化，大幅度地動搖曲牌既有的格式，以致曲體與本格面目迥異。相應於劇作家的創作亦復如是，清初傳奇作品的聯套常有異於明代熟套者，如以一般聯套來說，就可見出單曲型、變異型、雜綴型等多種複雜面貌。整體看來，從張大復《寒山堂曲譜》約有六成內容異於舊譜，而劇作家作品又有將近三成聯套不見於明代熟套的現象可知，清初部分崑曲曲牌的內在規律已日趨鬆散。

（二）宮調統轄力漸失：

此從張大復、李玉編譜時對宮調的處理頗多異於舊譜之處即可看出。張譜對於部分曲牌的歸屬以及宮調的統納與前譜大異其趣，透露出對於南北曲界線的模糊、對於犯調與否的劃分不一、對於板式下定與格式的淆亂等曲律演變的訊息。至於李譜是首部以十七宮調架構全譜的北曲譜，然而這十七宮調實際上從未被應用於曲譜系統以及實際創作之中，李玉等編譜者煞有介事地架構全書，反而突顯出編譜者的「不識時務」，之所以如此，實出於宮調實際的統轄能力已漸消失，以致清初編譜者對於宮調觀念的日趨模糊。

（三）舞台搬演日趨重視：

上述曲牌格式日趨鬆散、宮調統轄力的漸失，均指向同一意涵，即：舞台搬演日趨重視。此點就四個層面來說：首先，就曲譜的編纂立場而言，張大復屢次明言是基於作劇者實際的需要，一切以音律為導向，可知該譜以實際的舞台搬演為依歸。其次，就曲譜的內容而言，可以發現張譜頗多處提到和演唱、搬演相關的問題。其三，就曲譜的形式而言，張、李二譜不約而同地刪去以前眾譜極為重視的旁注平仄，張譜悉心增列拍數，李譜還是第一部標點板眼的北曲譜，均透顯著由格律譜朝往工尺譜的方向過渡，可知清初蘇州曲學家們對於崑腔曲律的關注，已是進入了審音度律的曲學層面。其四，就清初傳奇劇本所見排場處理而言，往往靈活調度，都可見出清初蘇州劇作家們所努力發展，是朝著加強戲劇性、豐富表演性的方向駛去。

（四）北曲崑山水磨調化

上述南曲曲牌格式的日趨鬆散、宮調統轄力的漸失，也可見於北曲，而北曲這種內在規律的消解，一言以蔽之，即「崑山水磨調化」。自明中葉以來傳入蘇州地區的北曲，早已在耳濡目

染之下深受南曲影響，在明末尚且能保有自身體質而與南曲齊頭並進、並推隆盛；但到了清初，此「南曲化」甚且「崑山水磨調化」日益浸染，終至崩散消解了北曲內在的規律，使得清初蘇州地區的北曲呈現和元代北曲大異其趣之貌。

綜合全論文的探討，可知蘇州地區由於特殊的地理環境、文化氛圍，在鼎革之後、百廢待舉的清初時期，對於崑腔曲律自明代以來既有的豐富成就，不僅有所繼承傳續、涵養容受，同時開創新局、拓展視野，甚且消解既有的規範與秩序，進而產生更多的發展與變化，揭示著當時地處於新舊交替、關鍵樞紐的重要時期。由此看來，對於清初蘇州崑腔曲律之研究，實有其不容忽視的意義與價值。

本論寫作期間，榮獲國立傳統藝術中心第七屆博士論文研究獎助，謹申謝忱。

謹以此論文，紀念敬愛的先父李公文章，並獻給親愛的母親吳淑妮女士。

目

次

緒　論

　　清初蘇州地區在中國戲曲發展史上佔有關鍵樞紐的地位，論時期則上承明代豐碩成果而力求突破發展，下開乾隆以後地方戲曲滋生漫衍的契機；論地域則蘇州人文薈萃、歌舞繁華，素稱人間天堂、況為崑曲之鄉；當時以李玉為首的十多位蘇州劇作家，以其創作陣容之龐大眾多、作品數量之豐富可觀、風格之新穎獨特，成為異軍突起、耀眼矚目的一環，其重要性自不待言。

　　在眾多研究課題之中，本論文將焦點鎖定在「崑腔曲律之發展與變化」，此研究論題之定義與內容、研究動機與範疇、研究步驟與研究方法分述如下：

一、研究論題之定義與內容

　　本論文對於「清初」的定義為清代順、康二朝；「蘇州」實則廣義之蘇州地區，雍正以前蘇州府沿襲明制，轄有一州七縣：太倉州、吳縣、長洲縣、崑山縣、常熟縣、嘉定縣、吳江縣、崇明縣，故本文所云「蘇州」非僅以「蘇州府治所在地（吳縣、長洲縣）」為限，乃包括此一州七縣之蘇州地區。

　　接著談到「崑腔曲律」的定義。關於「崑腔」乃至「崑山腔、崑山土腔、崑山水磨調、崑曲、崑劇」等名詞，各具有不同的意涵，曾師永義〈從崑腔說到崑劇〉一文辨之已明，[註1] 本文研究範圍既為清初蘇州，自是指明中葉魏良輔等人改良提昇之後、發展成熟的崑山水磨調而言，惟因求行文簡潔順暢而以崑腔或者崑山腔、崑曲代之。「崑腔曲律」簡稱「曲律」，近代曲學大師王季烈之子王守泰在《崑曲格律》書中提到「曲律」約有兩大層次的意涵：

〔註1〕　曾師永義：《從腔調說到崑劇》（台北：國家出版社，2002年），頁190。

一爲古人所謂：

> 前人除去留下來豐富的崑曲劇本以外，還有不少有關崑曲的專門著
> 述。這些著作分別從不同角度對崑曲唱曲和作曲的實踐及理論進行
> 了敘述、記錄和討論，這些內容概括地叫作「曲律」。〔註2〕

王守泰並以明代曲論家王驥德《曲律》爲例，說明古人以「曲律」概括對於
崑曲唱作的實踐及理論等各方面的探討。第二層次的意涵，是在今天看來：

> 在今天看來，曲律就是總結崑曲實踐經驗上升爲理論後的產
> 物。……崑曲曲詞（文學部份）的組成，曲調（音樂部份）的組
> 成，曲詞與曲調的配合，以及曲調的組織，都是深合漢語語言音
> 調的客觀規律的。崑曲實踐家根據生活實踐經驗，自不同方面加
> 以豐富，創造了合乎漢語語言音樂性自然規律的作品，理論家再
> 把這些作品加以分析歸納整理而定出格式，於是就形成了曲律。
> 所以總的說來，曲律是一門研究崑曲文學和音樂規律及格式的學
> 問。所以我們今後就稱之爲「崑曲格律」——「格」是格式，「律」
> 是規律。〔註3〕

若根據王氏說法，則第一層次的意涵還包含戲曲理論如明王驥德《曲律》者，
並非本論文所欲關注，姑先不論；第二層次的意涵似爲近人之說，則又包含
兩個部分：一爲文學方面的曲詞部分；一爲音樂方面的曲調部分，此二者組
織統整、相互配合協調始成完整的崑曲藝術，「曲律」便是研究其格式與規律
的學問，本論文所言「崑腔曲律」即指向此。

那麼，如何能夠研究「崑曲文學和音樂規律及格式」呢？當以曲譜爲第
一手資料。王季烈《螾廬曲談》卷三〈論譜曲〉首云：

> 釐正句讀、分別正襯、附點板式，示作曲家以準繩者，謂之曲譜；
> 分別四聲陰陽、腔格高低、旁注工尺板眼，使度曲家奉爲圭臬者，
> 謂之宮譜。〔註4〕

周維培先生據此說明到：

> 曲譜按其性質和使用對象，可分作文字譜與音樂譜兩種。文字譜傳
> 統上稱作「曲譜」或「格律譜」；音樂譜，一般又稱作「宮譜」或「工

〔註2〕 王守泰：《崑曲格律》（南京：江蘇人民出版社，1982年），頁1。
〔註3〕 同前註，頁2。
〔註4〕 王季烈：《螾廬曲談》（台北：台灣商務印書館，1978年），卷三，頁1。

尺譜」。〔註5〕

可知前者稱「曲譜」、「格律譜」、「文字譜」者，乃研究崑曲曲詞文字之句讀正襯等文學部分；後者稱「宮譜」、「工尺譜」、「音樂譜」者，乃研究崑曲曲調旋律之高低快慢等音樂部分。從曲譜的編纂歷史來看，清初蘇州地區恰爲私修格律譜的發展顛峰、官修工尺譜即將興起的重要關鍵時期，適足以提供後人觀察此時地之崑腔曲律極爲豐富可靠的研究資料。也因爲現存曲譜中在乾隆《九宮大成南北詞宮譜》等工尺譜興起之前，清一色屬於格律譜，因此，本論文對於清初蘇州崑腔曲律的探討，就必須根據出現在此時地之格律譜，將重點鎖定在「崑曲曲詞文字之句讀正襯等文學部分」，而非「崑曲曲調旋律之高低快慢等音樂」方面的探討。

　　至於，崑曲曲詞文字之規律與格式，究竟包含哪些內容呢？王守泰接著詳細說道：

> 一折崑曲中，不同曲牌的曲子配合成套的格式叫作「套數」。套數是怎樣構成的；每一個曲牌，其曲詞的句法是怎樣的；某一句應當用幾個字，哪幾句的字數可以有些變動，哪幾句的字數一定不移，在哪個字位上應當點板，哪一個字位要押韻，哪一個字位必須用四聲中的某一聲，或者哪些字位可以不受四聲的拘束；工尺譜裡面，曲詞中哪個字位所配工尺是個「主腔」，譜曲時要求較嚴，哪些字位所配工尺腔調可在較大的範圍內變動，這些都是崑曲格律中的研究對象……。〔註6〕

這段話中「工尺譜裡面……」以後爲論音樂旋律者，姑且置之；前大段敘述包含二方面：一爲套數的構成格式與規律，二爲曲牌的曲詞格式與規律。關於套數的構成，鄭因百（騫）先生於《北曲套式彙錄詳解》〈序例〉開宗明義云：

> 一套之中所用牌調，其數量之多寡、位置之先後，皆有一定法則，是即所謂套式。苟不遵套式而任意增減移動，即成紛亂之噪音而非美妙之樂歌。每一牌調，各有其高下疾徐，依聲協律、以類相從，自不能有所顛倒錯亂也。〔註7〕

〔註5〕　周維培：《曲譜研究》（南京：江蘇古籍出版社，1999 年），頁 6～7。

〔註6〕　王守泰：《崑曲格律》（前揭書），頁 6。

〔註7〕　鄭因百（騫）先生：《北曲套式彙錄詳解》（台北：藝文印書館，1973 年），頁 1。

可知不同的曲牌「配合成套」時「以類相從」的「一定法則」，即其構成的格式規律，一般稱爲「套式」或「聯套規律」；關於曲牌詞句，鄭因百先生也說道：

> 曲爲配樂之詩，首重協律，自須有其固定之格式……所謂格式，包括六項要目：（一）句數：全曲共若干句。（二）字數：全曲共若干字，每句各占多少。（三）句式：句中之字如何分配。例如：同爲五字句而有上二下三與上三下二之別，同爲七字而有上四下三與上三下四之別。（四）調律：句中某字須平，某字須仄，某字平仄不拘；而有時平聲須辨陰陽，仄聲必分去上。（五）協韻：某句必協韻，某句必不協韻，某句可協可否。（六）對偶：某些句必須對偶，某些句必不對偶，或可對可否。〔註8〕

說法與王守泰上引者大同小異而更具條理，可知崑曲爲曲牌體音樂，其最小組成單位當爲「曲牌」，每一曲牌都有句數等六項要目作爲固定之格式，由此而產生特殊的音樂旋律，便是該曲的「格律」，〔註9〕簡稱「曲律」，〔註10〕或稱「格式」〔註11〕、「字格」〔註12〕等等。崑曲的每一折戲，便是由若干支曲牌配合成套、由若干套聯套，填上曲詞文字、譜出曲調音樂，於舞台上搬演

〔註8〕 鄭因百（騫）先生：〈論北曲之襯字與增字〉，該文原作〈北曲格式的變化〉，載於 1950 年《大陸雜誌》一卷七期，後於 1973 年增補並改題爲〈論北曲之襯字與增字〉，收入鄭因百（騫）：《龍淵述學》（台北：大安出版社，1992 年），頁 119。

〔註9〕 此觀點除了見鄭因百（騫）先生文章之外，還見曾師永義：〈中國詩歌中的語言旋律〉：「就中國韻文學來觀察，構成『語言旋律』的因素，究竟包含哪些呢？……它的體製規律是由字數、句數、句長、句式、平仄、韻協、對偶等七個因素所構成，這七個因素也就是構成韻文學體製規律的基本因素。」，又見〈中國地方戲曲形成與發展的徑路〉：「曲牌俗稱『牌子』，是元明以來南北曲、小曲、時調等各種曲調的泛稱，每一曲牌都有一定的字數、句數、句式、平仄、韻協、對偶作爲基礎，由此而產生特殊的音樂旋律。」分別收入《詩歌與戲曲》（台北：聯經出版社，1988 年），頁 2～3；頁 116。

〔註10〕 即王守泰：《崑曲格律》所云「崑曲格律」簡稱「曲律」。

〔註11〕 稱「格式」者還有鄭因百（騫）先生：《北曲新譜》〈凡例〉：「所謂『格式』，包括每一牌調之字數、句數、句式、平仄、韻協及增句等諸項。」（台北：藝文印書館，1973 年），頁 1

〔註12〕 稱「字格」者有吳梅：《顧曲塵談》〈第一章 元曲〉：「所謂字格者，一曲中必有一定字數，必有一定陰陽清濁，某句須用上聲韻，某句須用去聲韻，某字須陰、某字須陽，一毫不可通借。」收入《吳梅全集》（石家莊市：河北教育出版社，2002 年），理論卷上冊，頁 5。

唱作而成。因此，若要研究崑曲曲詞之格式與規律，「曲牌格式」與「聯套規律」是不可或缺的兩大內容。

總上所述，可知本論文的研究論題爲「清初蘇州崑腔曲律研究」，其定義與內容，即是：清初順、康二朝蘇州府所轄一州七縣，目前所能研究考察之此時地崑腔曲律發展與變化情形，囿於現存文獻，而以崑曲曲詞文字、包含曲牌格式與聯套規律爲主要探討內容。

二、研究動機與範疇

接著談到本論文的研究動機，可從兩方面思考，一爲關於清初蘇州既有的研究成果尚不及「曲律」此區塊：

清初蘇州地區對於戲曲發展史的重要性，反映在前輩學者斐然可觀的研究成果：早在二十世紀二、三十年代就有吳梅、盧前、日本學者青木正兒等位陸續提及，數十年來累積了不少的專書、學位論文以及大量的散篇文章。然而，綜觀這條漫漫長路，可以發現學者們關注的議題顯然集中於幾個層面：一爲劇作家，如：流派成立與否之辯證、生平資料之爬羅剔抉；二爲劇作品，如：針砭政治民風的寫作態度、貴賤雅俗並陳的人物形象、案頭場上兼美的藝術成就；以此二者爲最大宗。〔註 13〕其他如劇團組織、演員特質、演戲風俗等方面，也可見於各大議題的專書研究之中。〔註 14〕論著雖多、面向卻少，研究方式更見雷同，〔註 15〕用力雖勤，實難免於如出一轍、難脫定論的遺憾。

〔註 13〕以上可參見筆者拙作：《清初蘇州劇作家研究》（國立台灣大學中文所碩士論文，曾永義教授指導，2001 年 5 月），〈前言〉一、議題的重要性與必要性；二、前賢研究方向與成果，頁 1～4。

〔註 14〕如：胡忌：《崑劇發展史》（北京：中國戲劇出版社，1989 年），第四章〈崑劇的繁盛（下）〉第一節〈清初的社會狀況和劇壇〉，頁 257～273；陸萼庭：《崑劇演出史稿》（修訂本，台北：國家出版社，2002 年），第三章〈競演新戲的時代〉，頁 137～396；張發穎：《中國戲班史》（增訂本，北京：學苑出版社，2003 年），各章節等等。

〔註 15〕如就某部某出作示範性的賞析與介紹者，即有：顏長珂、周傳家：《李玉評傳》（北京：中國戲劇出版社，1985 年）第八章〈李玉傳奇的藝術特色〉提到「二、重視戲劇結構：三、緊密結合舞台演出」（頁 140～161）；康保成：《蘇州劇派研究》（廣州：花城出版社，1993 年）第七章〈蘇州派劇作的情節結構〉、第八章〈生旦淨丑的藝術世界〉、第九章〈蘇州派劇作的語言〉（頁 105～152）；吳新雷：〈試論李玉的代表作《清忠譜》傳奇〉（頁 165～174）、〈論蘇州派戲曲大家李玉〉（頁 175～頁 186），收入氏著：《中國戲曲史論》（南京：江蘇教育出版社，1996 年）等等。或者將整部劇作按其折次羅列各出套曲、劃分排

面對這批數量眾多的劇作文本、成果豐碩的前輩心血，筆者長年兢兢業業、惴惑難安，思考著在既有的基礎上，如何能開創出新的研究視角與切入點。愚意以爲：「蘇州」既爲崑曲之鄉，則從曲律的角度，剖析清初崑腔曲律相對於前代的繼承與創新，將會是重新探索清初蘇州劇壇時，所能開展的另一視野與空間。

二爲日漸重視的地方腔調研究仍不及此時地：

關於戲曲腔調的研究，是學界近年來日趨重視的新開園地，或就單一腔調，作音樂特質、源流發展方面的探討；〔註16〕或就諸腔興衰消長的相互關係作專題性研究；〔註17〕或就戲曲發展的角度全面耙梳腔調曲體的生成演變等等。〔註18〕雖仍琳瑯滿目、豐富可觀，卻少有針對清初蘇州地區這一特定時地作專門深入的研究。然而，就戲曲聲腔發展史而言，此時地同樣不容忽視：明中葉以來南戲青陽腔、宜黃腔、崑山腔、弋陽腔等此起彼落、紛批流呈，衍生成諸多變體爲入清之前奠下基礎；入清之後弦索腔、秦腔繼之而起，形成乾隆以後地方劇種百家齊鳴、群芳爭豔的繁榮盛景。在這段承上啓下的期間，蘇州地區一手培育出來的崑山腔，面對諸腔勢力升沈消長時如何自處、是何境況，無疑地將是一個值得研究的課題。

由此可知，無論是從清初蘇州地區、或者從腔調曲律哪一方面的既有研究成果來看，針對「清初蘇州崑腔曲律」作出專題探討，明顯可見都遺缺著一大區塊。因此，筆者不揣簡陋，嘗試爲這極爲重要卻仍空白的偌大區塊補缺拾遺，成爲本論文的研究動機。

有了研究動機，倘無適當的文獻材料，恐怕也難付諸實行。前文已經提及，曲譜是研究崑腔曲律的第一手資料，然囿於清乾隆《九宮大成南北詞宮

場，並逐一說明與評騭，如：王安祈先生：《李玄玉劇曲十三種研究》，國立台灣大學中文所碩士論文，1980年6月；李旻雨：《李玉《占花魁》研究》，國立師範大學國文研究所碩士論文，1985年11月；沈惠如：《尤侗西堂樂府研究》，私立東吳大學中文所碩士論文，1987年4月；金炳辰：《朱素臣《雙熊夢》傳奇研究》，國立台灣大學中文研究所碩士論文，1999年6月等等。

〔註16〕如：王守泰：《崑腔曲律》，前揭書；蔣星煜：〈談《南詞引正》中的幾個問題：崑腔形成歷史的新探索〉，《中國戲曲史鉤沉》（鄭州：中州書畫社，1982年）。

〔註17〕如：于質彬：《南北皮黃戲史述》，合肥：黃山書社，1994年；流沙：《明代南戲聲腔源流考辨》，台北：財團法人施合鄭民俗文化基金會，1999年。

〔註18〕如：廖奔：《中國戲曲聲腔源流》，臺北：貫雅文化，1992年；林鶴宜：《晚明戲曲劇種及聲腔研究》，台北：學海出版社，1994；俞爲民：《曲體研究》，北京：中華書局，2005年。

譜》出現以前現存曲譜都是文字譜，本論文以崑曲曲詞之文學部分作為探討
重點；同樣地，在清康熙中葉王瑞生《新訂十二律崑腔譜》問世以前，也少
有曲譜將常用聯套納入譜中，而多以單支曲牌的格式分析為主，因此，對於
崑曲聯套規律的探討，必須憑藉其他文獻，首當其衝者當為劇本。以下將此
二者略加說明。

　　曲譜方面，周維培在《曲譜研究》中認為：曲譜是古代劇作家填詞制曲
時遵循模擬的格律範本，也是傳統曲學的主要著述型態與批評模式，並兼具
了曲選、曲品、曲目、曲論等重要功能，其所輯錄的大量曲調、曲詞與音樂
譜式，又能反映一個時代某類聲腔劇種的劇目概況、演出盛景與觀眾審美興
趣，對於再現古代音樂形象，提供了重要的研究價值。〔註19〕既言如此，則
本論文根據編纂於清初蘇州的曲譜，探究當時地崑腔曲律的發展樣貌，是否
果能成立呢？

　　此點從曲譜的編纂傳統來看：自明中葉以來，曲譜即如雨後春筍般地紛
紛湧現，其中首開其宗、蔚為代表者堪稱沈璟《南曲全譜》，清徐大業〈書《南
詞全譜》後〉文中云：

> 自宋以來，四十八調不能具存，北曲僅存《中原音韻》所載之六宮
> 十一調。南曲僅存毘陵蔣維忠所譜之《九宮十三調》，每調各錄舊詞
> 為式，又駁駁失傳。詞隱先生乃增補而校定之，辨別體製、分釐宮
> 調，詳核正犯、考定四聲，指摘誤韻、校勘同異，句梳字櫛、至嚴
> 至密。而腔調則悉遵魏良輔所改崑腔，以其宛轉悠揚，品格在諸腔
> 之上。其板眼、節奏一定，不可假借，天下翕然宗之。……〔註20〕

他對沈璟《南詞全譜》增補舊譜體製、校定四聲調韻，以存續將近失傳的南
曲格律的成就推崇備至，值得注意的是，他清楚說道：沈璟據以釐定南曲格
式的是「魏良輔所改崑腔」，亦即前文所謂「崑山水磨調」。何以如此？乃因
曲譜既然是「古代劇作家填詞制曲時遵循模擬的格律範本」，則崑曲對於字句
抑揚嚴格要求，「品格在諸腔之上」，最為美聽，自然堪為遵循模擬的典範。
換句話說，自從沈璟根據崑山水磨調以釐定曲牌格律之後，至此南曲譜每調

〔註19〕參見周維培：《曲譜研究》（前揭書），頁1。
〔註20〕〔清〕徐大業：〈書《南詞全譜》後〉，收於《乾隆吳江縣志》卷五七，轉引
　　　　自趙景深、張增元編：《方志著錄元明清曲家傳略》（北京：中華書局，1987
　　　　年），頁95～96。

「板眼、節奏一定」、悉遵崑腔，成了「天下翕然宗之」的範式。因此，今人若欲推究清初蘇州崑腔曲律的發展樣貌，根據曲譜當屬可能。

至於出現於此時地的曲譜究竟有哪些呢？自二沈叔姪以來，曲譜編纂者多是活躍於江浙一帶的聲律家、劇作家或文人墨客，〔註21〕繼之者如：馮夢龍《墨憨齋詞譜》、鈕少雅《九宮正始》，入清以後仍有李玉《北詞廣正譜》〔註22〕、張大復《寒山堂曲譜》、王瑞生《新訂十二律崑腔譜》《京腔譜》、呂士雄《南詞定律》等人一路承續，均是蘇州籍曲家，其發展臻於巔峰可見一斑。本文因以「出現於清初時期蘇州地區的曲譜」作爲觀察「此時地崑腔曲律之發展變化情形」爲概念，故符合此情形之曲譜，並非以編纂者具有蘇州籍貫之清初人即可：二沈新、舊譜作於明中、晚期自不待言；馮譜今佚，僅剩零珠碎玉；鈕譜歷時二十四年九易其稿，始成於順治八年，當歸於明末之作；王譜成書於康熙二十三、二十四年、呂譜成書於康熙五十九年，二譜之其他參訂者亦多爲蘇州籍貫，然均成書於北京，無法據以爲觀察對象。因此，本論文以清初蘇州劇作家張大復所編南曲譜《寒山堂曲譜》、李玉所編北曲譜《北詞廣正譜》二譜，作爲探討文本之代表。

劇本方面，崑山水磨調兼唱南、北曲，而以南曲爲主，以爲載體的劇本體製自是傳奇，清初蘇州劇作家們所創作的傳奇劇本，也是用崑山水磨調來演唱，亦不待言；就歷代曲目、書錄所見李玉等十多位清初蘇州劇作家曾經創作的傳奇作品，高達一、二百部，無疑是驚人的成就，即就目前所存全本，仍有五、六十部之多；〔註23〕他們大多妙解音律，〔註24〕具有即席譜曲〔註25〕、按

〔註21〕晚明蘇州音樂家沈寵綏於《度曲須知》「鼻音抉隱」條中說：「從來『磨調』曲，惟姑蘇絕盛，而詞譜亦姑蘇編較者多，以蘇人之譜，砭蘇音之病……」，收入《中國古典戲曲論著集成》第五冊（北京：中國戲劇出版社，1959年），頁232。若就沈自晉重定《南詞新譜》而言，他便召集了一大批江浙地區的音樂家、劇作家參與校閱工作，根據卷首所列「參閱姓氏」名單所列95人之中，隸屬蘇州府者高達54人，已超過半數之多，其中更不乏赫赫有名於劇壇者如：馮夢龍、袁于令、李玉、吳偉業、尤侗、葉稚斐等人，由此可見蘇州地區的劇作家、音樂家非常活躍於當時，並爲曲譜的編纂作出了相當程度的貢獻。見〔明〕沈自晉：《南詞新譜》，收入《善本戲曲叢刊》第三輯第29、30冊（台北：學生書局，1984年），頁21～24。

〔註22〕而李玉之《北詞廣正譜》亦有其他蘇州音樂家、劇作家的協助與參與：鈕少雅「樂句」、吳偉業「題序」，並有朱素臣「同閱」，可參見〔清〕李玉：《北詞廣正譜》（台北：學海出版社，1998年），頁27。

〔註23〕就清高奕《新傳奇品》、無名氏《傳奇彙考標目》、支豐宜《曲目》、無名氏《曲

笛吹奏，〔註26〕甚至指導演員演戲〔註27〕的編、導、演能力，其豐富的創作經驗與精深的音樂素養，自然能對當時崑腔曲律的發展動向具有敏銳的觀察力與熟悉度，甚至於影響左右。因此，筆者認爲這批傳奇作品，當仁不讓地是檢驗此時地崑腔曲律發展與變化之最佳材料。至於北曲以爲載體的劇本──雜劇，此時地則有吳偉業《臨春閣》等二部、尤侗《讀離騷》等五部，此七部雖曾付諸家樂搬演，實已成爲作者抒發鬱悶、逞才使氣的案頭文章，〔註28〕其重要性已無法與李玉等人創作之一、二百部傳奇相抗衡，因此，本論文對於北曲聯套的觀察，就不再深求吳、尤雜劇，而以上述傳奇作品中的北套運用爲依據。

　　職是之故，筆者以產生於清初蘇州的張大復《寒山堂曲譜》、李玉《北詞廣正譜》此南北二譜，以及十多位清初蘇州劇作家現存五十五部傳奇作品，作爲本論文的研究範疇。

海總目題要》、姚燮《今樂考證》、民國王國維《曲錄》、莊一拂《古典戲曲存目彙考》等歷代曲目、書錄所著錄的數目來看，李玉曾創作六十多部、朱佐朝有三十五種、朱素臣有二十四種、丘園、葉稚斐、朱雲從、周㼈等人都曾創作傳奇十多種。若就現存的作品中，屬李玉創作者高達十九部、朱佐朝者十六部、朱素臣十二部、張大復十部之多。關於部分劇作家及作品之歸屬問題雖仍眾說紛紜，前輩學者業已多所討論，因非本文重點，故請酌見「參考書目」恕不再贅。

〔註24〕如：清初大儒錢謙益爲《眉山秀》〈題詞〉時稱讚李玉「既富才情，又嫻音律」，〔清〕王東漵輯：《海虞詩苑》〈丘園小傳〉云其「於音律最精，分刊節度，累黍不差」，見乾隆己卯（24年）王氏家刊本，現藏於台北中央研究院傅斯年圖書館善本書室。

〔註25〕〔清〕沈德潛《歸愚詩鈔》卷十〈凌氏如松堂文宴觀劇〉一詩，記載他曾於康熙辛巳年（四十年，1701）與葉燮、朱素臣等人於凌氏如松堂觀劇宴飲，詩云：「酒酣樂作翻新曲，龍迪昆鳥弦鬥聲伎」，可見這次的觀劇是以娛樂談讌爲主。在「翻新曲」句下有小註云：「時朱翁素臣製曲，有《杜少陵獻三大禮賦》、《琴操問禪》、《楊升庵伎女遊春》諸劇。」〔清〕沈德潛：《歸愚詩鈔》，據清乾隆間教忠堂刊本，現藏於中央圖書館傅斯年圖書館善本書室

〔註26〕〔清〕范遹有詩一首，小注云：「月夜聽項子儀度曲、朱素臣吹簫」，見《松江詩鈔》卷十三，轉引自康保成：《蘇州劇派研究》（前揭書），〈附錄〉一、蘇州派部分作家的生平史料，頁195。

〔註27〕尤侗《西堂全集》收有自繪自書的年譜圖，中有一幅「草堂戲彩圖」，是思親之作，小題爲「先君雅好聲伎，予教小伶數人，資以裝飾，登場供奉，自演新劇曰《鈞天樂》。」，〔清〕尤侗：《西堂全集》，康熙33年刊本，現藏於台北中央研究院傅斯年圖書館善本書室。

〔註28〕可參見拙論：《清初蘇州劇作家研究》，台大中文所碩士論文，2001年5月，第肆章。

三、研究步驟與方法

確定曲譜和劇本為研究範疇之後，又因二者性質不同而需講求步驟、方法。

首先，在正式進入討論以前，必須先釐清幾個外緣問題。眾所周知，蘇州地區為孕育崑曲之鄉，然在明末清初各地腔調此起彼落的時代氛圍下，蘇州地區除了崑山腔引領風騷之外，有無別種腔調肆流？崑山腔面對諸腔並起時的處境為何？因應之道為何？是本論文在討論清初崑腔曲律之前，必須首要探究的相關課題。其次，目前所見張大復《寒山堂曲譜》有眾多繁雜板本，學界雖有異於傳統舊說的新解，鄙意以為應有重新商榷的思索空間，因此在正式進入曲譜討論以前，仍須釐清《寒山堂曲譜》之板本及其相關問題。

緊接著切入正題，崑山腔之為曲牌體音樂，其最小單位便是「曲牌」，分析曲牌格律變化、研究曲牌形式異同，顯然是研究崑腔曲律的入門之道；然而，單支曲牌無以成章、不成章何以成篇？不成篇則無從敘詠、鋪排，進而搬演唱作，是以曲牌之實際運作與應用，必須依靠相互之間的「聯綴」成套，若干支曲或者若干聯套始構成一出戲的內容；相反過來說，分析崑曲載體──傳奇劇本的每一出戲包含多少支曲牌或者多少套聯套，便是研究崑腔曲律時，在瞭解單支曲牌的格式變化之後，必須進一步探討聯套規律的主要路徑。然而，傳奇在完成案頭文章之餘，更須顧及場上搬演，王季烈在《螾廬曲談》卷二〈論作曲〉中談到：

> 作傳奇者，情節奇矣，詞藻麗矣，不合宮調，則不能付之歌喉；宮
> 調合矣，音節諧矣，不講排場，則不能演之氍毹。〔註29〕

可知場上搬演首先注重的，就是「排場」的處理與運用，甚至是付諸舞台的成敗關鍵，至此方是傳奇別於詩詞、乃為劇曲之精髓所在。

因此，本論文研究崑腔曲律的漸次步驟，首先，在第壹章探勘清初蘇州地區所能考知的各式戲曲腔調劇種，以期「知己知彼，百戰百勝」；繼而嘗試釐清《寒山堂曲譜》繁雜的板本問題，藉此瞭解清初曲家對於曲譜的編纂態度與曲律演變的審美心態。接著，第貳、參章正式進入曲譜的內容探討，即據張大復《寒山堂曲譜》、李玉《北詞廣正譜》二譜觀察清初南、北曲曲牌的格律變化；繼而，第肆章針對清初蘇州劇作家傳奇作品，檢驗當時地崑曲聯

〔註29〕王季烈：《螾廬曲談》（前揭書），卷2，頁26下。

套規律之發展；終至，第伍章探討劇作中聯套規律與排場處理之關係。

如此一來，由點、而線、而面、而至立體通盤，兼顧案頭與場上、力求循序漸進的研究步驟，冀能完足本論文對於清初蘇州崑腔曲律的探討。

而曲譜與劇本自身體製本即不同，南北二曲、單支曲牌與聯章成套的著重點也是各異，因此，本論文嘗試運用蒐集整理、爬梳歸納、考辨論述、校讎比對、統計分類、檢驗映證等多種研究方法，以應不同議題的探索，如：

第壹章以全面概觀的方式，追蹤清初蘇州地區崑山腔及其他地方腔調的蛛絲馬跡，故需從眾多筆記叢談、詩詞文章、戲曲小說等原典文獻，以及近人關於戲曲腔調劇種的專書論著中披沙撿金、爬梳整理，繼而釐清張大復《寒山堂曲譜》板本問題時，便以考證論辨的方式，提出筆者異於學界新解、支持舊說的看法。

第貳章因應明中葉以來大量湧現的南曲諸譜，乃以張譜作為觀察的基準，與其前、後具代表性之諸譜〔註30〕校讎比對、歸納異同，探討張譜所列曲牌內容異於諸譜之處背後所顯示的曲學意義，如此一來，冀能個別性地梳理某曲牌前後演變之脈絡痕跡，又能整體性地凸顯清初崑腔曲律異於前、後代的發展特性。

第參章雖然延續第貳章的研究主題，卻因下列因素而採不同的研究方法：相較於南曲譜，北曲譜的發展過程寂寞寥落地多了，李玉《北詞廣正譜》出現之前，僅區區三部，〔註31〕李譜可說是北曲譜中最為詳備豐贍的重要制

〔註30〕前則溯至二沈新舊譜、鈕譜，往後則探至《九宮大成南詞宮譜》，最後再以近代曲學大師吳梅先生《南詞簡譜》所列之正體為範式。

〔註31〕首部北曲譜出現在元中晚期（至正二年，1342）周德清編《中原音韻》，其後直到李玉所處清初時期，歷經三百餘年，僅有明初朱權《太和正音譜》及其如出一轍之裔派曲譜，即：明萬曆年間程明善編《嘯餘譜》之北曲譜、范文若編《博山堂北曲譜》、清康熙54年（1715）王奕清等奉旨編纂《欽定曲譜》之北曲譜，前者一仍《正音譜》而略有增修，後二者則據前者抄錄而來；故可視為《正音譜》之裔派而俱難有獨立存在之價值。參見周維培：《曲譜研究》（前揭書），頁55～58；209～211。以及《廣正譜》的前身明末徐于室《北詞譜》，故云僅區區三部。李玉之後，也僅有乾隆間《九宮大成北詞宮譜》、以及近代曲學大師吳梅《北詞簡譜》、鄭因百（騫）先生之《北曲新譜》。此就格律譜一派而言。它如：明末沈寵綏《弦索辨訛》為專論北曲清唱之口法譜，與本文所論格律譜編纂立場不同，僅可參見，未能列入本文之探討文本；乾隆《大成譜》之後多為工尺譜，雖偶或摻合南北曲，然其旨趣又與本文相去遠矣！故云北曲譜發展一脈，不及諸書。

作；再加上北曲異於南曲之兩大特色：謹嚴的聯套規律以及變化多端的格式，實與南曲大異其趣，可知要從《廣正譜》觀察清初北曲之發展與變化情形，若是延續前章方法，恐怕失於支離瑣碎、未中肯綮甚且治絲益棼。因此，第參章的研究方法乃針對北曲格式多變與套式嚴謹的特色，作爲探討論述之主軸，觀察北曲在清初蘇州地區所產生的發展與演變，於是，將《廣正譜》與前後諸譜比對校讎的工作，成爲探討論述的輔助工具而非主要策略。

第肆、伍章在前二章的理論基礎之上，進一步開展新的研究題材，從劇本所見探討清初崑曲之聯套規律。第肆章首先探討聯套外在的形式問題，最根本的依據，便是先掌握清初以前的明代聯套形式，學界對此貢獻最鉅者，首推許子漢《明傳奇排場三要素發展歷程之研究》，〔註32〕該書第肆章〈論套式〉針對明代二百零七部傳奇作品所使用的「套式」予以分析、歸納與整理，可說是研究明代崑曲聯套規律最爲通體透徹的鉅作。本論文既要瞭解崑山腔流衍至清初時所呈現的發展與變化，自以許書作爲比對的基準與標竿，並就聯套的各種情形予以數量上的統計與分類，嘗試用「量化」的方式去客觀比較明、清前後之異同。第伍章則承接第肆章的心得，進一步深入探討聯套內在的運用情形，即劇作中的排場處理，在方法上便大量援引劇例以茲檢驗證明。

總上所述，可知本論文題目「清初蘇州崑腔曲律研究」，而以此時地張大復《寒山堂曲譜》、李玉《北詞廣正譜》二譜與傳奇作品爲論述範疇，即是嘗試從多層面、多角度，去思考清初蘇州崑腔曲律發展變化之情形，希望能從不同的面向，開展學界更多的研究空間與可能性。以下便依序進行論述。

〔註32〕許子漢：《明傳奇排場三要素發展歷程之研究》，收入台大文學院《文史叢刊》第108冊，台北：國立台灣大學出版委員會，1999年。

第壹章　清初蘇州戲曲腔調劇種及
南曲譜代表《寒山堂曲譜》

小　引

　　在正式進入清初蘇州崑腔曲律的探討之前，首先必須討論兩個外緣的問題：一爲從文獻記載中爬梳、整理明末清初蘇州地區所流行的各式戲曲腔調劇種，藉此探勘當時地諸腔流佈、消長之概況，進而凸顯崑山腔在此起彼落的時勢下，於孕育地蘇州居於何種地位與處境；二爲考辨學界對於張大復《寒山堂曲譜》眾說紛紜的幾點疑義，由此觀察張氏的戲曲理論與思想脈絡、定位張譜的意義與價值，並從中瞭解清初編譜者的審美角度與當時崑腔曲律流行的趨向。

第一節　清初蘇州崑山腔之發展──終以崑腔爲正音

〔註1〕

　　自魏良輔創發崑山水磨調（約當嘉靖三十七年，1558 年）、梁辰魚據此創作《浣紗記》並搬演舞台（約當嘉靖四十五年，1566 年），迄清初康熙朝結束之前（1723 年），崑山腔已盛行一百五十餘年之久，在這段不算短的歷史過程

〔註1〕 此語出自清劉廷璣：《在園雜志》，據中山圖書館藏清康熙五十四年自刻本影印，收入《四庫全書存目叢書》子部第 115 冊（台南：莊嚴文化事業公司，1995 年 9 月），頁 419。

裡，它歷經了初創、發展、成熟乃至精進的階段，無論是筵席間的清唱、舞台上的搬演，還是作家的劇本創作、伶人的粉墨登場等各方面，都有著豐富可觀的成就。由於涵蓋的層面甚廣，本節討論重點僅集中於崑山腔外在的流衍與傳佈情形，至於其內在結構的發展與變化，則於下文第貳至伍章作深入探討。

一、崑腔之流派分化

首先看到兩條資料：

明潘之恆（明嘉靖三十五年至天啓二年，1556～1622）〈曲派〉云：

> 曲之擅于吳，莫與競矣！然而盛于今，僅五十年耳。自魏良輔立崑之宗，而吳郡與并起者爲鄧全拙，稍折衷于魏，而汰之潤之，一秉于中和，故在郡爲吳腔。太倉、上海，俱麗于崑；而無錫另爲一調。余所知朱子堅、何近泉、顧小泉皆宗於鄧；無錫宗魏而豔新聲，陳奉萱、潘少涇、其晚勁者。鄧親授七人，皆能少變自立。如黃問琴、張懷萱、其次高敬亭、馮三峰，至王渭台，皆遞爲雄。能寫曲于劇，惟渭台兼之。且云：「三支共派，不相雌黃。」而郡人能融通爲一，嘗爲評曰：「錫頭崑尾吳爲腹，緩急抑揚斷復續。」言能節而合之，各備所長耳。自黃問琴以下諸人，十年以來，新安好事家多習之。如吾友汪季玄、吳越石，頗知遴選，奏技漸入佳境，非能諧吳音，能致吳音而已矣。」（原載《鸞嘯小品》卷之三）〔註2〕

明張大復（明嘉靖三十三年至明崇禎三年，1554～1630 年）〔註3〕《梅花草堂筆談》卷十二「崑腔」條則云：

> 魏良輔，別號尚泉，居太倉之南關。能諧聲律，轉音若絲。張小泉、季敬坡、戴梅川、包郎郎之屬，爭師事之惟肖。而良輔自謂勿如戶侯過雲適，每有得必往咨焉，過稱善乃行，不，即反覆數交勿厭。時吾鄉有陸九疇者，亦善轉音，願與良輔角，既登壇，即願出良輔下。
>
> 梁伯龍聞，起而效之。考訂元劇，自翻新調，作《江東白苧》、《浣紗》諸曲，又與鄭思笠精研音理，唐小虞、陳梅泉五七輩雜轉之，

〔註2〕 明潘之恆原著、汪效倚輯注：《潘之恆曲話》（北京：中國戲劇出版社，1988年8月），頁17。

〔註3〕 此張大復爲明中、晚期文學家，非清初作劇、編譜的戲曲家張大復。

金石鏗然。譜傳藩邸戚畹、金紫熠爚之家,而取聲必宗伯龍氏,謂之崑腔。

張進士新勿善也,乃取良輔校本,出青於藍,偕趙瞻雲、雷敷民與其叔小泉翁,踏月郵亭,往來唱和,號「南馬頭曲」。其實稟律於梁,而自以其意稍為均節,崑腔之用,勿能易也。其後仁茂、靖甫兄弟皆能入室,間常為門下客解說其意。仁茂有陳元瑜,靖甫有謝含之,為一時登壇之彥。李季膚則受之思笠,號稱嫡派。〔註4〕

潘之恆《鸞嘯小品》約作於萬曆三十一年(1603年),張大復這條筆記約作於萬曆四十四年丙辰(1616年)前後,從這兩條資料可以見出嘉靖年間崑山腔初起之時,風起雲湧、此起彼落、百家爭鳴的熱鬧情形。先從人物方面觀察:從上面提及了眾多人物來看,魏良輔創發水磨調時,並非憑一己之力,而是透過同道師友的切磋,博取眾長而終成大功的,〔註5〕這些愛好音樂的同道師友們對於魏良輔或者一心追隨、爭相師事之如:張小泉、季敬坡、戴梅川、包郎郎之屬,或者與之角量競勝如:陸九疇、鄧全拙之屬,還有梁辰魚、張新等人對於崑山腔都有自己的想法,或者「自翻新調」、或者「自以其意稍為均節」,陸萼庭《崑劇演出史稿》「修訂本」對此整理出一個簡表以示崑腔初興時流派紛紜的情形。〔註6〕

再從地域方面觀察,張大復為崑山人,資料中提及的人似乎都是他的同

〔註4〕 明張大復:《梅花草堂筆談》(上海:上海古籍出版社,1986年12月),卷12,頁14~15。

〔註5〕 曾師永義於〈從崑腔說到崑劇〉云:「魏良輔創發水磨調時,過雲適、袁髯、尤駝三人是他的前輩,他自嘆不如過,而袁、尤二人自認不及他。和他同時的吳中善歌者有陶九官、周夢谷、滕全拙、朱南川(見《詞謔·詞樂》)、張小泉、季敬坡、戴梅川、包郎郎、陸九疇(見《梅花草堂筆談》卷十二)宋美、黃問琴(《鸞嘯小品·敘曲》)、周夢山、潘荊南、張梅谷、謝林泉(《寄暢園聞歌記》),以及他的女婿張野塘(《閱世編·紀聞》)、他的弟子安攄吉(馮舒〈感懷詩一首贈錢大履之〉)、周似虞(《初學集》卷三十七)、張新、吳芍溪、任小泉、張懷仙(《九宮正始自序》)等不是和他切磋就是作為他的羽翼,他可以說是一位博取眾長而終於成就的一代宗師。」見氏著《從腔調說到崑劇》(前揭書),頁236~237。

〔註6〕 見陸萼庭《崑劇演出史稿》「修訂本」(前揭書)頁49,陸先生歸納所得有:魏良輔一派:張新、趙瞻雲、雷敷民、張小泉(此四人有再傳弟子:顧仁茂——陳元瑜、顧靖甫——謝含之)季敬坡、戴梅川、包郎郎;梁辰魚一派:鄭思笠(再傳李季膚)、唐小虞、陳梅泉;鄧全拙一派:黃問琴、張懷仙、高敬亭、馮三峰、王渭台、朱子堅、何近泉、顧小泉等。

鄉,因此所述爲太倉、崑山一帶崑山腔的流傳情形;潘之恆所言「太倉、上海,俱麗于崑;而無錫另爲一調。」「無錫宗魏而豔新聲」諸語便可見出崑山腔從發源地崑山往外流播時,於各地發展的情形:太倉仍屬蘇州府、上海則隸屬松江府,兩地相鄰,同爲靠海地區,於明代中葉以後爲重要的貿易經商之地,風氣開放華靡,所以該地的唱腔較諸發源地要更加華麗炫技;無錫則屬常州府,位於蘇州府的西方,該地也崇尚更新潮的唱腔。類似的情形,還可以在其他的資料中找到:明王驥德《曲律》〈論腔調第十〉云:

> 崑山之派,以太倉魏良輔爲祖。今自蘇州而太倉、松江以及浙之杭、嘉、湖,聲各小變,腔調略同。惟字泥土音,開閉不辨,反譏越人呼字明確者爲浙氣。〔註7〕

潘之恆〈敘曲〉:

> 長洲、崑山、太倉,中原音也。名曰崑腔,以長洲、太倉皆崑所分而旁出者也。無錫媚而繁,吳江柔而清,上海勁而疏;三方者猶或鄙之。而毗陵以北達於江、嘉禾以南濱於浙,皆逾淮之橘、入谷之鶯矣。遠而夷之勿論也。〔註8〕

王驥德《曲律》卷首有萬曆庚戌年(三十八年,1610年)自序,這些資料反映的,均是萬曆以後崑山腔自吳中向外流播時,隨著各地方音語言之差異所產生「聲各小變,腔調略同」的情形。陸萼庭先生認爲:

> 這段話反映了相當重要的情況:崑腔逐步傳入江浙各主要城鄉以後,必然要與當地的具有地方特色的聲腔相互交流影響,其結果證明崑腔已不可能是十分純粹的東西,所謂「聲各小變,腔調略同」,產生了眾多的流派。正因爲通過四方的歌唱實踐,它本身不斷得到營養,就更爲群眾所接受。〔註9〕

由此看來,再反觀前言所述晚明劇壇各地地方腔調此起彼落、紛批流呈的局勢,可以知道此時崑山腔本身的發展亦不遑多讓,它逐漸突破了嘉靖年間「惟崑山腔止行於吳中」〔註10〕的區域侷限,而以活躍之姿開始向四面八方流播

〔註7〕 明王驥德:《曲律》,收入《中國古典戲曲論著集成》第四冊(北京:中國戲劇出版社,1959年7月),頁117。

〔註8〕 前揭書,頁8。

〔註9〕 前揭書,頁72。

〔註10〕 見成書於嘉靖己未(三十八年,一五五九)的徐渭《南詞敘錄》:「惟崑山腔止行於吳中(蘇州),流麗悠遠,出乎三腔之上,聽之最足蕩人;妓女尤妙此。」,

分化。在此認識基礎之上，我們要深入探討的，是崑山腔於自身的發源地——蘇州地區所處的地位。

　　從上面諸條資料來看，相對於其他地區的唱腔風格，蘇州地區以其「本尊」的正統身份，所呈現出來的特質便是「正宗」，明中、晚期李鴻為沈璟《南詞全譜》所作的〈原敘〉中提到沈璟的編譜動機是「常以為吳歈即一方之言，故當自為律度。」然而，譜成之際，有可可生者提出異議云：

> 然是吳歈也，不越方數百里，輒不能相通，又近而婁江，相去一衣帶水耳。其東，則主於婉轉，故其音率多繚繞，而訾合拍者之粗；其西，則主於投節，故其音率多迅直，而毀弄聲者之拙。彼惟不知不可廢一，猶然是其所非而非其所是。矧欲令作者引商刻羽，盡棄其學，而是譜之從，彼不怛然而驚，則且嗑然而笑，何也？煩奏之溺人已深，追趨逐嗜，靡靡成風，有未可驟然使之易聽而約之於度者。〔註11〕

沈璟是吳江人，李鴻為吳縣人，所云自是蘇州當地的情況，可可生的言論正可以代表蘇州以外人士的立場，由於崑山腔不僅要用蘇州話來演唱，對於咬字吐音還有著極為嚴格的「律度制約」，縱使是一衣帶水的相鄰諸縣人士，也難免在自身方音土語的基礎上有宛轉繚繞、投節迅直等各種「聲各小變」的情形，甚至成為時髦風尚的潮流，因此可可生認為沈璟製譜，要人亦步亦趨地遵從正軌，「猶恐知音者未可冀一遇於且莫也。」〔註12〕相鄰各縣已經如此，其他語系不同的地區更顯得尷尬困難：清初南海陳子升（1614～1691）《中洲草堂遺集》卷十九〈嶺歈題詞〉絕句四首其二云：

> 蘇州字眼唱崑腔，任是他州總要降。含著幽蘭辭未吐，不知香艷發珠江。〔註13〕

　　清中葉劉獻廷《廣陽雜記》卷三記他在湖南所見演劇情形：

> 劇演《玉連環》，楚人強作吳歈，醜拙至不可忍。如唱紅為橫、公為

收入《中國古典戲曲論著集成》第三冊（北京：中國戲劇出版社，1959 年 7 月），頁 242。

〔註11〕見蔡毅編著：《中國古典戲曲序跋彙編》（濟南：齊魯書社，1989 年），第一冊，頁 32～33。

〔註12〕同前註。

〔註13〕清陳子升：《中洲草堂遺集》，據清道光二十年南海伍氏詩雪軒校刊本，現藏於台灣大學總圖書館善本書室，卷十九，頁 6。

庚、東爲登、通爲疼之類，又皆作北音。〔註14〕

粵、楚之人演唱崑腔自然是不比蘇州當地來得字正腔圓，反過來說，以上資料適足以證明明末清初蘇州當地的崑山腔，還保留著極爲講究的規矩法度，有著顚撲不破的正宗地位。

二、崑腔的發展——新聲唱法

值得注意的是，「正宗」之外，蘇州當地的崑山腔並非停滯不前，而是有著自身的發展演變。清初詩文泰斗兼劇作家身份的吳偉業爲明末兩大說唱家柳敬亭、蘇崑生所做的古詩並序〈楚兩生行並序〉云：

> 蔡州蘇崑生、維揚柳敬亭，其地皆楚分也，而又客於楚。……然明亡，（蘇生）之吳中。吳中以善歌名海內，然不過嘽緩柔曼爲新聲，蘇生則於陰陽抗墜，分刌比度，如崑刀之切玉，叩之栗然，非時世所爲工也。嘗遇虎丘廣場大集，生睨其旁，笑曰：某郎以某字不合律。有識之者曰：彼傖楚乃竊言是非。思有以挫之，間請一發聲，不覺屈服。顧少年耳剽日久，終不肯輕自貶下，就蘇生問所長。……
>
> 一生嚼徵與含商，笑殺江南古調亡。洗出元音傾老輩，疊成妍唱待君王。
>
> 一絲縈曳珠盤轉，半黍分明玉尺量。……楚客祇憐歸未得，吳兒肯道不如君。

又其〈與冒辟疆書〉中提及：

> 王煙老賞音之最，稱爲魏良輔遺響，尚在蘇生；而不免爲吳兒所困。
>
> 大梁蘇崑生兄，於聲音一道，得其精微，四聲九宮，清濁抗墜，講求貫穿於微眇之間，幾欲質子野、州鳩而與之辨，康崑崙、賀懷智不足道也。古道良自愛，今人多不彈。〔註15〕

吳偉業這兩段文字均作於入清之後的順、康年間，〔註16〕從此可以看出清初

〔註14〕〔清〕劉獻廷：《廣陽雜記》（北京：中華書局，1957年），卷3，頁147。

〔註15〕分別見清吳偉業：《吳梅村全集》（上海：上海古籍出版社，1990年12月），頁246～247；頁1177。

〔註16〕陸萼庭〈蘇崑生與崑腔〉一文考證認爲吳偉業〈楚兩生行並序〉這組詩作於順治十七、八年以及康熙六年之間，見陸萼庭：《清代戲曲家叢考》（上海：學林出版社，1995年11月），頁39～42。至於〈與冒辟疆書〉前後共八封，第二、四、八封分別標示爲「甲辰、丁未、辛亥」，上舉之詩爲第六封，可知

蘇州地區對於崑山腔的唱法已有各種不同的表現方式。首先看到「新聲」一派：吳偉業認為，當時吳中流行的「新聲」是偏向「嘽緩柔曼」，語中可見貶意，這究竟是怎麼一回事呢？可以參見明末蘇州音樂家沈寵綏《度曲須知》〈中秋評曲〉一則，對於某次虎丘中秋曲會時人唱曲的普遍習氣所作出的批評：

> 從來詞家只管得上半字面，而下半字面，須關唱家收拾得好。蓋以
> 騷人墨士，雖甚嫻律呂，不過譜釐平仄，調析宮商，俾徵歌度曲者，
> 抑揚諧節，無至沾唇拗嗓，此上半字面，填詞者所得糾正者也。若
> 乃下半字面，功夫全在收音，音路稍訛，便成別字。……猶憶客歲
> 中秋，有從千人石畔，度【花陰夜靜】之曲，吐字極圓淨，度腔儘
> 劻節，高高下下，恰中平上去入之窾要，閉口撮口，與庚青字眼之
> 收鼻音，無不合呂。但細查字尾，殊欠收拾，凡東鐘、江陽字面，
> 一概少收鼻音；瓏字半近於羅，桐字半潤於徒、廣或疑為寡、王或
> 疑於華。此其人但知庚青之字出於口，音便收鼻，而不知東鐘、江
> 陽之字尾，固自有天然鼻音在也，又有唱【拜星月】曲者，聽之亦
> 犯此病，其忙字尾似麻，則音不收鼻也；其軍字尾似居，親字尾似
> 妻，先字尾似些，此音不收舐腭也；拜止以愛音收，腮止以哀音收，
> 海止以靄音收，並無有噫音結局；此皆字面之沒了當者也。其他弦
> 索之音，亦能收者什一，不收者什九，方駭聲場勝會，何以敗筆偏
> 多！未幾，有皤然老翁危坐啟調，聽之亦【拜星月】曲也。其排腔
> 則古樸而無媚巧，其運喉則頹澀而少清脆，然出口精確，良為絕勝。
> 至下半字面，則無音不收，亦無誤收別韻之音；倘所謂曹崑嶺之流
> 乎！越宵，復有女郎唱【瑤琴鎮日】之曲，見其發調高華，出口雅
> 麗，吐字歸音，各各絕頂，堪勝鬚眉百倍。設使中秋無是老翁女子，
> 寧有完音哉！〔註17〕

從這段文字可知沈寵綏認為崑腔的「功夫全在收音」，他舉了很多的例子說明當時的歌唱家多犯同一個毛病，即「字尾殊欠收拾」， 如此一來，很多相似的音便會搞在一起混淆難辨，那麼就算是「吐字極圓淨、度腔儘劻節」，就算是「媚巧、清脆」，也只能是「敗筆」！這幾句批評透露出當時蘇州的唱曲風氣，已經不太講究嚴謹的規矩，而以「圓淨媚巧」的歌唱技巧取勝，稍晚於

　　　　該詩作於康熙三年（甲辰，1664）至康熙十年（辛亥，1671）之間。
〔註17〕　〔明〕沈寵綏：《度曲須知》（前揭書），頁203～204。

沈寵綏的劇作家查繼佐在《九宮譜定》〈總論〉中「腔論」條云：

> 近又貴軟綿幽細，呼吸趺宕，不必以高裂爲能，所謂時也。〔註18〕

此處「軟綿幽細」，亦即吳偉業所說的「嘽緩柔曼」，均爲當「時」流行的「新
聲」，至於蘇崑生於虎丘曲會上遇到的「吳中少年」，恐怕也屬於此類，所以
吳偉業稱說他「不免爲吳兒所困」。

　　值得注意的是，這個「今人多彈」的新派，到了康熙年間，產生了和北
曲相抗衡的南曲派：冒辟疆〈和曹秋岳先生壬戌冬夜同過俞水文中翰宅觀女
樂十絕原韻〉有詩云：

> 妙解徵參嘆久孤，客逢公瑾肯模糊。吳門曲聖推南沈，絕調曾傳羨
> 玉趺。

詩下注云：

> 吳門南曲推沈恂如，北曲推沈子芬。余客吳門，恂如每向余讚嘆水
> 文諸姬獨得其傳。〔註19〕

按壬戌當爲康熙二十一年（1682 年），當時蘇州劇壇有南、北曲二沈之爭，其
中南曲一派首領沈恂如的技藝在俞水文家女樂得到最好的傳承，俞水文即俞
錦泉，爲泰州（隸屬揚州府）有名的戲曲家，自蓄家樂一班，當時文壇名流
如：如皋冒辟疆、秀水曹秋岳（溶）、合肥龔鼎孳等人都時常到俞宅觀戲並有
詩文唱和，俞水文家樂既由女子組成，表演風格當是柔曼細膩之屬，且看曹
秋岳〈同冒辟疆過俞水文宅觀女樂〉十首之二、五、七、八：

> 鵝笙象管細如絲，銀燭光中舞柘枝；
> 占斷齊梁花月夜，從無一箇是男兒。
> 吐玉量珠曲度明，春纖堪入掌中擎。
> 屏開一隊珊珊影，不信黃金教得成。
> 何限閨中愛惜成，六朝半格太輕盈。
> 迴波欲與蕭郎語，鳳脛微嫌絳蠟明。
> 人到江關月半昏，小窗檀火試餘溫。

〔註18〕 〔明〕查繼佐：《九宮譜定》〈總論〉，收入任訥編《新曲苑》（據民國二十九
　　　　年昆明中華書局舊刊本影印，臺北：臺灣中華書局，1970 年），第一冊，頁
　　　　180。

〔註19〕 見清冒辟疆《同人集》卷九，據北京師範大學圖書館藏清康熙冒氏水繪庵刻
　　　　本，收入《四庫全書存目叢書》集部第 385 冊（台南：莊嚴文化事業公司，
　　　　1997 年 6 月），頁 400。

梁塵飛罷嬌無力，願作纖羅拭粉痕。〔註20〕

從詩中諸語，均可見出俞家女樂細膩柔媚的風格，那麼，既然冒辟疆說沈恂如自認爲俞家女樂獨得其傳，則當時蘇州曲壇兩大派別中的南曲沈恂如一派的風格，應當就是有別於蘇崑生的「古調」、而近於吳偉業所述「嘽緩柔曼」的蘇州「新聲」了。

三、崑曲的古調──魏良輔嫡傳

相較於此新派唱法，沈寵綏所讚賞的老翁、女郎以及吳偉業所述蘇崑生，所走的路線則偏於「古調」、「古道」：蘇昆生「於陰陽抗墜，分刌比度，如崑刀之切玉，叩之栗然」、「半黍分明玉尺量」，講究一字一音明確實在，「四聲九宮，清濁抗墜，講求貫穿於微眇之間」；老翁的唱法雖然「古樸而無媚巧，其運喉則頹澀而少清脆」，但他注重出口、收音都要精確，女郎的唱法也是著重在「吐字歸音」，都不是以炫麗的技巧取勝。這樣的風格，若再結合前文提及崑山腔流播外地之後，「無錫媚而繁，吳江柔而淆，上海勁而疏」、「太倉、上海，俱麗于崑」、「無錫宗魏而豔新聲」等情形時，便可以明白一個現象：

明末清初蘇州地區的崑山腔已有眾多流派產生，其中偏向新派的唱法是比較接近其他地區講究圓淨柔媚的歌唱技巧，但蘇州本身的舊派「古調」卻是堅守明確實在、規矩嚴謹的咬字吐音，維持「古樸」的風格。值得注意的是，蘇州本地的新、舊派之爭似乎不相上下，甚至是新派居於上風，因爲單單一個少年就不肯「輕自貶下」地「就蘇生問所長」，資深的老藝術家蘇崑生甚且還「不免爲吳兒所困」、「吳兒肯道不如君」，而一個虎丘曲會「收者什一，不收者什九」，幾乎都是「敗筆」的天下；在劇壇引領風騷的沈璟編纂曲譜，力倡規矩法度，也遭到後生晚輩難覓知音的疑難；如此一來，難怪吳偉業要感嘆地說「笑殺江南古調亡」、「古道良自愛，今人多不彈」了。

那麼，蘇崑生一派的唱法究竟是源出哪裡呢？吳偉業〈與冒辟疆書〉中說「王煙老賞音之最，稱爲魏良輔遺響，尚在蘇生」，可知蘇崑生所代表的蘇州古調，實是崑曲始祖魏良輔的「遺響」，「王煙老」即太倉極其有名的「戲曲世家」、「宰執世家」王時敏，陸萼庭〈蘇崑生與崑腔〉一文中從《太倉州

〔註20〕清曹溶：《靜惕堂詩集》，據首都圖書館藏清雍正三年李維鈞刻本影印，收入《四庫全書存目叢書》第 198 冊（台南：莊嚴文化出版公司，1997 年 6 月），頁 380。

志》等文獻考證王家所尚確實為魏良輔嫡傳崑腔，故吳偉業所稱並非溢美之辭，〔註21〕可知崑山腔自魏良輔創發為水磨調之後，歷經近百年的歲月流變，在蘇州本地已發展出各種不同的流派與之爭勝。

綜上所述，可知不論是時尚新派或是魏派古調，清初時期蘇州地區崑山腔的發展仍然蓬勃興盛，可見一斑。

第二節　清初蘇州其他戲曲腔調劇種考察

就戲曲聲腔發展史而言，明中葉以來，南戲諸腔調流播各地並產生諸多變體：海鹽腔、餘姚腔雖似聲消匿跡，青陽腔、宜黃腔等腔調卻受其影響而於浙、贛、皖等地持續發展；弋陽腔「聲音高下，可以隨心入腔」〔註22〕的音樂特質使其勢如破竹，所到之處除上述以外還擴展到冀、閩、粵等地；〔註23〕入清之後，以北方民間俗曲為基礎的弦索腔崛起於中原地區並向外流播；山、陝等西北地區則出現「繁音激楚，熱耳酸心」的秦腔，〔註24〕此腔系日後更成為風靡全國的花部亂彈之主幹。因此，清初確實是戲曲諸腔此起彼落、消長興衰的關鍵時期。

那麼，清初蘇州地區除了崑山腔為理所當然的正宗腔調劇種之外，是否還有這些腔調的蛛絲馬跡，其以何種形式出現在蘇州？蘇州人又如何看待這些腔調？與崑山腔之間的關係為何？便是以下將要探討的問題。

一、衚衕歌童弋陽腔

相較於崑山腔之精緻典雅而深受文人和市民階級的喜愛，弋陽腔則以其自由隨興的音樂特質流行於鄉野大眾，可以說是在明南戲諸腔調系統中流播地域最廣、生命力最強勁、產生出最多種變體的腔調，在文化素養相對較高

〔註21〕前揭文，頁49。

〔註22〕明凌濛初《譚曲雜劄》，收入《中國古典戲曲論著集成》第四冊（北京：中國戲劇出版社，1959年），頁254。

〔註23〕以上可參見林鶴宜：《晚明戲曲劇種及聲腔研究》，台北：學海出版社，1994年10月

〔註24〕引語出自清初陸次雲：〈圓圓傳〉，見清張潮編《虞初新志》，據清康熙三十九年刻本影印，收入《續修四庫全書》第1783冊（上海：上海古籍出版社，2002年），卷十一，頁303。但陸次雲所稱者名之「西調」，一般認為「西調」即指秦腔，亦名西秦腔或梆子腔，詳下文。

的蘇州地區也覓得它的蹤跡，首先看到它出現在傳奇劇本中：

晚明浙江劇作家張琦（1586？～？）所著傳奇《金鈿盒》第六出〈醜合〉敷演淨扮勢家子貢癸酉要求小旦所扮新到的蘇州演員「串幾折弋陽腔到好」，於是「淨易衣小旦扮閻婆惜」開始串演《水滸記》中的〈活捉張三郎〉。〔註25〕清初蘇州劇作家李玉作於明末的傳奇《占花魁》第二十三出〈巧遇〉，寫淨扮權臣子萬侯公子強招花魁王美娘西湖賞雪遣興，並唱曲串戲，後來萬侯公子便唱起一段弋陽腔。〔註26〕張大復《快活三》第十七齣寫蔣珍與友汪奇峰乘船往日本國，船上眾乘客們為打發時間，便用弋陽腔唱一段《蔡伯喈辭朝》。〔註27〕

除了張大復《快活三》是寫明朝杭州人蔣珍得婦事之外，其他兩劇所敘時代背景皆為北宋，但由劇中出現「弋陽腔」就可說明它反映了明末蘇州地區的演戲情形。首先，兩劇實已透露出明末弋陽腔已在蘇州流傳，其他資料亦足以說明此點：蘇州名妓陳圓圓「聲甲天下之聲，色甲天下之色」，〔註28〕嘗被劇作家查繼佐評選為第一，〔註29〕她常在江南一帶流連演出，如皋戲曲家冒辟疆與許直曾為一睹芳顏數度治舟往返，終於某日欣賞到她演「弋腔《紅梅》，以燕俗之劇，咿呀啁哳之調，乃出之陳姬身口，如雲出岫，如珠在盤，令人欲仙欲死。」〔註30〕陳圓圓才貌雙絕，除了擅長崑曲、弋陽腔之外，似乎還會唱西調，容待後文再述。

其次討論弋陽腔出現在劇中的方式。兩劇均以「串戲」的方式「嵌入」原本的劇情發展中，成為一段娛樂劇中人的科諢，這種方式早在明中葉即已出現，如：陳與郊《義犬記》雜劇第一折丑串一齣弋陽腔《葫蘆先生》、葉憲祖《鸞鎞記》第二十二齣〈廷獻〉丑串唱一段弋陽腔、蘇元俊《呂真人黃粱

〔註25〕明張琦：《金鈿盒》，收入林佑蒔主編：《全明傳奇》（台北：天一出版社，1985年），第152冊，頁16～17。

〔註26〕內容是：「【耍孩兒】看貂嬋，佞舌便，你說論英雄，誰數先？誰人慣馬能征戰？誰居帷幄能籌算？誰箇當鋒敢向前！」見清李玉：《占花魁》，收入林佑蒔主編：《全明傳奇》（台北：天一出版社，1985年），第138冊，頁下三十五。

〔註27〕清張大復：《快活三》，收入朱傳譽主編：《全明傳奇續編》（台北：天一出版社，1985年），第54冊，台北：天一出版社，1996年。

〔註28〕語出清初陸次雲：〈圓圓傳〉，前揭文

〔註29〕查繼佐云：「吳門娼陳元能謳，登場稱絕，余嘗選聲評第一。」見《國壽錄》附錄〈逆闖始末〉，轉引自胡忌、劉致中：《崑劇發展史》（北京：中國戲劇出版社，1989年6月），頁243。

〔註30〕清冒襄：《影梅庵憶語》，收入《筆記小說大觀》第5編第6冊（台北：新興書局，1974年），頁3317。

夢境記》第九齣〈蝶夢〉插演青陽弋陽腔《蝴蝶夢》等等，〔註31〕值得注意的是，這些戲中串唱弋陽腔的人通常非淨即丑，不是粗魯蠻橫就是滑稽可笑，具有明顯的貶抑意味，這種情形其實是反映了蘇州人對於弋陽腔的看法。前面提及的詩人袁宏道曾經擔任吳縣知縣，在其《袁中郎全集》卷三《瓶史》「十二監戒」中有「花折辱凡二十三條」，其中一條居然是：「嫗伺歌童弋陽腔」，〔註32〕上述《呂眞人黃梁夢境記》傳奇在插演結束之後有一段淨丑諢語：

> 吳下人曾說，若是拿著強盜，不要把刑具拷問，只唱一台青陽腔戲
> 與他看，他就直直招了，蓋由吳下人最怕的這樣曲兒。又說：唱弋
> 陽腔曲兒，就如打磚頭的教化一般，他若肯住子聲，就該多把幾文
> 錢賞他。〔註33〕

極盡刻薄的話語，可知蘇州人對於弋陽腔乃至於青陽腔等其他地方腔調的貶抑與排斥，並非始於清初，早在明中晚葉就已經開始了。

再其次討論到弋陽腔在蘇州地區的發展情形。或許出於對其他腔調的排斥與反感，弋陽腔系雖然流傳於蘇州，但顯然並不能像弋陽腔在其他地區進一步扎根滋長，甚且說截至清初爲止，在蘇州地區的弋陽腔並沒有很好的藝術成就，康熙三十二年（1693）出任蘇州織造的李煦曾於該年十二月上「弋腔教習葉國楨已到蘇州摺」，云：

> 今尋得幾個女孩子，要教一班戲送進，以博皇上一笑。切想崑腔頗
> 多，正要尋個弋腔好教習，學成送去，無奈遍處求訪，總再沒有好
> 的。今蒙皇恩特著葉國楨前來教導，……今葉國楨已於本月十六日
> 到蘇，理合奏聞，併叩謝皇上大恩。……〔註34〕

從這份奏摺可以見出蘇州雖然是培訓戲曲演員的根據地，但要找出一個夠水準的弋陽腔教師卻遍尋不著，竟然還需要康熙帝遠從北京特派專人南下教導，則清初弋陽腔在蘇州不甚發展的情形可想而知。從這條資料，也可以反證崑山腔在此時此地仍居於極大的優勢。

〔註31〕戲中串戲並非只有弋陽腔，也有明周朝俊《紅梅記》第十九齣〈調婢〉、二十出〈秋杯〉插演鳳陽花鼓；明末馬佶人《荷花蕩》卷下第八齣〈戲裡戲〉插演一段崑腔《連環記》等例

〔註32〕明袁中道：《袁中郎全集》，收入《明代論著叢刊》第二輯（台北：偉文圖書公司，1976年），頁731～732。

〔註33〕明蘇元俊：《呂眞人黃梁夢境記》，收入《古本戲曲叢刊》初集（上海：商務印書館，1954年），上卷，頁19。

〔註34〕故宮博物院明清檔案部編：《李煦奏摺》（北京：中華書局，1976年），頁4。

二、千門萬戶彈弦索 〔註35〕

弦索調主要在明清中原各地民間小曲的基礎上發展起來的，大約在明嘉靖年間就已流入江南，明末蘇州音樂家沈寵綏在所著《度曲須知》上卷〈弦索題評〉中說「至北詞之被弦索，向來盛自婁東」，〔註36〕「北詞」即指北曲，「婁東」即指蘇州府所轄太倉州，清初葉夢珠《閱世編》卷十〈紀聞〉對此有詳細的說明：

> 考弦索之入江南，由戌辛張野塘始。野塘，河北人，以罪謫發蘇州太倉衛。素工弦索，時爲吳人歌北曲，人皆笑之。崑山魏良輔者善南曲，爲吳中國工。一日至太倉聞野塘歌，心異之，留聽三日夜，大稱善，遂與野塘定交。時良輔年五十餘，有一女，亦善歌，諸貴爭求之，良輔不與，至是遂以妻野塘。吳中諸少年聞之，稍稍稱弦索矣。野塘既得魏氏，並習南曲，更定弦索音，使與南音相近，并改三弦之式，身稍細而其鼓圓，以文木製之，名曰弦子。時王太倉相公方家居，見而善之，命家僮習焉。其後有楊六者，創爲新樂器名提琴，僅兩弦，取生絲張小弓，貫兩弦中，相軋成聲，與三弦相高下。提琴既出而三弦之聲益柔曼婉揚，爲江南名樂矣。自野塘死後，善弦索者皆吳人，范昆白、陸君賜〔註37〕、鄭廷琦、胡章甫、王桂卿、陸美成其尤著者也。昆白先死，君賜等分派有三，曰：太倉、蘇州、嘉定。太倉近北，最不入耳。蘇州清音可聽，然近南曲，稍失本調。惟嘉定得中，主之者陸君賜也，其人多詭辭大言，能作鳥聲，數年前猶到松，顧見山僉憲常客之。〔註38〕

分析這段資料，可爲明末至清初吳中弦索的發展情形分爲四個階段：初期弦索調本是北詞，在說慣吳儂軟語的蘇州人聽來自是逆耳，因此張野塘歌北曲頗不受歡迎甚且被訕笑；之後得遇良輔並結爲翁婿，彼此薰陶習染日久，想必張野塘的弦索調風格已有所改變，所以漸漸被當地人接受，而能得到吳中少年的稱

〔註35〕此語轉引自陸萼庭《崑劇演出史稿》「修訂本」（台北：國家出版社，2002 年 12 月），頁 84。

〔註36〕〔明〕沈寵綏：《度曲須知》，收入《中國古典戲曲論著集成》第五冊（北京：中國戲劇出版社，1959 年），頁 202。

〔註37〕應爲暘，見下引詩

〔註38〕清葉夢珠：《閱世編》，收入《筆記小說大觀》第 35 編第 5 冊（台北：新興書局，1974 年），頁 222。

揚；進而野塘與另一音樂家楊六先後改良樂器弦子與創發提琴，使其更符合南方柔曼婉揚的風格，從此大受歡迎，成爲江南流行的名樂。考察這一階段，應該已是晚明時期了，參諸沈寵綏《度曲須知》中「弦索題評」條所言：

> 邇年聲歌家頗懲純繆，競效改弦，謂口隨手轉，字面多訛，必絲和其肉，音調乃協。於是舉向來腔之促者舒之，煩者寡之，彈頭之雜者清之，運徽之上下，婉符字面之高低，而釐聲析調，務本《中原》各韻，皆以『磨腔』規律爲準，一時風氣所移，遠邇翕然鳴和，蓋吳中『弦索』自今而後始得與南詞並推隆盛矣。」〔註39〕

沈寵綏所謂「邇年聲歌家」應即指類似張野塘、楊六等致力於研發弦索調的一批人，他們堅守中州音韻，而又效法水磨腔的運轉方式「釐聲析調」，使得弦索調甚且與南曲「並推隆盛」，成爲吳中最受歡迎的兩大腔調。張野塘死後的晚明以至清初，吳中弦索調甚且有進一步的流派分化，其中被奉爲正宗的陸君暘是著名的唱曲家，直到康熙年間，陸君暘都還常在松江、蘇州一帶活動。〔註40〕

　　由此可見弦索調在蘇州地區的發展和弋陽腔的遭遇似乎不太一樣，弋陽腔在此時還發展有限，並且還沒有出現演唱一整台戲的文獻資料；但弦索調卻大不相同，有演唱全本戲者：沈德符《萬曆野獲編》卷二十五〈北詞傳授〉條即云：

> 自吳人重南曲，皆祖崑山魏良輔，而北調幾廢。……而吳中以北曲擅場者，僅見張野塘一人。故壽州產也。……頃甲辰年馬四娘以生平不識金閶爲恨，因挈其家女郎十五六人來吳中，唱《北西廂》全本。……〔註41〕

按甲辰爲萬曆三十二年（1604），正值吳中弦索日漸發展隆盛的階段，馬四娘

〔註39〕明沈寵綏：《度曲須知》，收入《中國古典戲曲論著集成》第 5 冊（北京：中國戲劇出版社，1959 年），頁 202～203。

〔註40〕根據來新夏考證，葉夢珠約生於明天啓三年（1623），約卒於康熙中葉，參見來新夏《清人筆記隨錄》（北京：中華書局，2005 年 1 月），頁 37。葉夢珠所謂「數年前猶到松，顧見山僉憲常客之。」可見陸君暘活到康熙年間。另清初詩人宋徵璧《抱真堂詩稿》（有康熙戊申（七年，1668）吳偉業序）卷之四有〈聽陸君暘弦索歌〉：「陸生落拓鄙章句，漫操弦管隨煙霧，恥向侯門抱瑟游，雅遇知音誇駿步。側身橫坐紅氍毹，每矜此曲空吳趨。陸郎度曲人嗟吁，何以贈之貂襜褕，一曲可直千明珠，惆悵不已還歡娛。」亦可證明陸君暘活動於清初蘇州地區。

〔註41〕明沈德符：《萬曆野獲編》，收入《元明史料筆記叢刊》（北京：中華書局，1959 年 2 月），卷二十五，頁 646～645。

刻意攜班來演全本《北西廂》，正是說明了它有極大的發展空間。弦索調的盛
演，讓它在入清以後不僅在唱曲方面衍生出上述三大流派，也發展出不同的
表演形式：《蘇州戲曲志》「蘇劇」條云：

> 這種「吳中新樂弦索」，約於清康熙前後分流爲彈詞和南詞。彈詞屬
> 宣敘體說唱曲藝，……南詞則爲在素衣清唱的代言體戲文，又逐漸
> 衍變出一種盛行於吳中的「弦索調時劇」，其傳統劇目參見康熙五十
> 八年（1719）蘇州湯斯質所輯《太古傳宗弦索調時劇新譜》及乾隆
> 五十七年（1792）蘇州葉堂編訂的《納書楹曲譜》中所收《蘆林》、
> 《昭君》、《羅夢》、《算命》、《花鼓》等二十餘出。〔註42〕

《中國曲學大辭典》「太古傳宗」條則云：

> 清唱曲譜集。清莊親王允祿命曲師湯彬和、顧峻德編訂。……書分
> 三部分：一、《太古傳宗琵琶調西廂記曲譜》，以琵琶定弦，伴奏，
> 爲王實甫《西廂》譜曲，二十折，二冊；二、《太古傳宗琵琶調宮詞
> 曲譜》，四十五套曲，二冊，大多爲元明散曲，亦有戲曲；三、《太
> 古傳宗弦索調時劇新譜》，二十四曲，二冊，如《思凡》、《僧尼會》、
> 《大王昭君》、《北蘆林》等，亦有少數時調小曲。〔註43〕

根據《太古傳宗琵琶調西廂記曲譜》卷首平江孫鵬作於康熙壬寅（六十一年，
1722）的原序所云，該書原稿是由峻德的叔祖父、即清初蘇州名曲師顧子式
傳下來的，〔註44〕《太古傳宗弦索調時劇新譜》則附刊在顧峻德之弟子朱廷
鏐、廷璋兄弟合編之《九宮大成南北詞宮譜》中未采錄的「諸腔」二十四套，
其中包括散曲、琵琶詞、時劇如：《王昭君》、《醉貴妃》、《鶯鶯》、《蘆林》、《思
凡》、《拾金》等等，至乾隆間蘇州清曲家葉堂則收入其中十七套於其《納書

〔註42〕《蘇州戲曲志》編輯委員會編：《蘇州戲曲志》（蘇州：古吳軒出版社，1998
　　　年10月），頁91。
〔註43〕中國曲學大辭典編委會編：《中國曲學大辭典》（浙江：浙江教育出版社，1997
　　　年12月），頁723。
〔註44〕孫序原文云：「己亥夏日偶遇湯子彬和，……語次袖出一卷，曰：『太古傳宗
　　　譜』，考其意義，蓋倣古之琴弦，有音無文之樂，……且云是書鑽研久矣，嘗
　　　訂于顧子式，子式蘇郡之名師也，意將畢一生之精力而以公之於天下，惜乎
　　　採求未竟遽云徂謝，譜傳于姪孫峻德，繼先人之貽志復參互而集成之。」，見
　　　《太古傳宗琵琶調西廂記曲譜》，今存清乾隆十四年莊親王刊本，現藏於台灣
　　　大學總圖書館善本書室，筆者亦承蒙台灣藝術大學中國音樂系施德玉教授慨
　　　借影印自北京中國藝術研究院戲曲研究所資料室之影本，與台大圖書館所藏
　　　者同一版本，謹此誌謝。

橀曲譜》之中。〔註45〕

　　據此，已足見吳中弦索調發展至康熙年間已被稱爲「時劇」，且演出形式已出現多齣如《蘆林》、《昭君》、《思凡》等後世亦常見的折子戲了。

三、繁音激楚唱西調

　　清初陸次雲〈圓圓傳〉記述名妓陳圓圓爲李自成歌舞一事，云：

> 自成驚且喜，遽命歌，奏吳歈。自成蹙額曰：「何貌甚佳，而音殊不耐也！」即命群姬唱西調，操阮、箏、琥珀，已拍掌合之，繁音激楚，熱耳酸心。〔註46〕

此處圓圓所唱「西調」究竟何物？學界有兩種說法：一爲板腔體形式之秦腔腔系；〔註47〕一爲曲牌體形式、用秦吹腔演唱之民歌俗曲。〔註48〕一般多主張前者，主張後者則認爲陸次雲文中所提樂器僅「阮、箏、琥珀」，獨缺秦腔（梆子腔）所必備之「梆子」，並歷舉康熙間蒲松齡所輯《通俗俚曲》、乾隆間《綴白裘》以及王廷紹所輯《霓裳續譜》諸書中所見「西調」內容，均爲長短句、句末可重複加「疊」的曲牌聯綴體，證明它們應是流行於山、陝一帶的民歌俗曲小調。

　　然而，曾於康熙五十年至五十七年（1711～1718）任廣西巡撫陳元龍幕下的劇作家黃之雋，所著傳奇《忠孝福》第三十齣寫殷家歡慶，演一段戲中戲《斑衣記》，劇中註明「內吹打秦腔鼓笛」，下面的唱句則標爲「西調」，爲略加數個襯字的七字上下句共四句，〔註49〕從這點來看，黃之雋似乎認爲「西

〔註45〕參見傅雪漪：〈明清戲曲腔調尋踪——試談《太古傳宗》附刊之《弦索時劇新譜》〉，刊於《戲曲研究》第15輯（北京：文化藝術出版社，1985年9月），頁96。

〔註46〕見清張潮編《虞初新志》已見前註；又此段資料，徐扶明〈西調‧西腔‧秦腔〉一文引據正史與筆記叢談認爲不足爲信，然筆者討論重點不在於自成是否得圓圓一事，因此姑且置之不論。見氏著：《元明清戲曲探索》（杭州：浙江古籍出版社，1986年7月），頁360～372。

〔註47〕如：佟晶心：〈通俗的戲曲〉，載於《劇學月刊》4卷5期；程建坤〈宛梆簡述〉，載於河南《戲曲藝術》1982年第4期；上海劇協、上海藝術研究院所編《中國戲曲曲藝辭典》（上海：上海辭書出版社，1981年）〈秦腔〉、〈同州梆子〉條；廖奔、劉彥君：《中國戲曲發展史》第四卷（太原：山西教育出版社，2000年10月），第二章第二節。

〔註48〕如：徐扶明〈西調‧西腔‧秦腔〉（前揭文）；陳芳：〈論「梆子腔」的名義〉，收入氏著《清代戲曲研究五題》（台北：里仁書局，2002年3月），頁74～75。

〔註49〕內容爲：「(俺)年過七十古來稀，上有雙親百年期。不願(去)爲官身富貴，

調」即「秦腔」，且爲屬於板腔體形式之七字齊言句了。值得注意的是，根據陳元龍於康熙戊戌（五十七年，1718）冬月的序文所言，陳的內兄宋澄溪將這部劇本「攜歸吳閶，大合樂於虎邱，觀者如堵，墙至壓橋斷墜水，或繡板爲畫幅，飾丹青以鬻諸市，其傾動一時如此。」

「西調」究竟是戲曲腔調板腔體式的秦腔（梆子腔）、還是民間傳唱的曲牌體小調？鄙意以爲二說並不相悖。從陸次雲對唱曲情形的記載、以及明末時期秦腔腔系僅處於初步發展的階段來看，圓圓所唱「西調」確實有可能只是山陝一帶流行的俗曲時調，僅限於筵席間即興演唱，尚未稱之爲戲曲聲腔；但待到康熙晚期，以「西調」等山陝小曲爲基礎的秦腔腔系本身經過了數十多年的發展，甚且由發源地山、陝、甘流播到北京、四川、廣西等地，則「西調」成爲秦腔腔系中的一種腔調而讓黃之雋寫入劇中也是很有可能的事。這種被運用於戲曲聲腔中的「西調」與蒲松齡所輯《通俗俚曲》、王廷紹所輯《霓裳續譜》中仍爲小曲形式的「西調」自然有層次上的不同，然其根源相近則殆無疑義。換句話說，圓圓所唱「西調」和黃之雋劇中所演「西調」應該代表著秦腔腔系本身發展過程中的不同階段，非必要斷然二分，而這不同階段的「西調」是可以同時並存的，如同歌仔戲中的七字調與小調、蒲松齡等輯的山陝俗曲與黃之雋引入劇中的「西調」，都是腔調的「載體」，代表著不同的階段，然而同時並存可也。

至於「西調」與蘇州地區的關係，則圓圓乃明末常流連於蘇州、南京、如皋等地之江南名妓，前文曾引她既善崑曲又長於弋腔，可見其多才多藝，則其兼擅山陝俗曲也可想而知，然而除了陸次雲這條資料之外，並沒有發現其他關於明末蘇州地區有流傳山陝俗曲小調的記載，從陸文中可知該曲音樂「繁音激楚」、擊掌合拍，讓人聽了「熱耳酸心」，迥異於江南一帶柔曼婉轉、流麗綺靡的吳歌風格，也因此在蘇州地區恐怕不甚流行。

那麼，從康熙晚期於虎丘山上盛演黃之雋劇作引發極大熱潮一事來看，可以知道秦腔之流入蘇州乃因宋澄溪攜本以歸。值得注意的是，「秦腔」在該劇中僅是一小段插演的「戲中戲」，演出的主體仍是傳奇《忠孝福》，此劇是用崑山腔搬演，因此，民眾看戲看得如癡如醉乃至墙壓橋斷，未必是「秦腔」所帶動的魅力，我們不能據此認爲康熙晚期秦腔就已受到蘇州民眾的熱愛。

只願（俺）親年天壤齊。」黃之雋傳奇《忠孝福》據清康熙五十七年刊本，現藏於台灣大學總圖書館善本書室。

事實上，康熙年間秦腔就已流入江蘇，見魏荔彤〈江南竹枝詞〉：

> 由來河溯飲粗豪，邗上新歌節節高。
>
> 舞罷亂敲梆子響，秦聲驚落廣陵潮。〔註50〕

按「邗上」即揚州，揚州在長江以北，秦腔在清初流入江蘇可能僅限於江北地區，即所謂「江蘇梆子」，其中尤以徐州地區爲多，〔註51〕至於江南吳語區的蘇州等地，則少見秦腔流傳。本文舉陸次雲〈圓圓傳〉以及黃之雋《忠孝福》中的戲中戲作爲少數案例，恰可證明秦腔腔系在蘇州地區僅是驚鴻一瞥，未能落地生根。

四、其他：越調（海鹽腔、餘姚腔）與花鼓

明中葉以後，有若干文獻記載出現「越調」一詞，〔註52〕「越調」所云何物？且看《中國戲曲劇種大辭典》的解釋：

> 河南省地方戲曲劇種之一。流行於河南以及鄂西北、陝東南、皖西北、晉東南和冀南的部分地區。因其主奏樂器是「象鼻四弦」，故又稱「四股弦」。今統稱「越調」。

《辭典》提及「源流沿革」時則說：

> 關於越調起源，其說不一。一說原爲「月調」，系中國戲曲一般地方劇種共有的「平、背、側、月」四種調門之一，南陽一帶民歌小曲「四股弦」專用越調演唱，後演變爲戲曲，即稱「越調」，實際是南陽梆子的一種變體。一說源於諸宮調，元雜劇衰落後，其所用宮調之一的「越調」曲牌流入民間，經過長期孕育，發展成戲曲劇種。又以明崇禎年間傅一臣著雜劇集《蘇門嘯》中《賣情札園》第三折〈阻約〉所記「越調」爲據，認爲明末時已流行。也有說由羅羅戲發展而來，諸說孰是，都無定論。〔註53〕

〔註50〕轉引自廖奔《中國戲曲發展史》（前揭書），頁23。

〔註51〕可參見《中國戲曲志・江蘇卷》編輯委員會編：《中國戲曲志・江蘇卷》（北京：中國 ISBN 中心出版，1992 年 12 月初版），「江蘇梆子」條，頁 140～142。

〔註52〕除了正文所引二條以外，尚如：明汪道昆《太函集》卷五十〈明故禮部儒士孫長君墓誌銘〉：「長君業巳樹竹千個，遂拓地爲沙上園，……命二豎子習吳歌，雜以越調。客至，輒援筆爲新聲，援二豎以佑酒。」〔明〕汪道昆：《太函集》，據《續修四庫全書》第 1347～1348 冊，影印明萬曆刻本（上海：上海古籍出版社，2002 年），卷 50，頁 16，總頁 372。

〔註53〕《中國戲曲劇種大辭典》（上海：上海辭書出版社，1995 年 6 月），頁 976。

《辭典》費心考證，推敲至豫鄂陝皖晉冀等多省，卻仍「諸說孰是，都無定論」。然明末清初蘇州地區所見者有以下二條：

晚明劇作家傅一臣（生卒年不詳，一說爲杭州人，一說爲蘇州人）於崇禎十五年（1642）編定的雜劇集《蘇門嘯》卷二《賣情札囤》一劇第三折〈阻約〉，寫淨扮河內瓜果販尹柏亭、丑扮廣西藥材商余浙水，兩人在京師妓女丁惜惜家唱曲：

> （丑）柏亭兄，我和你各把土腔唱一曲，滿浮大白而散，如何？（淨）所見略同，小弟也有些喉癢了。小惜莫笑。（小旦）好說。正當請教，賤妾傾耳以聽。（丑）我們莫要兼做，前了江西朋友做作了，至今青樓笑語，只是板唱罷了。柏亭兄先請。（淨）省得謙遜，豁拳賭個後先。（小旦）猜先甚有理。（淨丑豁拳，丑輸介）浙水兄先請。（丑）做便免做，我你總是越調，不比崑腔。取音律全要腔板緊湊，唱和接換，鑼鼓幫扶，最忌悠長清冷。我唱你接，你唱我接。（淨）勞小惜打一打板，拿鑼來，我打鑼。

所唱【駐馬聽】二曲，有眉批曰：「此中呂調用越腔唱，故不拘板之正。」
〔註54〕

第二條資料爲清初人李元鼎《石園全集》卷十六〈宗伯年嫂相期滄浪亭觀女伎演《秣陵春》漫成十絕〉：

> 越調吳歈可並論，梅村翻入莫愁村。興亡瞬息成今古，誰弔荒陵過白門。〔註55〕

廖奔《中國戲曲發展史》第三章〈南北複合腔種的形成〉第二節「襄陽腔」對於第一條資料的解釋是：

> 「越調」不知所出。但後世有「越調」一種，傳說名字出自金、元「九宮十三調」的「越調」，即流行於湖北的荊州、襄陽一帶和河南的南陽、信陽地區；越過黃河在懷慶府（今河南省沁陽縣）還有一支，屬於古老腔種，既唱曲牌，也有板式腔調，打擊樂器用大鑼。與文中相對照，似乎相合。如確屬同一腔種，那麼，越調明末就曾

〔註54〕 明傅一臣：《蘇門嘯》卷二《賣情縶囤》，收入陳萬鼐主編：《全明雜劇》（影印明崇禎十五年敲目齋刻本，臺北：鼎文書局，1979年）。

〔註55〕 〔清〕李元鼎：《石園全集》，據《四庫全書存目叢書·集部》第196冊（影印遼寧省圖書館藏清康熙刻雍正修版印本，臺南：莊嚴文化事業有限公司，1997年），古體詩卷4，頁12，總頁108。

經相當興盛過一段時間。傳一臣爲蘇州人,《蘇門嘯》寫於蘇州,越
調就有可能在此地流行。如果京師妓女家唱越調不是虛構,越調就
還進了北京。〔註56〕

廖氏之說恐是受到《辭典》的影響。然而細繹這兩條原典,《蘇門嘯》中所描
述「腔板緊湊、鑼鼓幫扶」的搬演情形,以及李元鼎、錢謙益等人於蘇州名
勝滄浪亭觀看女伎演出弔古喻今的《秣陵春》傳奇來看,都與《辭典》所云
主奏樂器爲「四股弦」之「南陽一帶民歌小曲」大不相同,由此可知,辭典
及廖氏的說法實有疑義,恐怕都是以現今流行的現象來推想明代「越調」的
起源,卻又缺乏直接的文獻資料佐證,因此遲遲無法定論。

　　鄙意以爲若要釐清「越調」所指爲何,應當回到文獻原典中去加以考察:
《蘇門嘯》之〈阻約〉中淨丑自云所唱「土腔一曲」「總是越調」,後來眉批
上又說「越腔」,可見這「越調」必是流行於「越地」當地的「腔調」、「土腔」,
而不可能是《辭典》與廖奔所云流行於鄂豫陝晉等外地流入越地的民間小曲。

　　「越」者即今浙江一帶,明中葉起當地流行海鹽腔、餘姚腔兩腔調,海
鹽腔「體局靜好」,近於崑山腔,〔註57〕李元鼎將所觀「越調」與「吳歈」相
提並論,「吳歈」本即崑山腔,則其所指「越調」當爲海鹽腔無疑了。海鹽腔
與崑山腔並行,用以演唱興亡滄桑的《秣陵春》傳奇,是合情合理的。

　　那麼,同理可證,〈阻約〉中所說的越調既然「不比崑腔」、「最忌悠長清
冷」,可見並非海鹽腔,再從劇中所云「腔板緊湊,唱和接換,鑼鼓幫扶」,
又是敲鑼、又是打板的搬演情形看來,此指「越調」實是比較接近弋陽腔演
唱方式的餘姚腔。流沙《明代南戲聲腔源流考辨》拾肆〈餘姚腔及越調說〉
一節認爲:

　　　可知在崇禎以前,號稱土腔的越調必在浙江存在。因爲具有「一唱
　　　眾和」和「鑼鼓幫扶」特點,完全保持高腔的演唱形式。有人認爲,
　　　名爲越調的土腔即餘姚腔是頗有道理的。〔註58〕

〔註56〕廖奔《中國戲曲發展史》(前揭書),頁54。

〔註57〕見湯顯祖〈宜黃縣戲神清源師廟記〉,收入湯顯祖著,徐朔方箋校:《湯顯祖
　　　全集》第2冊(北京:北京古籍出版社,1999年),詩文卷34,頁1188。

〔註58〕流沙:《明代南戲聲腔源流考辨》(台北:財團法人施合鄭民俗文化基金會,
　　　1999年5月),拾肆〈餘姚腔及越調說〉,頁308。又流沙所云有人認爲,乃
　　　指羅海笛〈越腔考〉,《藝術研究》第六輯(總第十五輯,浙江省藝術研究所,
　　　1986年),頁287～294。

回到傅一臣劇中所述，此「越調」以板腔體演唱中呂調之曲牌，以「板、鑼、鼓」等打擊樂器造成「腔板緊湊、唱和換接」、迥異於崑腔「悠長清冷」的音樂風格。這種隨興不拘的表演方式，無怪乎劇中人稱之爲「土腔」而要滿浮大白、引吭高歌了。

由此可知，「越調」一詞本指浙江一帶土腔土調，在明末清初既有可能是海鹽腔、也有可能是餘姚腔，端看文獻所指爲何，不可貿然冠用。而其皆流入蘇州地區而得以實際搬演，可見流行播遷之跡。

另外還有一種「花鼓灘簧」，或簡稱「灘簧」，明嘉靖間錢希言《戲瑕》卷一「水滸傳」條云：

> 文待詔（即文徵明）諸公暇日喜聽人說宋江，先講灘頭半日，功父猶及與聞。〔註59〕

此「灘頭」即「灘簧」的前身，〔註60〕是類似於說唱故事的小型曲藝表演，但到了萬曆年間便吸收簡單歌舞踏搖的動作而具有戲劇成分，高攀龍《憲約》則云：

> 花鼓淫戲，誨淫實甚。〔註61〕

可見花鼓小戲是以搬演男女調笑之事爲主的，至遲到了清代康熙、雍正年間，花鼓灘簧已盛行於江浙一帶農村，〔註62〕大多爲立春前一日迎春燈節中的一項歌舞小戲表演。由於其流行於鄉野農村，表演內容多爲男女調情而流於低俗淫穢，甚至於有不肖民眾藉由表演楊花而行詐騙斂財之實，因此遭到政府機關的禁演：康熙二十六年六月蘇州閶門外廣濟橋埦立有《長洲吳縣二縣永禁楊花在街頭吹唱占奪民間吹手主顧哄騙民財碑記》內稱：

> 先等長吳二縣小民業習鼓吹，所賴民間生意糊口，承值各衙門當差，或有祖傳，或有設□□□□（筆者案：原缺，下同），民間主顧生意，以爲活命之源，主顧一失，凍餒隨之。近有一班奸棍，不務本業，串同游妓，在於街頭吹唱，名曰『楊花』。日則哄騙民財，夜則非爲

〔註59〕明錢希言：《戲瑕》，收入嚴一萍選輯《百部叢書集成》第787冊（台北：藝文印書館，1967年），頁11。

〔註60〕清顧祿：《清嘉錄》卷一〈新年〉中說：「灘簧乃弋陽之變，以琵琶、弦索、胡琴、檀板合動而歌。」筆者遍查各相關書籍，均無提及灘簧與弋陽腔的關係，顧祿此言不知何據？恐誤！

〔註61〕轉引自《中國戲曲志・江蘇卷》（前揭書），「蘇劇」條，頁144。

〔註62〕參見《中國戲曲志・江蘇卷》（前揭書），「蘇劇」條，頁144；《蘇州戲曲志》（前揭書），「蘇劇」條，頁91。

構劫，此種禍民，憲天明察秋毫，無惡不除，嚴行驅逐出境。……

〔註63〕

這條資料中所述「楊花」即「揚州花鼓」，乃江浙這一帶民間花鼓小戲的總稱，表演楊花的藝人和原本從事鼓吹的小民有搶做生意以至糾紛的社會問題，正好可以看出「花鼓小戲」和「民間鼓吹」之間的密切關係，以及當時花鼓小戲興盛的情形。

這類花鼓灘簧到了乾隆年間被「南詞」吸收，〔註64〕「南詞」即前文所言以素衣清唱代言體戲文的「弦索調時劇」，「南詞」除了吸收花鼓灘簧並稱爲「後灘」之外，也吸收崑劇的劇目以及音樂而稱爲「前灘」，在乾隆以後逐步發展壯大，甚至成爲崑曲衰落之後民眾最喜愛的娛樂之一。〔註65〕日後，唱弦索調的「南詞」、「花鼓灘簧」、唱崑山腔的「崑曲」三者合流，於清末民初逐次發展爲新興劇種，到了本世紀四十年代正式定名爲「蘇劇」。

從上述考察，可知明末清初蘇州地區除了崑山腔之外，還有弋陽腔、弦索腔、秦腔腔系之西調、海鹽腔、餘姚腔（二者均稱越調）以及花鼓小戲等地方腔調劇種，然而，除了弦索調能搬演全劇之外，其他地方腔調似乎僅止於曇花一現，都沒有獲得很好的發展，這個現象適足以說明崑山腔在乾隆以前的蘇州地區，一直居於獨秀一枝的領導地位。

第三節 《寒山堂曲譜》之前身——《南詞便覽》、《元詞備考》、《詞格備考》

以下三節將探討另一個外緣問題：張大復《寒山堂曲譜》之板本考辨及其意義與價值。張大復在清初蘇州劇作家之中，以仙佛說法、嬉笑成歌的劇作風格獨樹一幟，〔註66〕所編《寒山堂曲譜》等五種在曲譜發展史上，亦相

〔註63〕 江蘇省博物館編：《江蘇省明清以來碑刻資料選集》（北京：三聯書局，1959年5月），第十五類、民間戲曲、彈詞類：頁274。

〔註64〕 《蘇州戲曲志》（前揭書），「蘇劇」條云：「對白南詞吸收兼唱花鼓灘簧或仿作的灘簧劇目，至晚出現於清乾隆間。如乾隆末年（1795）成書的《霓裳續譜》卷八中所收【南詞彈簧調】兩支」，頁92。

〔註65〕 清同治十一年，方鼎銳有《溫州竹枝詞》云：「弦管朝朝哪得閒，歌聲入語總綿蜜。當筵不愛西崑曲，更喚灘簧擋子班。」轉引自周友良：〈他山之石，未必攻玉——從蘇劇、崑劇兩個劇種的關係談蘇劇〉，《藝術百家》1989年3月，頁87。

〔註66〕 如其代表作《醉菩提》、《海潮音》寫濟顛度人、觀音修道故事，《如是觀》寫

當值得注意：首先，從板本方面來看，在現存眾多的明清南北曲譜中，張大復曲譜是少數僅以抄本、而無刻本流傳於世者；〔註 67〕從編纂者來看，他上承蔣孝、二沈、徐鈕眾譜之後，於呂士雄、王奕清等官修曲譜出現之前，將近於私家編修格律譜的尾聲；〔註 68〕從編纂過程來看，曲譜常常是「世代累積」的成書模式，尤以蔣譜一系的傳承最為明顯，張大復曲譜卻於此系之外自成一家、別有創發。〔註 69〕因此，張大復《寒山堂曲譜》不僅是清初蘇州地區的南曲譜代表，其本身具有何種特色與貢獻，亦值得深入研究。

　　然而，恐怕由於張譜僅有抄本流傳，學界對於流散各地的眾多板本向來聚訟未定，甚且影響到它的文獻意義與史料價值，因此，筆者不揣譾陋，擬針對《寒山堂曲譜》之板本問題提出異於學界定論的新的辨證，由此嘗試梳理張大復編纂五種曲譜之先後過程，並藉以探討他的戲曲理論與思想脈絡，最後評論該曲譜在戲曲史上的意義與價值。

一、學界聚訟已久的板本問題

　　自從《南詞定律》、《九宮大成》引用張大復《寒山堂曲譜》之後，便鮮有人注意，直到 1938 年冬李盛鐸書齋藏書散出，發現了舊抄本《寒山堂曲譜》之後，才引起學界的熱烈關切。前輩學者一廠於 1944 年撰寫〈寒山堂曲譜〉一文〔註 70〕首開其端，迄今逾時一甲子，在中國大陸境內竟陸續發現了高達

岳飛大勝、秦檜受戮事。關於張大復傳奇作品的確切內容，清初高奕《新傳奇品》、中晚期無名氏《傳奇彙考標目》、支豐宜：《曲目新編》、清末姚燮《今樂考證》、黃文暘《曲海目》等諸書目著錄頗有參差出入之處，詳見周鞏平：〈張大復戲曲作品考辨〉，刊於《戲曲研究》第 19 輯（北京：文化藝術出版社，1986 年 7 月），頁 113～132。

〔註67〕除了《寒山堂曲譜》之外，僅存抄本的明清重要曲譜只有近代發現的鈕少雅《九宮正始》、不題編纂者之《曲譜大成》，參見周維培：《曲譜研究》（南京：江蘇古籍出版社，1999 年 9 月），頁 198；錢南揚：〈跋《彙纂元譜南曲九宮正始》〉，刊於《文史雜誌》第六卷第一期（蘇州：文史雜誌社，1948 年 3 月），頁 45～53。

〔註68〕繼《寒山堂曲譜》之後，僅康熙年間成書於北京的王正祥《新定十二律崑腔譜》、《京腔譜》，屬於私家纂修的格律譜，之後私家修譜者多屬宮尺譜，如葉堂《納書楹曲譜》；直待到民國以後的近現代如吳梅《南北詞簡譜》、鄭因百《北曲新譜》才又出現私家編纂的格律譜。

〔註69〕可參考周維培《曲譜研究》（前揭書），頁 36；錢南揚：〈曲譜考評〉所附「沿革圖」，刊於《文史雜誌》第四卷第十一、十二期，1969 年 10 月，頁 60

〔註70〕一廠：〈侫宋妄元室雜劄——寒山堂曲譜〉，刊於《中報》，南京發行，1944

九種不盡相同的版本，其頭緒甚爲紛繁、面貌尤顯凌亂，學者們紛紛著文討論：一廠、鄭振鐸、葉德均等三位先生發其端倪，文章多提及早期眾版本之傳鈔、借閱、轉贈、購得等來龍去脈；〔註71〕趙景深、錢南揚、傅惜華、周鞏平四位則初步整理前說，介紹新發現的抄本，且開始注意到張譜保留不少宋元南戲的文獻價值。〔註72〕

　　直到近年，孫崇濤、黃仕忠二位始總結眾說，將眾板本歸納爲兩大系統並分析其中異同，認爲：一爲五卷殘本，內題作《寒山堂新定九宮十三攝南曲譜》，卷首有凡例、曲話、譜選總目、題署等資料；一爲十五卷殘本，題作《寒山曲譜》，無凡例等，直入曲譜正文；《寒山堂曲譜》的板本問題至此得到初步廓清。黃仕忠先生更一反錢南揚等人舊說，爲兩大系統的產生釐定先後順序，認爲五卷殘本編集在前，稱之爲「甲本」；十五卷殘本編集於後，故稱爲「乙本」，〔註73〕此後學界大致從其說法。〔註74〕

　　　　年2月10日至12日，第四版

〔註71〕鄭振鐸：〈記1933年間的古籍發現〉，收入氏著：《中國文學研究》（下）（北京：人民文學出版社，2000年），頁450，該文寫於1933年12月10日。葉德均：〈十年來中國戲曲小說的發現〉，刊於《東方雜誌》第43卷第7號，上海：東方雜誌社，1947年4月15日出版，頁49～58。

〔註72〕趙景深：〈張大復的傳奇〉，收入氏著《明清曲談》（上海：古典文學出版社，1957年8月），頁181～187；〈元代南戲劇目和佚曲的新發現——介紹張大復《寒山堂曲譜》〉，收入氏著《戲曲筆談》（上海：上海古籍出版社，1962年11月），頁29～42；〈元明南戲的新資料〉，收入氏著《元明南戲考略》（北京：人民文學出版社，1990年10月），頁107～113。錢南揚：〈論明清南曲譜的流派〉，刊於《南京大學學報》（人文科學版）第8卷第2期，1964年6月，頁131～149。傅惜華：〈曲海知新〉，刊於《文匯報》1961年4月8日至12日，國內各大館藏均無此年，故未能獲讀此文，轉引自周貽白：〈《曲海知新》讀後記〉，收入沈燮元編：《周貽白小說戲曲論集》（山東：齊魯書社，1986年11月），頁639～645。周鞏平前揭文。

〔註73〕孫崇濤、黃仕忠：〈《寒山堂》、錦本與戲文輯佚〉，收入《南戲探討集》第6、7合輯（浙江：溫州市藝術研究所，1992年），頁99～118。黃仕忠：〈《寒山堂曲譜》考〉，刊於《傳統文化與現代化》1997年第6期，頁78～83。

〔註74〕至此學界大致從其說法可參見：李舜華：〈一個失落了的環節——《九宮正始》與《寒山堂曲譜》的發現與研究〉、〔韓〕梁會錫：〈論雜劇作家史九敬先與南戲作家史九敬先〉，同收入溫州市文化局編：《南戲國際學術研討會論文集》（北京：中華書局，2001年5月），頁247～257、258～267。不過，晚於黃氏文章、早於南戲研討會出版的周維培《曲譜研究》仍回到早期錢南揚的說法，但並未對黃氏新解提及一語。又，爲免繁瑣冗雜，以下凡引述該文者，僅於引文之後附註頁碼而不另加註腳，謹此說明。

　　縱觀前輩學者的研究成果，從板本的陸續發掘與介紹，到內容的閱讀與問題的提出，再到提出解答與獲得認同，誠可謂斐然大觀。然而，筆者對於幾成定局的板本問題，在經過逐字比對《寒山堂曲譜》兩大系統的詳細內容之後，發現孰先孰後其實仍有不少尚待斟酌之處，此則攸關張大復的戲曲理論、思想轉變，以及清初編譜者的審美內涵，甚至於該譜所保留的宋元南戲劇目是否可信等諸多關鍵性問題，實有再作探討之必要。

　　鄙意以為，若要釐清板本先後問題，必須回歸到原典本身，從其內容詳細考察蛛絲馬跡，以免憑空臆測、主觀揣想。張大復一共編纂了曲譜五種：《南詞便覽》、《元詞備考》、《詞格備考》、《寒山堂曲譜》、《寒山堂新定九宮十三攝南曲譜》，這些曲譜現存者都是殘缺的手抄本，從前三種的書名及其內容來看，學界咸認為是後二種的前身，殆無疑義；然其詳情如何仍須加以探究，以利我們對於《寒山堂曲譜》編纂過程之瞭解及其板本先後之釐定。因此，以下便依序探討各譜的詳細內容。

二、散佚泰半的《南詞便覽》與《元詞備考》

　　戰前鄭西諦先生曾得題為《南詞便覽》的手稿殘本四冊，〔註75〕然談及此書最為詳細者為周鞏平，其云：

> 不知原書規模如何，目前僅殘存鈔本兩冊，藏北京圖書館善本室。
>
> 書頁中題署：「寒山張心其匯定」，「寒山張心其識」，字跡比較潦草。
>
> 此書首頁有「十三調古今異詞同合評」，並存「填詞總論」、「用韻法論」、「歌頭曲尾論」、「古今詞壇名家評說」的標題，但未見內容。
>
> 在正文前尚有「引總論」、「犯調總論」、「尾聲套數總論」，專從創作角度論崑曲音樂的一些作曲技巧和方法，頗多深刻見解。
>
> 曲譜正文，僅存「黃鐘宮」之一部分，其餘各宮調僅存目錄，正文部分已散佚，殊為可惜。（頁127～128）

筆者遍查國內各大圖書館，均無《南詞便覽》館藏，疑此北京圖書館藏本為海內外唯一孤本，〔註76〕筆者數年前亦曾於北圖閱得此書，誠如周氏所云，

〔註75〕見葉德鈞：〈十年來中國戲曲小說的發現〉（前揭文，頁52），惜翻檢《鄭振鐸全集》鄭氏似無片語提及此書。

〔註76〕據《中國古籍善本書目》編輯委員會所編：《中國古籍善本書目》（上海：上海古籍出版社，1998年3月）集部第三冊〈目三十一‧曲類〉所著錄之《南

正文之前的多篇評論文字僅存〈引總論〉等三篇，三篇之中，也只有〈犯調總論〉保存於其他板本的《寒山堂曲譜》（詳下節），誠然「殊為可惜」。當年在北圖所允許的有限時間、物力之下，筆者僅能抄錄〈引總論〉、〈犯調總論〉二篇文字，然〈引總論〉意見可與《寒山堂曲譜》所存關於「引子」的文字互相參證；〈犯調總論〉則與其他版本大同小異，僅文字略有出入。至於正文部分，《寒山堂曲譜》都收有《南詞便覽》所僅存的「黃鐘宮」一節。

　　至於《元詞備考》，最早提及者亦為周鞏平，其云：

　　　　殊存鈔本一冊，全書僅三十四頁，開頭部分殘缺，結尾部分完整，書藏北京圖書館善本室。

　　　　此殘本在書中題：「寒山張心其定」，書末署：「康熙二十七年仲春□□□君玉泉□」，字跡也很潦草。「君玉」不知何人，但張大復有兩個兒子，一名君輔，一名君佐，（見《寒山堂新定九宮十三攝南曲譜》簽署），君玉或可能是張大復子任輩。此書紙色、鈔寫筆跡與《南詞便覽》完全相同，可能是出自同一鈔寫者之手。

　　　　此書尚存黃鐘犯調48支曲、正宮犯調46支曲、大石犯調2支曲、小石犯調12支曲、仙呂犯調48支曲（均不包括又一體）。（頁128）

筆者遍查國內各大圖書館，亦無《元詞備考》館藏，多年前於北圖亦未知何故不獲閱讀；但是，在筆者於台北國家圖書館善本書室發現到的《詞格備考》不分卷（詳下節）之中，於「越調過曲」之後，插入一篇文字類同於上述之〈犯調總論〉，之後再接「黃鐘犯調」，此「黃鐘犯調」頁首竟題為《元曲備考》，並署名「寒山張心其定」，與上述周氏所云雷同，「黃鐘犯調」之後所接「正宮犯調」、「大石犯調」、「小石犯調」、「仙呂犯調」也完全相同；所不同者，此處《元曲備考》所收支曲數目與周氏所云略有出入，〔註77〕「仙呂犯調」末尾不見「康熙二十七年……」題署字樣，而逕接「商調犯調」等其他宮調，「黃鐘犯調」至「仙呂犯調」之總頁碼也不及三十四頁。這一部份的鈔寫筆跡與全書完全相同，惜未能與周氏所見、北圖所藏者比對異同。

　　據此，鄙意以為：周氏所見《元詞備考》是另外獨立的一本書，可能是筆者所見《詞格備考》中偶題為《元曲備考》者之前身，因此書中、書末有

詞便覽》，僅藏於北京圖書館善本書室，詳見頁2185。

〔註77〕分別是：黃鐘犯調33支曲、正宮犯調51支曲、大石犯調2支曲、小石犯調7支曲、仙呂犯調44支曲（均不包括又一體）。

完整的題署，且兩書有次序相同、內容稍異之章節。但待張大復據此進一步修訂、增補其他宮調而爲《詞格備考》之後，《元詞備考》便沒有獨立成書之必要，因此幾近失傳，而僅存於北京圖書館爲唯一孤本。

　　以上二譜，均存於北京圖書館爲唯一孤本，二譜釐分南、北，恐怕是張大復開始著手編譜時所作，或者爲《詞格備考》的前身，以其散佚泰半，且內容多見於《詞格備考》，故雖未暇詳細閱讀，當不至於影響到本文的探討。

三、尚屬完整的《詞格備考》

　　錢南揚、周鞏平、周維培等文均提及此書，殘存一冊，抄本，藏於浙江省圖書館。周鞏平對書況有較多說明：

> 正文前署「寒山張心其匯定」，尚存越調過曲 69 支、越調犯調 17 支、商角過曲 50 支、商角犯調 40 支。其所收均爲犯曲，與各曲譜不同，然非全壁。（頁 128）

周維培則承襲錢南揚的看法，認爲：

> 該本內容簡略，類同查繼佐的《九宮譜定》，似爲沈璟《南曲全譜》的節本。它不稱「曲譜」而名之「備考」，說明張彝宣在當時並無修譜意圖，錄此簡譜以供自己填詞備用。與後來定型的張彝宣曲譜相比，《詞格備考》只能算作曲譜雛形。（頁 162）

筆者未曾到浙圖一探究竟，然在台北國家圖書館善本書室便藏有翻製成膠卷之《詞格備考》，卷帙浩繁，所收內容與僅收兩調的浙圖本有所出入，當爲較接近《詞格備考》原貌之另一板本，敘述如下。

　　此本《詞格備考》國圖著錄爲「舊鈔本，清沈建芳手批，宗文獻手跋，清張心其編。不分卷，四冊」查沈建芳名永馨，別號篆水，是詞隱先生沈璟的姪孫、沈自晉的子侄輩，〔註78〕此本不僅有建芳手批，「仙呂犯調」卷中還錄有他的散曲【桂花遍南枝】一首，此曲並見於沈自晉《南詞新譜》卷十三〈仙呂入雙調〉卷，〔註79〕《南詞新譜》約作於順治乙酉（二年，1645）到乙未（十二年，1655）之十年間，〔註80〕《詞格備考》亦屢次引用其說，則

〔註78〕參見沈自晉編：《南詞新譜》卷首〈古今入譜詞曲傳劇總目〉云：「沈建芳散曲，名永馨，別號篆水，詞隱先生姪孫。」，見《南詞新譜》第 1 冊，收入《善本戲曲叢刊》第 29 冊（台北：學生書局，1984 年 8 月），頁 60。

〔註79〕見《南詞新譜》第 2 冊，頁 754～755。

〔註80〕見沈自南撰於順治乙未菊月之〈重定南九宮新譜序〉云該譜修撰之起由：「歲

《備考》當作於這段時間稍後。〔註81〕

此譜共收有羽調過曲、高平調過曲、中呂宮過曲、雙調過曲、越調過曲、黃鐘犯調、正宮犯調、大石調犯調、小石調犯調、仙呂宮犯調、商調犯調、商角調犯調、羽調犯調、高平調犯調、南呂宮犯調、中呂宮犯調、雙調犯調、越調犯調等十三個宮調，可參見附錄一〈張大復《寒山堂曲譜》及其以前眾曲譜之宮調排列表〉。所收宮調雖多，然以犯調爲主，僅有少數宮調兼收過曲，未知是後來散佚還是本未收齊。曲子大多標有出處，並承襲自沈璟《南曲全譜》以來嚴分正襯、附點板眼的標註方式，但不列平仄四聲、不標示開閉口字；然在牌名之下詳列句數、字數、拍數，當爲張大復創發之處，而其意義將於下文第貳章加以探討。

曲文首列正體，次列「其二」、「其三」或「又一體」，例曲之後酌加評語或說明，以略小字體另起一行書寫，內容包括曲牌的歸類、曲名的異稱、平仄押韻的講求、字數句式的考證、舊譜新曲的補缺正謬、古本俗曲的比對取捨……等等。全書共有三處出現張大復題署：在「中呂過曲」卷首題作「寒山張心其彙訂」；在「越調過曲」與「黃鐘犯調」之間，插入一篇前述之〈犯調總論〉，文字與《南詞便覽》者大同小異，文末題署「寒山道人張心其識」；「黃鐘犯調」頁首題作上述之《元曲備考》，並署名「寒山張心其定」；書末則有宗文獻跋文一篇。〔註82〕

此本還有一項值得注意的特色，即全書以犯調爲主，故收錄了頗多晚明

乙酉之孟春，馮子猶龍氏過垂虹造吾伯氏君善之廬，執手言曰：………」，頁13。

〔註81〕 查沈建芳生卒年爲 1632～1680 年（見錢仲聯主編：《中國文學家大辭典・清代卷》，北京：中華書局，1996 年 10 月，頁 362），則《詞格備考》成書最晚可推到 1680 年即康熙十八年以前，然從該書與其他板本之《寒山堂曲譜》比對內容可知成書於《寒山曲譜》、三之前，不可能成書於太晚，可知約成於順治年間，請見下文考證。

〔註82〕 宗文獻跋云：「右《詞林備考》不分卷，題爲寒山張心其訂，蓋選各家之詞殿以己作，並經沈建芳先生硃筆加評，極其精審。心其爲清乾隆間姑蘇名士，居近寒山寺，故自名寒山子，所著《醉菩提》、《海潮音》、《天下樂》三曲收入《曲海》，無以後曲界之僅有存者，且所選之曲又多佚不傳，孤本獲傳，致堪玩索，願以話海內之知音者。淮安宗文獻識於精思軒。」宗文獻之生平資料難以得知，文中誤以張大復爲清乾隆間人，可能是民國以後之藏書家：查近代藏書家有南京宗舜年（字子戴、號耿吾），藏書樓曰「咫園」、書齋名爲「野錄軒」，應非此人。參見蘇精：《近代藏書三十家》（台北：傳記文學雜誌社，1983 年 9 月），頁 49～52。

乃至清初的劇作家作品。〔註83〕事實上，自沈璟《南曲全譜》就已經引用時人或自己的作品，然大量引用、蔚然成風者乃沈自晉《南詞新譜》，《詞格備考》所引用的這些晚明作品，也多見於《新譜》及其卷首之〈古今入譜詞曲傳劇總目〉，張大復與沈氏家族同為蘇州人氏，《詞格備考》還有沈建芳的手批，則張大復編纂此譜時，受到《南詞新譜》的影響頗深，應是可想而知的。

綜觀全書，除了曲文的出處註明並不完整、宮調排列略顯凌亂之外，卷中少數幾曲前後銜接有誤，恐有錯簡之虞，也缺少一般曲譜都有的凡例說明，整體風格並不脫離二沈新、舊譜的規格，因此，錢、周等位學者認為該譜是張大復供自己填詞備用，只能算作曲譜的雛形，誠無疑義。雖則如此，然其內容豐富可觀，亦不乏作者用力之處，洵為探尋張大復纂譜過程與戲曲思想之重要根據。

以上是張大復《南詞便覽》、《元詞備考》、《詞格備考》三譜的詳細內容。由此可知，張大復所關注者包含南、北曲，且在曲譜正式定稿之前，還分別作了草稿以供「便覽」、「備考」，一廠〈寒山堂曲譜〉開宗明義地說：「清茂陵張大復有南曲譜、北詞新譜之作，總名寒山譜。」當即此意。惜《南詞便覽》、《元詞備考》散佚泰半，且珍藏於北圖難以詳閱；幸台北國圖藏本《詞格備考》保存尚屬完整，因此，以下便以此本為草稿階段的代表，作為探討與後二譜承續關係之依據。

第四節　《寒山堂曲譜》之板本先後

如前文所述，目前所知《寒山堂曲譜》高達九種不盡相同的版本，學界新解認定為兩大系統：一為五卷殘本編集在前，內題作《寒山堂新定九宮十三攝南曲譜》，稱為「甲本」；一為十五卷殘本編集於後，題作《寒山曲譜》，稱為「乙本」。然而，筆者在經過詳細比對之後，認為十五卷殘本與《詞格備考》有明顯的傳承之跡，應該編輯在前；五卷殘本又經過大幅增修、刪改，並明言體例、思想，應編集在後而為《寒山堂曲譜》之定稿本，故此譜板本問題，應非學界新解、而以錢南揚舊說為是，請依序論述如下。

〔註83〕　筆者曾經抄錄《寒山堂曲譜》眾板本之「正宮卷」曲牌目錄並繪製成表，以茲前後參照、比對異同；然本論文為求篇幅精簡，姑且刪去，可參見拙文〈清張大復《寒山堂曲譜》考辨〉，《台灣戲專學刊》第 12 期，2006 年 1 月，頁 98～102。

一、十五卷殘本──《寒山曲譜》

根據孫崇濤先生整理，十五卷殘本一系實包含了「北大本（四冊、不分卷，實含十四卷加【雙調】殘卷），即孫楷第本；音研所十四卷本、戲研所本（五冊、十四卷）同。」（見《《寒山堂》、錦本與戲文輯佚》，頁 100）等大同小異的板本，筆者所據即北京大學圖書館藏抄本，後收入《續修四庫全書》第 1750 冊，由上海古籍出版社於 2002 年出版。

此本題爲《寒山曲譜》，原不分卷，無任何題署、凡例，直入正文，收有：南呂過曲、南呂犯調、中呂過曲、中呂犯調、雙調過曲、雙調犯調、黃鐘過曲、黃鐘犯調、正宮過曲、正宮犯調、大石過曲、大石犯調、小石過曲、小石犯調、仙呂過曲、仙呂犯調，然在「南呂過曲」與「黃鐘過曲」之前各有簡目，從筆跡與正文相同判斷，應與抄錄者同時而非後人編列。「簡目」上雖有「雙調犯調」，然在「雙調過曲」第十二支曲子（含又一體）之後即已散佚殘缺，故學者云「實含十四卷加【雙調】殘卷」，一般學界稱之爲「十五卷殘本」。在「黃鐘過曲」末、「黃鐘犯調」始之間插入〈犯調總論〉，也就是說，它出現的位置與《詞格備考》同樣是在「黃鐘犯調」之前。此本除了例曲的評註移至曲文之下以外，曲文的標註方式與《詞格備考》雷同，文字亦大同小異。

以上是《寒山曲譜》的基本面貌。以下進一步討論其細部問題並與《詞格備考》進行比對：

首先從宮調來看，從附錄一〈張譜以前眾曲譜之宮調排列表〉可清楚見出，《寒山曲譜》雖僅收 8 個宮調，卻全部都是兼收過曲與犯調，換句話說，《寒山曲譜》比《詞格備考》的 13 個宮調少了羽調、商調、商黃調、高平調、越調等 5 個宮調，卻多了 8 個宮調之中的 6 個宮調的過曲，並保留原本中呂、雙調 2 宮調的過曲。而少掉的 5 個宮調，除了越調較常用之外，餘者已是少用的宮調，自查繼佐、鈕少雅以來，已漸次不用了。由此增、減的情形來看，《寒山曲譜》較諸《詞格備考》有著明顯的「去蕪存菁」乃至於「補菁」的傾向。至於宮調的排列順序，從無曲譜有如《寒山曲譜》之以南呂宮爲始者，疑兩個簡目以下所轄內容應前後顛倒，而成爲自查、鈕以來以「黃鐘」爲始的排列順序。

其次從正文內容來看，先就《寒山曲譜》與《詞格備考》重複的 6 個宮調的犯調部分而言，兩者比對之後可以發現，《寒山曲譜》補充了《詞格備考》原本缺空的曲文出處，且對於前、後兩支曲子同出一源時，會加以註明「同

前」，可見缺空者並非即指「同前」。再就《寒山曲譜》不與《詞格備考》重複、即其新增的 6 個宮調的過曲部分來看，可以發現這些曲文的出處有很大的轉變：一改《詞格備考》多收時人作品的作風，所收幾乎都是宋元舊編，從這個情形，可以觀察出張大復在編纂《寒山曲譜》時，對於例曲的選擇採取了不同的角度。

再其次從曲文評註來看，兩版本之間的文字大同小異，僅些許無關大雅的語助詞、感嘆詞有別，尚不至影響文意；〈犯調總論〉與《南詞便覽》、《詞格備考》均同，惟此處抹去了題署；最值得注意的是，在「中呂犯調」之【駐馬待風雲】曲下，《寒山曲譜》多了一則評語：

> 此曲美甚矣！但接處腔有稍劣，予即此曲文，削成一曲，附後以伺知音。

之後即接張大復「削成一曲」的【駐馬聽】。查【駐馬待風雲】一曲，始見於沈璟《南曲全譜》收錄，題作【倚馬待風雲】，並見於自晉《新譜》，二沈都沒有對該曲多作說明，〔註84〕《詞格備考》一仍沈譜，《寒山曲譜》則有上述之評語與新曲。從評語語意看來，顯然是張大復對此曲別有領會，因而作出舊譜所沒有的新的處理。

由此三個情形觀察，則知《寒山曲譜》與《詞格備考》之不同，而這些相異處，正顯示了《寒山曲譜》對於《詞格備考》有明顯的傳承且進一步增補、刪修的痕跡：二譜重複處大體雷同，可見其傳承接續；刪減處則見其汰冗去蕪；增補處更見其新添修改之意。因此，北大圖書館所藏十五卷殘本之《寒山曲譜》，應爲張大復續接《詞格備考》之後的修訂本。

二、五卷殘本──《寒山堂新定九宮十三攝南曲譜》

至於另一系統之五卷殘本，學界已整理出包含「李盛鐸本（六冊、五卷）、傅惜華本（三冊、五卷）、趙景深本（？冊、五卷）、音研所五卷本（五冊）」等版本，筆者所據者即爲中國藝術研究院音樂研究所藏鈔本，同樣收入《續修四庫全書》第 1750 冊，頁碼接續於《寒山曲譜》之後，由上海古籍出版社於 2002 年出版，以下稱之爲《寒山堂新定譜》或《新定譜》。此處所要探討

〔註84〕見沈璟《南曲全譜》，收入《善本戲曲叢刊》第 27、28 冊（台北：學生書局，1984 年 8 月），該曲見第 27 冊卷八，頁 325；沈自晉《新譜》（前揭書），卷八，頁 319。

的重點，是重新思考近年來學界認爲《寒山曲譜》晚於《寒山堂新定譜》的新觀點，因此，將先說明《寒山堂新定譜》的基本樣貌，再闡述筆者認爲《新定譜》晚於《寒山曲譜》的理由，同時探討學界新解值得推敲之處。

此本題作《寒山堂新定九宮十三攝南曲譜》，卷首有：「新定南曲譜凡例十則」，文末署名「寒山子重訂」；「寒山堂曲話」，題下署名「寒山子著」，共計十八則；「譜選古今傳奇散曲集總目」，題下署名「男繼良君輔、繼賢君佐同輯」，共錄 71 則，之後載有張大復本人劇作數種。

接著便是曲譜正文，共分有五卷，每卷卷首題爲「寒山堂新定九宮十三攝南曲譜之一（之二、之三……）」，題署「○蘇　張彝宣　大復甫選訂，男繼良、繼賢，侄繼新同較字」，之前並有所收支曲及其出處的目錄。五卷內容依序是：仙呂過曲、正宮過曲、大石調過曲、小石調過曲、黃鐘過曲。每支支曲的標示亦如《詞格備考》、《寒山曲譜》，別正襯、附板眼、詳列句數、字數、拍數，首列正體，次列「其二」、「其三」或「又一體」，例曲之後另起一行以略小字體酌加說明。值得注意的是，此本儘管綱舉目張、頭緒分明，但仍然是散佚不全的殘本，由以下三處可以得知：（1）凡例「犯調」條之後有文字僅剩一半的殘缺一頁，疑爲論「過曲」者，惜已亡佚，故凡例標題題作十則，今存者實僅九則矣。（2）凡例中的「尾聲定格」一則談到尾聲「以其沿用日久，姑另立一卷，附於譜末，實則俱可通用。」，然今存板本譜末都沒有這另立一卷的「尾聲定格」，是原稿亡佚還是未及編出？已不得而知，但從這段口氣篤定的文字判斷，應以散佚的可能性爲高。（3）〈譜選古今傳奇散曲集總目〉中「明傳奇」一類之下有小字注云：「略次先後」，之後卻僅列《投筆記》一劇，若僅僅一齣何來「先後」可言？可見必有脫落殘缺。其後一頁開頭列《小春秋》一劇，下注：「以上十九種未刻稿」，之後再列《釣漁船》、《紫瓊瑤》、《獺鏡緣》等劇，下注：「以上六種未成」。可知這些是張大復羅列自己的劇作情形，結合這兩點來看，則知自《投筆記》之後、《小春秋》之前，此本已脫落數頁。

縱使此書仍是殘本，然鄙意以爲，此《寒山堂新定譜》當爲張大復編纂曲譜之最後定稿，亦即晚出於《寒山曲譜》，箇中理由，應該回到書中本身所提供的線索去探求：

首先從書名談起，此本每卷卷首明白題示清楚詳細的完整書名《寒山堂新定九宮十三攝南曲譜》，即透露出作者對該本的愼重其事，「新定」二字與

「凡例」文末署名的「重訂」正好呼應，表示此本是經過「重新訂定」過的
板本，這些字眼所代表的意義，實不容忽視抹煞。凡例第一則云：

> 九宮十三攝者，謂仙呂宮、正宮、中呂宮、南呂宮、黃鐘宮、道宮、
> 羽調、大石調、小石調、般涉調、越調、商調、雙調也。

即開宗明義解釋書名之所由來，也表示了張大復對於書名的擬定自有一番見
解。接著第二則即表明他的編譜態度、動機、方法與原則：

> 曲創自胡元，故選詞訂譜者，自當以元曲爲圭臬。蔣氏草創，但本
> 乎陳白二氏舊目，每目繫以一詞，未暇兼顧其他，沈氏沿其舊而增
> 益之，所見又未廣。故予此譜，不以舊譜爲據，一一力求元詞，萬
> 不獲已，始用一二明人傳奇之較早者實之。若時賢筆墨，雖繪采儷
> 藻，不敢取也。蓋詞曲本與詩餘異趣，但以本色當行爲主，用不得
> 章句學問，曲譜示人以法，祗以律重，不以詞貴。奈何捨其本而逐
> 其末也。

這段文字首先接櫫張大復編譜時「以元曲爲圭臬」的崇古態度；次論蔣沈舊
譜「未暇兼顧」、「所見未廣」的短處，由此引出他重新編譜的動機；他的方
法是「一一力求元詞」，言下之意，則暗指蔣沈二譜的短處，就在於沒有「力
求元詞」，僅以「時賢」之「繪采儷藻」充填之；最後重申他「以本色當行爲
主、示人以法、以律重，不以詞貴」的選曲原則。整段文字讀下來，張大復
對於詞曲的源始、本質、曲譜的功能、目的、舊譜的缺失、製譜的立意等方
面的想法是非常連貫、清楚而堅定的，透露出明確的一反舊譜「捨本逐末」
的新的製譜方向，想必是經過一番深思熟慮。我們再從這一點往前推求《寒
山堂新定譜》與《詞格備考》、二的關係，可以發現：《詞格備考》多選時賢
作品、《寒山曲譜》增補處卻以宋元舊編爲主，到了《寒山堂新定譜》則明確
指出「一一力求元詞」，則其一路走來，張大復編譜思想的轉變是循序漸進、
有跡可尋的，若以學界所論《寒山曲譜》晚出於《新定譜》、而《詞格備考》
夾於兩板本出現之間，則焉能解釋張大復於《新定譜》中言詞確鑿地表明「時
賢筆墨，不敢取也」、卻又在「備考」時態度丕轉，突然之間大收時賢儷藻呢？
若再往後求證於《寒山堂新定譜》中的正文曲例，則可從後文〈譜選古今傳
奇散曲集總目〉以及例曲出處見出，張大復洵非虛言，所選皆爲宋元古曲。
關於此點，我們將在後文中討論〈總目〉及正文時再次提到，茲不復贅。

接著以下三則凡例，連續談到「引子、犯調、尾聲」，張大復此譜所下的

定義是：

> 引子祇是略道一齣大意，無論文情、聲情，極不重要，是以引子皆用散板，而作傳奇者，或捨去不填，或僅作一二句，或用詩餘絕句代之。即舊曲之有引子者，老頓亦多節去不唱，故此譜刪去不收。蓋此譜以實用爲主，不炫博、不矜奇，引子無甚謬體，各譜皆同，俱可爲法，不必求於本譜也。

> 犯調祇是將同一宮調、或同一管色之宮調中，二調以上以致若干調，各摘數句，各合成一曲便是。凡稍明律法者，皆可爲之，不必以前人爲式也。故此譜但收過曲，不收犯調。……且犯調本是因爲一部戲文中，百數十曲，不欲其一調數用，即以此爲補救之法，若一散套、一雜劇，不用過十餘曲，或數十曲而已，正調已足採用，何須犯調？！且犯之法雖易明，若求音律和美，兩調接筍處如天衣無縫者，非精通音聲不易措手。…（以下散佚）

> 尾聲定格，本是三句、二十一字、十二拍，不分宮調，皆是如此。金董介元《西廂記》，及元人北劇皆然。其由來之久可知。後世遂有【三字晃煞】、【凝行雲煞】、【收好因煞】等等名字，實皆由正格變來，原不足辯。……某宮調必用某尾聲格者，此故作深語欺人，不須從也。

若與《南詞便覽》所見相較，此處「引子」文字雖與〈引總論〉有別，但文意相近；「犯調」則無論語意或文字都和〈犯調總論〉相去甚遠，兩者理論的演變擬待下節詳述，此處先處理《寒山堂新定譜》本身的問題。引子、尾聲因爲無關大體，也沒有太多的變化，所以此譜不收，並無多大爭議，較值得注意的是「犯調」部分。學界認爲，《寒山堂新定譜》只收過曲、《詞格備考》多收犯調、《寒山曲譜》過曲與犯調兼收，據以推論：《寒山曲譜》是綜合《寒山堂新定譜》與《詞格備考》的結果，故《寒山曲譜》必成書於《新定譜》之後。此說表面上看似合理，卻忽略了張大復編書的內在思想脈絡：此處明言犯調之法易懂，稍明音律者皆可爲之，沒有「以前人爲式」的必要，況曲譜中過曲已足採用，再收犯調就不切實際了，換句話說，張大復此譜是「以實用爲主，不炫博、不矜奇」（「引子」條語），再結合凡例最後一則所言「本譜原爲作曲者而作，故解說以簡明爲主，不事博核矜奇，學者識之」，可以見出此譜爲了實用，只收過曲，不收犯調，所云「『但收』過曲，『不收』犯調」，

正說明了以前曾經收過犯調，但現在這次是爲了作曲者而作，不要再「博核矜奇」了，而要以「簡明實用」爲原則，顯示了他想以此譜用世、傳世，諄諄言之，款款用心，其意昭然若揭。

　　這些思想脈絡都與前述張大復製譜的立場與用意是連貫一氣的，若是按照學界《寒山堂新定譜》、《詞格備考》、《寒山曲譜》的說法，則張大復豈不成了自掌嘴巴、前後矛盾之人？爲此，學者解釋爲：《寒山曲譜》應該會有新的凡例以更正己說，只是可能張大復未及寫出；然而，如何能揣想全無憑證的假定性說法，而抹煞眼前既有的資料呢？筆者惑甚！因此，《寒山堂新定譜》不收犯調的爭議，筆者以爲應以凡例所言爲據，並以此證明《新定譜》爲張大復定本之作。

　　剩下的凡例三條分別提到「閉口、撮唇、穿齒」，以及「平仄四聲」、「襯字」等三個方面，此三點在舊譜中大多標示而出，但張大復認爲：開閉唇齒等乃屬歌法問題，非曲律學的範疇，不需自亂陣腳徒增迷惑；平仄四聲是作曲者基本功夫，無須畫蛇添足多此一舉，此二者在曲譜中無足輕重，故皆刪去。關於張大在此增刪之間所透顯出的曲學意義，將在下文第貳章有更深入的說明，茲先不贅。而張大復最爲著力者乃在「襯字」，其云：

> 譜之難訂，厥在塡襯字。襯字之設，原在於疏文氣、足文義，爲曲調最巧處。……但世人皆以爲正字者，比較之難且繁也。曲詞亦然，故往往將襯作正，不得已而移板增拍，致令全調俱乖。此譜於此，再三著意，力搜襯字最少之曲，以爲法則，舊譜於襯字皆旁書，極易混淆，此加朱○，一目了然矣。

前文曾經提到，曲譜嚴分正襯始於沈璟，但在凡例中特設「襯字」條則於鈕少雅《九宮正始》首見，張大復「於此再三著意」，就是要糾正時人「將襯作正、移板增拍、致令調乖」的謬誤，可見其力求音律之精準無誤。值得注意的是，張大復又說爲了避免混淆，他特意一改「舊譜」旁書襯字的方式，而以朱筆圈示，查《新定譜》之前所有現存南曲譜、包括《詞格備考》、《寒山曲譜》都是旁書襯字，唯有此本《新定譜》才是朱筆加圈，此不也是《新定譜》後出於《寒山曲譜》之一大力證！當然，張大復所云「舊譜」可能指的是其他南曲譜，但未嘗不能包括自己的舊作；況且，若以《寒山曲譜》置於《新定譜》之後，則其回復到自己認爲極易混淆的旁書方式，豈不令人迷惘難以理解！則《寒山堂新定譜》爲晚出之作亦不辯自明。

　　以上是對於《寒山堂新定九宮十三攝南曲譜》卷首「凡例」的分析與辨證，接下來再探討〈寒山堂曲話〉。曲話共計十八則，雖然署名寒山子著，其實前輩學者已經考證出大部分抄自王驥德《曲律》和凌濛初《譚曲雜劄》，〔註85〕然而還有一條抄自沈寵綏《度曲須知》者未經學者發現，即第十三條「北曲肇自金人，盛於勝國……」云云。〔註86〕古人向來沒有「智慧財產權、著作權」之觀念，彼此輾轉抄襲是頗常見的事，即如曲譜而言，查繼佐《九宮譜定》之「總論」〔註87〕就幾乎襲自王驥德《曲律》，無甚新意。張大復〈寒山堂曲話〉亦復如此，不足爲奇，真正出自張大復之手的僅有開頭三則：前二則評論臨川劇作短長及其改作，第三則敘述他與同鄉前輩音樂家鈕少雅的結識往來情形，此皆關乎張大復的戲曲理論發展，因此留待下節一併討論。

　　緊接著是〈譜選古今傳奇散曲集總目〉，該篇是「凡所錄，只分傳奇、散曲二種，各以見譜先後爲序，各書其全名，間考作者姓字里居。」早在民國四十年代，葉德均先生便從此篇書目以及譜中引用頗多古本戲文，發現了「從來未嘗一見的戲曲史料」，並舉了四大方面加以說明：一、其中有關元代南戲的注釋，都是不見於其他曲籍的；二、又有不見於近人宋元南戲輯佚《九宮正始》等戲文名目十二種；三、其中有陌生的南戲名目和殘文，並有若干戲文的作者歷略可考，全是以前未曾一見的新資料；四、寒山堂所著傳奇目，也足訂諸家曲目之失。〔註88〕其後錢南揚先生更據此詳考深論，並著文多篇肯定其對鉤沈早期戲文樣貌的文獻價值。〔註89〕不過，此說卻在近年受到學界質疑，學者們認爲：《寒山曲譜》晚出於《新定譜》並訂正了很多《新定譜》

〔註85〕抄自王驥德《曲律》者爲：第四條「凡曲調，欲其清不欲其濁」、第五條「作曲須先識字」、第六條「今戲目曰齣」、第十七條「引子須以自己之腎腸代他人之口吻」、第十八條「用宮調須稱事之悲歡苦樂」；抄自凌濛初《譚曲雜劄》者爲：第七條「改北調爲南曲者」、第八條「《南西廂記》增損字句以就腔」、第九條「曲始於元胡」、第十條「元曲源流古樂府之體」、第十一條「尾聲元人最加注意」、第十二條「本曲調有不用尾聲則煞句即是尾」、第十四條「《白兔》、《殺狗》二記」、第十五條「沈伯英審于律而短於才」、第十六條「張伯起少有俊才」。

〔註86〕見沈寵綏《度曲須知》，收入《中國古典戲曲論著集成》第五冊（北京：中國戲劇出版社，1959年7月），頁237。

〔註87〕查繼佐：《九宮譜定‧總論》，收入任中敏編《新曲苑》第一冊（臺北：臺灣中華書局，1970年），頁177～181。

〔註88〕見葉德均：〈十年來中國戲曲小說的發現〉（前揭文），頁52～53。

〔註89〕均見錢南揚前揭文三篇。

引用古本的錯誤，因此，《寒山堂新定譜》所載古本出處並不可信；出處既不可信，則據此擬出的譜選書目亦不可信；何以書目必不可信？乃歸因於書目出自子侄輩繼良、繼賢所輯。此番推論層層相連、環環相扣，由「果」知「因」，精密周延，然而，是否果然如此呢？

鄙意以為，若要重新思考上述推理之正確性，當剝落所有假設性說法，而回歸最本質的原始資料上來看，因此，必先探討學界認為此篇書目不可信的「原因」──即出自子侄之手。學者根據兩點情形判斷：一、〈總目〉之下署名「男繼良君輔、繼賢君佐同『輯』」。二、〈總目〉言及鈕少雅時，屢言「里丈」、「鈕丈」，如《唐伯亨》條：「此本從里丈鈕少雅處假來」、《開封府風流合三十》條：「此亦鈕丈抄本」、《席雪餐氈忠節蘇武傳》條：「此亦鈕丈所假」，與〈寒山堂曲話〉中稱「吾『友』同里鈕少雅」的語氣不同，當為子侄輩口吻；書目既是子侄輩所輯，則其距離古本更遠，所言云云如是，焉能採信！那麼，此篇書目是否真出於子侄輩之手呢？

我們可以同理可證，從書目中提到其他友朋的線索中去判斷：全篇除了鈕少雅以外，還提到：馮夢龍，如：《楊德賢女殺狗勸夫記》條：「龍猶子三改矣。」《元永和鬼妻傳》條：「龍猶子云：洪武間一教諭作，惜未詢其姓字。」《王仙客無雙傳》條：「墨憨齋贈本。」李玉，如：《張資傳》條：「李元玉一笠菴藏本，即《鴛鴦燈》。」《子母冤家》條：「明官鈔，一笠菴假來。」查鈕少雅生卒年約當明嘉靖四十三年（1564）到清順治十八年（1661）左右、馮夢龍為萬曆二年（1574）到順治三年（1646）、李玉則眾說紛紜，最早可推到萬曆十九年以後（1591）到康熙六年以後（1667），張大復本人則生卒年不詳，但一般據清初高奕《新傳奇品》等書目的著錄，將他歸為與李玉同輩之人。由上面排序來看，張大復本人稱鈕少雅為里丈、稱馮、李為同輩語氣實理所當然；若由大復子侄輩來稱呼，則不僅要稱鈕少雅為里丈，連稱馮、李都要備加尊敬，何以獨尊鈕而略馮李呢？；反之，若將張大復年輩推前，將之視為比鈕稍晚、稍早於馮李，則其子侄輩獨尊鈕的說法即可成立，然而，這又如何解釋高奕等書目都將張大復排在李玉等人之後呢？再者，若只注意到〈曲話〉第三則稱鈕少雅為「吾友」而下此判斷，是不夠全面的，因為該條接著說：「今少雅已歸道山，『前輩』又弱一人」，分明是尊長之語。

因此，〈譜選總目〉出於子侄輩之說不能成立，僅能說是子輩們同輯，但斷不能據此否認〈總目〉的可信度，同樣地，要據此錯誤之「因」推論出《寒

山堂新定譜》引用古本乃不可信之「果」，也是不能成立的。那麼，還有沒有別的情形，可以映證《新定譜》引用古本之可信呢？鄙意認爲，同樣要求諸原始資料而非作假設性推想。關於此點，就必須結合曲譜的正文加以深入探討。請論述如下。

《寒山堂新定九宮十三攝南曲譜》正文共收仙呂過曲等五卷，支曲的標示除了襯字加圈以外，一如《詞格備考》、《寒山曲譜》已見上文所述。五卷內容全與《寒山曲譜》重複，曲文、評註等文字也大致相同，惟增減處值得注意：以犯調居多的《詞格備考》至此殘存無幾，《寒山曲譜》的過曲構成了《新定譜》的主體，《新定譜》則對於曲文的出處，有大幅的更動，分爲以下幾種情形：

其一，原《寒山曲譜》以明代流行的傳奇稱法「**記」爲標示，到了《新定譜》幾乎都被改爲早期南戲舊稱，如：《綵樓記》改爲元傳奇《呂蒙正》、《臥冰記》改爲元傳奇《王祥》、《荆釵記》改爲元傳奇《王十朋》等等，此例甚多，不復贅舉。何以作此更動？鄙意以爲，和張大復在凡例中開宗明義力倡的「崇古心態」有很大的關係，和鈕少雅在《九宮正始》中的作法也極爲相似：《九宮正始・臆論、一嚴別》云：「元之《王十朋》，今之《荆釵》也；元之《呂蒙正》，今之《綵樓》也；元之《趙氏孤兒》，今之《八義》也；元之《王仙客》，今之《明珠》也。亟須別白，無彼此混，無新故混。今譜務祈審音而正律，奚辭是古而非今？」〔註90〕由此可知，鈕少雅、張大復等人取宋元南戲舊稱，是帶著爲審音正律而追本溯源的嚴肅心態的，這種作法，顯然和捨棄《詞格備考》、二之時賢新調而「以元曲爲圭臬」、「力求元詞」的作法是完全一致的。

其二，《寒山堂新定譜》除了採用南戲舊稱之外，還冠上了「元傳奇」，而在「散曲」部分，則詳細地加上不同的散曲集出處，計有：《樂府統宗》、《凝雲妙選》、《遏雲音選》、《雍熙樂府》、《詞林摘豔》等，由此可見張大復是經過查考才能分別註明不同出處的，而《寒山曲譜》則僅註明「散曲」而已；若是《寒山曲譜》果然晚出於《寒山堂新定譜》，則其間的分別不就一概湮沒不見了嗎？那麼當初詳爲考察、字字標註的辛勞不就全無意義了？試想一般的編書者會有這樣的可能性嗎？恐怕是難以讓人信服的。

〔註90〕明徐于室、鈕少雅：《九宮正始》，收入《善本戲曲叢刊》第31冊（台北：學生書局，1984年8月），頁18。

　　其三，《寒山堂新定譜》對於《寒山曲譜》出處的缺空，幾乎都以「同前」填補完備了；前文曾經提及，「《寒山曲譜》對於前、後兩支曲子同出一源時，會加以註明『同前』，可見缺空者並非即指『同前』」，同樣的情形也出現在《新定譜》：《寒山曲譜》中「正宮過曲」【一撮棹】曲出自《琵琶記》，以下接連三支到【划鍬令兒】都是缺空的；《新定譜》則【一撮棹】照例標示爲舊稱元傳奇《蔡伯喈》，接連兩支也標爲「同前」，但第三支【划鍬令兒】卻標爲元傳奇《呂蒙正》，查今本明傳奇《綵樓記》第八齣〈夫妻歸窯〉，〔註91〕確實收有這支「荒煙淡鎖疏林外」曲，可見《寒山曲譜》的缺空處，未必全是「同前」；《新定譜》對於《寒山曲譜》的缺空，也非一味地以「同前」搪塞之，而是經過嚴謹的考證之後再填補進去的；若依學者的說法，即《寒山曲譜》晚出時，一律將「同前」省略爲缺空的話，則將如何解釋【划鍬令兒】的標示呢？顯然《新定譜》的作法，是「增補」了《寒山曲譜》的缺漏處，而非《寒山曲譜》「省略」了《新定譜》。

　　其四，則是兩板本所註出處不同者，學者們舉出數例認爲是《寒山曲譜》訂正了《新定譜》「許多訛誤」，如：仙呂【鵝鴨滿渡船】之又一體錄「只見釣魚船隨浪滾」和「蘆葦岸蓼花汀」二曲、其下【赤馬兒】二支、以及正宮【泣秦娥】「此身若不去科舉」曲，《新定譜》均注爲元傳奇《元永和》，《寒山曲譜》則前四曲爲「散曲」、後一曲爲「無名氏」。學者們引沈自晉《南詞新譜》錄【泣秦娥】曲卻作「無名氏」，認爲《寒山曲譜》注文責《新譜》之句格有誤，並據以更正《新定譜》，由此推出古傳奇《元永和》的存在並不可信之結論。查《南詞新譜》卷四「正宮」以及卷十一「道宮調近詞」，確實都收有以上五曲，並分別注爲「散曲」以及「無名氏」，〔註92〕然而，《寒山曲譜》責《新譜》有誤的注文也同時見於《新定譜》且隻字不差，不僅如此，兩板本之【鵝鴨滿渡船】等四曲之後也同樣有注文提到《新譜》，那麼，若張大復果然在後來編纂《寒山曲譜》時根據《新譜》而訂正了《新定譜》的錯誤，則何以他早先在編纂《新定譜》時，既已經參照《新譜》並提出《新譜》的句格有誤了，卻粗心地沒有發現《新譜》的「正確」出處而一仍己誤呢？再說，《新譜》是早於張大復開始編纂曲譜的，此從《詞格備考》數度引用其

〔註91〕見《綵樓記》，收入林侑蒔主編：《全明傳奇》第 84 冊（台北：天一出版社，1985 年），頁 20。
〔註92〕分別見前揭書，頁 254、382、383。

說可見，那麼，何以不是《寒山曲譜》編輯在前，姑從《新譜》之舊說；但待他收集到古本的資料愈益豐富之後，才進一步考查、訂正了之前舊譜的說法，而在《新定譜》中揭開了不為人知的出於元傳奇《元永和》的事實呢？因此，在古本《元永和》今日已佚、查無此證的情況下，有了以上其他線索的輔證，我們認為應該是《新定譜》訂正了《寒山曲譜》，才是合理的說法。

學者所舉其他數例，都是諸如此類、查無此證的情形，且又忽略了《新定譜》多於《寒山曲譜》的評註，以致於推論出「《寒山曲譜》糾正了《新定譜》、《新定譜》之今佚古本恐不可信」的結果。茲舉兩例說明：

學界認為，《新定譜》卷一仙呂過曲附收三調之【八仙過海】「喬柯挺幹」曲、以及卷三大石調附收之【催拍子】「待悄、亭亭金蓮」曲，均註明出自元傳奇《鶯燕爭春》；但《寒山曲譜》【八仙過海】訂正為「高玄齋」、【催拍子】則訂正為承上文之【碧玉簫】署「散曲」而省略未署，因此有無《風風雨雨鶯燕爭春記》一戲佚文，實為懸案。然而，細查《新定譜》此二處，其後均多了一條《寒山曲譜》所沒有的評注，【八仙過海】曲後云：「世以為此曲起自曹玄齋，非也。」按自晉《新譜》卷二十三「仙呂入雙調」收有此曲，確實題為「高玄齋」（第二冊，頁853），《新定譜》所云「世以為」，應即指包含《新譜》以來的舊說，自然也包含承襲《新譜》的《寒山曲譜》，因此，《新定譜》特別多加一條說明「非也」，用以「糾正」世人一直流傳的錯誤說法。【催拍子】曲後則云：

> 或將前七句作【催拍】，後四句作【犯一撮棹】，「何處」兩句似是矣，
> 末二句卻不同，且「子」字與【一撮棹】何關，此曲音調美聽，今
> 人沿用已久，又是古曲，不如直作正調也。

查《寒山曲譜》對於此曲正作如上之犯調處理，此條評注的語氣分明是修正前說，況且明言這支曲子是「今人沿用已久的『古曲』」，也暗合於引自元傳奇《鶯燕爭春》。換句話說，相較兩板本對於這支曲子的處理，《寒山曲譜》隻字未提，《新定譜》則明顯具有修改意味，實為不容否認之事。由此看來，若《寒山曲譜》才是後來糾謬者，那如何解釋《新定譜》多出來的這兩條評注呢？

再舉查無此證之數例：《新定譜》卷三大石調【催拍】「受君恩身居從班」曲，引自元傳奇《古城會》，《寒山曲譜》根據《新譜》卷六更正為《拜月亭》曲；卷二正宮【賽鴻秋】「現團圓桂輪」曲，引自元傳奇《蘇武傳》，《寒山曲

譜》卻改標爲「散曲」，至此學界認爲二曲實非《古城會》、《蘇武傳》之佚曲，乃至於《古城會》、《蘇武傳》的存否都是值得懷疑的。然而，鄙意以爲，正是因爲這兩個早期劇本今已亡佚，如何能證明此二曲不是出自這裡？就前者而言，今存《拜月亭》確實收有「受君恩身居從班」一曲，但古來戲曲之轉轉襲用，早已是不爭的事實，觀此曲內容並沒有指出特定的人事物，在《拜》劇中乃王尙書赴京所唱，並不能用來證明它不可能出現在其他劇中，尤其是比他更早、且今已亡佚、查無此證的古劇之中。後者之疑爲散曲，同樣無法證明它絕不可能出現於古劇。因此，若以這類例子證明《寒山曲譜》糾正了《新定譜》的錯誤，恐怕是不具說服力的。

以上數例都是學界認爲《寒山曲譜》晚出的證據，已在我們重新思考並探求原始資料之後認爲難以成立。另外，筆者還發現了兩處訊息，是學界沒有提出來的，卻可以證明《寒山堂新定譜》實爲《寒山曲譜》之修訂本：

一爲《寒山曲譜》仙呂過曲所收【河傳序】「巴到西廂把咱廝奚落」曲，有注文云：

> 第一句該用韻，今有「巴到」起至「到今」止爲【天仙子】，「驀地」起至「盤星」爲【月裡姮娥】，「寂寞」至「機倖」爲【傳言玉女】，「全不省」三句，爲【長壽仙】，「把咱」起至「落得甚」爲【安樂神】，「閻王」二句爲【水仙子】，末句爲【歸仙洞】，以顯八仙之名，**細查有未妥**。

同曲收於《新定譜》卷一仙呂「本宮附收三調」之第一首，注文云：

> 第一句該用韻，今有將「巴到」至「到今」爲【天仙子】，「驀地」至「盤星」爲【月裡嫦娥】，「寂寞」至「機倖」爲【傳言玉女】，「全不省」三句爲【長壽仙】，「把咱」至「落得甚」爲【安樂神】，「閻王」三句爲【水仙子】，末句爲【歸仙洞】，以足八仙之名，**細查殊未妥，不如作爲正調之爲當也**。

兩處注文大同小異，但其異處便顯出重要端倪：《寒山曲譜》、《寒山堂新定譜》都認爲以集曲的方式處理此曲實在不妥，但《寒山曲譜》還未能提出解決之道，《新定譜》則決定乾脆作「正調」處理。

相類似的情形還有一例：《寒山曲譜》小石犯調收有【五樣錦】「姻緣將謂是五百年眷屬」和【鮑老催】「只爲弱體病軀」二曲，中間夾有注文云：

> 古本《拜月亭》此曲後尚有一段，不知詞隱先生何意截去？查《拜

月亭》古本有【十樣錦】，詞隱先生收其半遺其半，即名曰【五樣錦】，
予今查明附此，可仍其舊名也。

相同二曲，收錄在《新定譜》卷四小石調「本宮附收一調」，但合併爲【十樣
錦】，注云：

此曲古本如此，詞隱先生不知何故，截去「只爲弱體病軀」以下半
段，改名【五段錦】，予查明於此，即仍其舊名，此曲實是犯調，故
名【十樣錦】也。其前半，沈譜已分拆，後半則自「弱體」以下是
【鮑老催】，「叮嚀囑咐」四字是【集賢賓】，「倒拽」以下是【啄木
兒】，「回頭」以下是【鶯啼序】，「怪得我」以下是【沈醉東風】。如
此分拆，雖無不是，但覺支離破碎，不如作爲正調爲當也。

從兩處注文的差異處即可見出：編纂《寒山曲譜》時，張大復已不認同沈璟
截去後段的作法，所以按照古本修復此曲，但仍舊名；到了《新定譜》時，
張大復始終覺得（但覺）這樣做雖然沒有什麼不對，但也不是很好，乾脆「作
爲正調」更爲恰當，因此總算合併兩曲名爲【十樣錦】。從這兩例所增加的注
文，可明顯地觀察出兩板本漸進修改的層次感。

　　二爲《新定譜》出現了《寒山曲譜》所沒有的避康熙諱的情形。眾所周
知，康熙以後「玄」字（或以其爲偏旁者）或者缺末筆作「**」、或者改替爲
「元」，這兩種避諱方式均出現在《新定譜》，如：凡例第一則「有萬寶常者，
取其七調，用撥絃移宮之法…」、卷一仙呂宮【赤馬兒】其三末句「智者何勞
絃上聲」、【八仙過海】注文「世以爲此曲起自曹玄齋…」等例，「絃」字俱作
「**」、「玄」字作「**」，〈譜選總目〉中《張資傳》條稱李玉爲「李元玉」
也是避諱「玄」字。然而，《寒山曲譜》則完全沒有避諱之跡，如：南呂過曲
【大勝樂】「把一床絃索塵埋」、【滿園春】「把絲絃再理」、中呂犯調【折梅四
犯】「說與他絃斷瑤琴」等例，不煩一一備舉。前文曾經提過，《新定譜》之
〈寒山堂曲話〉提及「今少雅已歸道山」，查鈕少雅約卒於清順治十八年（1661）
左右，則編纂《新定譜》時，顯然已是康熙之後了，而《寒山曲譜》必定編
纂在前，時尚順治年間，故無避諱之慮。

三、《寒山堂曲譜》於後代流傳——《寒山堂曲譜》綜合本

　　探討至此，則對張大復《寒山堂曲譜》兩大系統之板本、誠爲《寒山堂
新定譜》晚出的事實，應再無疑義。此處附帶一提的是，學界雖歸納各板本

《寒山堂曲譜》爲兩大系統，然每系統之中的各板本又似乎有大同小異之處，足見其面目之紛雜、流傳之廣遠與傳抄轉錄之頻繁，筆者所見《寒山堂曲譜》便有第四個板本，可供說明該譜流傳後代、綜合輯集之情形。

筆者曾於 2001 年承蒙南京友人協助，〔註93〕影印珍藏於北京民族音樂研究所資料室之抄本《寒山堂曲譜》十五卷殘本（實爲十四卷加上雙調殘卷），筆者稱之爲《寒山堂曲譜》綜合本，該本應即前輩學者歸於十五卷殘本系統之中的「音研所十四卷本」。〔註94〕此板本堪稱「收羅最全」，卷首即《寒山堂新定譜》之「凡例、曲話、總目」，經筆者詳細比對，與《新定譜》之字跡、行款、行距、版面規格一模一樣；之後緊接著正文，自卷一至卷十四依序爲：黃鐘過曲、黃鐘犯調、正宮過曲、正宮犯調、大石過曲、大石犯調、小石過曲、小石犯調、仙呂過曲、仙呂犯調、南呂過曲、南呂犯調、中呂過曲、中呂犯調，應爲第十五卷者爲雙調過曲，但沒有編寫卷數，且字跡又與前面卷首、正文均不同、甚爲潦草，僅存五頁，故爲殘卷。該本在「南呂過曲」開始之前有幾行字：

> 此下北圖藏本〔註95〕第三冊，有目錄如下：南呂過曲、南呂犯調、
> 中呂過曲、中呂犯調、雙調過曲、雙調犯調

觀此《寒山堂曲譜》綜合本，筆者認爲該本是在《寒山曲譜》、《新定譜》相繼完成並傳世之後，才出於後人複印、抄錄輯集綜合而成，理由如下：

（一）從外貌比對來看

《寒山堂曲譜》綜合本卷首等資料既與《新定譜》字跡、行款、行距、乃至版面規格一模一樣，恐出於近代複印所致。正文字跡雖與《寒山曲譜》不同，但其內容幾乎全同，不同處乃《寒山曲譜》未加編卷（筆者所據乃北大本，原不分卷已見前述）、綜合本卻清楚註明卷次，鄙意以爲應出於後來抄錄者自行編列，黃仕忠先生亦如是認爲：「音研所抄本署十四卷者，當是該譜

〔註93〕此位友人爲當時就讀於南京大學中文所博士班之韓籍研究生金英淑前輩，影本並承蒙金前輩郵寄台灣，感激之情謹此致謝。

〔註94〕見孫崇濤、黃仕忠：《〈寒山譜〉‧錦本與戲文輯佚‧孫崇濤致黃仕忠函》，前揭文，頁 100。惜孫氏說明簡約，並未提及該本卷首是否冠有《新定譜》之凡例等，但從綜合本之內容、館藏地與孫氏所言相合，推測應即此本爲是。

〔註95〕筆者懷疑爲「北大圖」之誤，因爲學界歸納整理的十五卷殘本系統中，音研所十四卷本實源出於北大圖藏本。

追錄者的查找方便，依順序標入頁碼和卷數的。」〔註96〕

　　若再結合「南呂過曲」之前的幾行字、以及卷末「雙調過曲」之潦草殘缺，筆者認爲該板本出於後人傳抄轉錄、複印輯佚的情形甚爲明顯，實非出於張大復本人的編纂輯佚；若果然出於張大復本人的編纂修訂，則恐怕難以解釋何以在修訂了體例分明、層次嚴謹的《新定譜》之後，還會編纂如此修葺未整的綜合本？何以正文不沿用編纂有序的《新定譜》、還要採用不分卷、前後不一的《寒山曲譜》？換句話說，若張大復修譜先後順序爲《寒山堂新定譜》、《寒山曲譜》、《寒山堂曲譜》綜合本，則三個板本的外貌愈趨參差錯亂、幾達「每『況』愈『下』」的程度，這樣的可能性恐怕是微乎其微且不近常理的。

（二）從思想內容來看

　　根據本文上節分析，《寒山堂新定譜》卷首凡例所揭示的選曲態度、編譜原則等思想，以及正文內容符於凡例、每卷卷首均明書「○蘇　張彝宣　大復甫選訂　男繼良、繼賢　侄繼新同較字」等字樣，均可證明《新定譜》是出於張大復本人之手的最後修正定稿。此定稿與《寒山曲譜》之正文大異其趣，然綜合本卻能同時收錄此前後自相矛盾的內容，即凡例明言不收犯調、正文卻大收犯調而不見任何修葺編整之跡，可見其非出於張大復本人之編修，而是後人的輯錄所致。

　　若《寒山堂曲譜》綜合本不是出於後人所輯，則何以張大復本人修訂完整謹嚴的《寒山堂新定譜》之後，還會復古似地輯錄綜合本之十五卷本？更何況是前後矛盾、思想不一的內容？！因此，《新定譜》與綜合本所呈現的落差，適足以說明綜合本是出現在張大復本人編修選定的《新定譜》之後、且出於後人追錄輯佚所爲：該本雖冠有《新定譜》的卷首凡例，正文內容卻全部抄錄自《寒山曲譜》，實屬於學界所謂「十五卷殘本系統」之中的「音研所十四卷本」。

　　綜上所述，則《寒山堂曲譜》綜合本的出現應是近代綜合輯集所成，且實屬於學界兩大系統之中的「十五卷殘本」一系，因此，並無涉於本文對於《寒山曲譜》、《寒山堂新定譜》，即學界新解所謂「乙、甲」兩大系統先後問題的辯證，亦不影響對於張大復編譜過程之探索，故不列入下節討論，可視

〔註96〕見孫崇濤、黃仕忠：〈寒山譜‧錦本與戲文輯佚‧黃仕忠致孫崇濤函〉，前揭文，頁108。

之爲《寒山堂曲譜》在後代流傳時出現眾多板本、面目紛然終至綜合輯集的情形之一。

第五節　張大復《寒山堂曲譜》之意義與價值

　　經過上文的思考辨證與舉例說明，我們對於兩大系統之《寒山堂曲譜》先後問題，已能有充分的新的認識，而得到反對學界新解、支持舊說的結論。除此之外，我們還要進一步探討張大復《寒山堂曲譜》在戲曲史上的意義與價值，以下繼續討論三個問題：

一、梳理張大復編譜之三個階段

　　由本文前二節對於張大復所編纂的五種曲譜及其眾板本的探討，可以將張大復編纂曲譜的過程，梳理爲三個階段：

（一）初稿時期

　　此階段當爲《南詞便覽》、《元詞備考》、《詞格備考》之成書過程。從書名即可看出具有「便於閱覽、備於查考」的草創性質，今存筆者所藏《詞格備考》已錄有《元詞》之內容，至於《南詞》因散佚泰半，又不得寓目，不敢遽以推斷《南詞》是否成書於《詞格》之前、或者是否亦已錄於《詞格》之中；然其囊括南北曲，致力於釐定詞曲格式的著書態度，當是毫無疑問而值得肯定的。在《南詞》、《元詞》不得其詳的情形下，筆者以《詞格備考》爲三書之代表，稱爲《詞格備考》，並視此階段爲初稿時期。

　　《詞格備考》全書收羅豐富、卷帙浩繁，然以犯調爲主，屢見時人作品，曲文標註方式一仍舊體，評注亦多提及二沈新、舊譜，引用出處時有缺漏，凡此均可見其初稿的性質。

（二）增補時期

　　《詞格備考》儘管篇幅不小，卻以犯調居多，張大復據此進一步增補大量的過曲，構成了十五卷殘本之《寒山曲譜》。此本刪除了《詞格備考》中不常使用的宮調，增加了選自宋元舊篇的諸調過曲，形成了全書舊曲與新調揉雜爲一、過曲與犯調相對均衡的風格。此本還補充了不少《詞格備考》缺漏的引文出處，除此之外，曲文的標註、評注等體例完全與《詞格備考》相同。整體看來，全書的架構雖然因古本過曲的加入而開始略有轉變，但其基本體

例、思想仍承襲著《詞格備考》，因此，只能視爲張大復編譜的增補階段。

（三）刪修定稿期

現存五卷殘本之《寒山堂新定九宮十三攝南曲譜》雖然是眾譜中篇幅最少者，卻是張大復編纂《寒山堂曲譜》的最後修訂本。此乃由於卷首凡例、曲話、譜選總目等題署與內文，都清楚地宣告著編譜思想與原則，包括務求當行本色、力求元詞古曲、輕犯調重過曲、襯字朱筆加圈等，這些思想指導著全書的編撰，使得全書的體例有著明確的規劃與統整，異於前二本的零碎散漫，顯示出高度的一統性與嚴整性。即因有著成熟的編譜思想作爲指導，此本大幅刪修，汰減了前二本的犯調與時賢作品，力搜古曲以推求音律之本源，而呈現出煥然一新的新體例，這些新體例其實是遵循著該本「務求實用、不炫博矜奇，爲作曲者用」的最大編譜原則，透露出作者以此用世、傳世之心，可見該本是張大復的最後定稿，殆無疑義。值得一提的是，由於此本力求元詞、力搜古曲，因此保留了不少的早期南曲戲文的相關資料，爲今日南戲研究者提供了相當珍貴的文獻價值。

由此可見，張大復編纂《寒山堂曲譜》，歷經了初稿、增補、刪修而後定稿的三大階段，每階段都呈現出不同的重點與意義，也體現著他編曲、選曲思想之轉變，以下便接著探索張大復的思想演變。

二、探索張大復思想轉變之脈絡

從前面梳理張大復編纂曲譜的轉變過程看來，其中最大的轉捩點當是：由取犯調而捨犯調、由無過曲而採過曲、由輯新調而求元詞。鄙意以爲，其中緣由當與張大復結識前輩鈕少雅有很大的關係。

錢南揚先生談到《寒山曲譜》時，認爲該本受到沈璟一派曲譜的影響很大，他說：

> ……但是另一方面卻又受了沈璟一派曲譜（沈璟《南九宮譜》、沈自晉《南詞新譜》）的影響，徵引了許多近代人的作品：如李玉的《永團圓》、馮夢龍的《新灌園》、范文若的《夢花酣》、吳炳的《綠牡丹》之類的戲曲；王伯良（驥德）、鞠通生（沈自晉）、沈子勺（沈瓚）、楊景夏（楊弘）之類的散曲；有些簡直就是從《南詞新譜》上轉錄過來的。不但如此，他也學習了沈璟、沈自晉的習氣，把自己的作

品列入譜中，如：《如是觀》、《獺鏡緣》、《海潮音》、《井中天》等戲
曲，及署名張彝宣、寒山子等的散曲。〔註97〕

上述情形論說詳備，事實上卻不完全正確，因爲這樣的情形早在《詞格備考》
中就已經出現了，本文前面亦已論及，可見早期張大復編譜時，確實受到當
時流行的沈派風氣影響頗大；但是當他從事編譜工作日久，漸漸接觸到更多
的資料時，他的想法似乎開始慢慢轉變，最早有跡可尋的資料是出現在《寒
山曲譜》南呂過曲【寄生子】注文：

【寄生子】舊譜有其名而無其文，近從子猶馮先生遺書所得，味其
詞，恐非元人手筆，識者辨之。予偶游雲間，寓寄僧舍，偶得散曲
一冊，皆盡損不全。內有一套，題是《司馬相如傳》，有【香遍滿】、
【誤佳期】等。曲內有【俊孩】一詞，句法古樸，細玩末後二句，
酷似【金落索】末後幾句，疑【俊孩兒】即【寄生子】也。錄出以
伺知識辨之。

這段文字錢南揚先生認爲可視爲張大復開始接觸到宋元南曲的原始資料，因
爲以前《詞格備考》雖間有戲文，多是從前人譜中轉引的，他分析道：所謂
「馮夢龍遺書」，應該包含有當時另一位正著手編譜的音樂家徐于室的資料，
因爲徐氏資料大多爲馮夢龍所得；至於雲間，正是徐于室的家鄉，注文所謂
僧寺散曲應該是指徐家散失之書。(頁 138～139)值得注意的是，這位徐于室，
正是和蘇州音樂家鈕少雅合編《九宮正始》者，徐氏藏書多爲古曲，乃因他
與鈕少雅編譜的理念相近，都是崇古抑今。

日後張大復得以和同里前輩鈕少雅結識，他在《寒山堂新定九宮十三攝
南曲譜》「曲話」中詳細記載他和鈕氏的因緣：

吾友同里鈕少雅者，本京中曲師，年七十八，始與予識于吳門，傾
蓋論曲，予爲心折。少雅善度曲，年雖逾古稀，而黃鐘大呂，猶作
金石音，尤善撝笛，所藏古曲至多，自言嘗作南譜存雲間徐于室處，
未得一見，惜哉！今少雅已歸道山，前輩又弱一人。……

刪節號之後乃述及少雅格正湯顯祖《牡丹亭》曲調之事，以其無涉本文，略
不贅引。此段將他對於鈕少雅的尊敬之情溢於言表，但尊敬者何？無非是少
雅年逾古稀，猶能撝笛度曲、論曲編曲，且收藏古曲甚豐，對於當時也正在
編纂曲譜的張大復來說，鈕氏豐富的收藏自是又欽又羨。而鈕少雅也不吝於

〔註97〕錢南揚：〈論明清南曲譜的流派〉，前揭文，頁 139。

和晚輩切磋討論，不僅常和他傾蓋論曲，還慷慨借給他劇本《唐伯亨》等三種已見上述。這樣的往來交流之下，彼此互有影響是可想而知的事。最大的一點應該就是張大復編修定稿時，就決心採用鈕少雅「力求元詞」的崇古態度，前引《寒山堂新定九宮十三攝南曲譜》「凡例」第二則云：

> 曲創自胡元，故選詞訂譜者，自當以元曲為圭臬。……故予此譜，不以舊譜為據，一一力求元詞，萬不獲已，始用一二明人傳奇之較早者實之。若時賢筆墨，雖繪采儷藻，不敢取也。

與鈕少雅《九宮正始·臆論、一精選》的理念完全是一致的：

> 詞曲始於大元，茲選俱集大曆至正間諸名人所著傳奇數套，原文古調，以為章程，故寧質毋文，間有不足，則取明初者一二以補之。
>
> 至如近代名劇名曲，雖極膾炙，不能合律者，未敢濫收。〔註98〕

前引《九宮正始·臆論、一嚴別》則舉「元之《王十朋》，今之《荊釵》」等例，明白表示古本與今曲應嚴加區別，這種作法也完全被張大復應用在將《詞格備考》、二中的引文出處，全從「＊＊記」改為早期戲文舊稱，並冠上「元傳奇」。凡此種種，皆可見出張大復受到鈕少雅的影響之後，思想上有很大的改變，進而付諸編譜行動，以致於大幅翻修《寒山堂新定譜》，而呈現嶄新的面貌。

　　綜上所述，可知張大復的編譜過程，陸續受到二沈新舊譜、馮夢龍以及鈕少雅等人的影響，以至於他的思想理論以及編譜態度一路行來，由尚新轉為崇古，由《詞格備考》直到《新定譜》，幾乎已經面目全非矣。然而，這一路探索下來的思想脈絡，也為《寒山堂曲譜》何以有眾多繁雜面貌，提出了最合理的解釋。

三、定位《寒山堂曲譜》之意義與價值

　　關於《寒山堂曲譜》在戲曲史上的價值與意義，前輩學者們多著眼於《寒山堂新定九宮十三攝南曲譜》保留早期南戲劇目及殘文佚曲，對於研究戲文原始面貌有著文獻上的貢獻，茲在前文已引用葉德均先生的說法，無庸再贅。除此之外，周維培《曲譜研究》還注意到該本在格律方面的價值：〔註99〕

　　首先，在宮調系統上，張大復已明確了「宮」和「調」並非對立並存的

〔註98〕前揭書，頁17。
〔註99〕見周維培：《曲譜研究》（前揭書），頁166～168。

概念，把沿襲已久的九宮系統與十三攝系統，眞正加以合併。這是他超越《南詞新譜》和《南曲九宮正始》編者的地方。這點確實是張大復擁有卓越眼力的地方，且看「凡例」首則云：

> 昔人多不明其理，遂謂九宮之外，又有十三調；仙呂宮之外，又有仙呂調；正宮之外，又有正宮調。不知正宮乃正黃鍾宮之俗名，安得又有調哉！更謂某調在九宮，某調在十三調，強加分離，直同癡人說夢。始作俑者乃毘陵蔣氏，賢如詞隱，尚不敢爲之更正。自儈以下，可無論矣！

查首先合併「宮」與「調」的是查繼佐《九宮譜定》，但他還沒有提出明確的看法。張大復則具體說明並詳爲解釋，由此可以見出：宮、調融合歸併，九宮系統的眞正確立，已是清初曲壇的共識。

其次，《新定譜》專收過曲、附錄犯調、取消引子、單列尾聲定格的處理，是完全本著一種「不炫博、不矜奇」的實用原則進行，雖然未必合乎曲譜製作的規範，比如尾聲「通用說」就値得商榷，但從方便曲家塡詞角度著眼，這種簡化方法還是可取的。《新定譜》還取消了以往曲譜習見的標注名目，比如平仄四聲、開撮脣齒等，但又增注字數、句數、拍數，特重襯字的標識而以珠筆加圈，讓塡詞者特別容易留意，凡此考量，都是基於曲譜的實用原則而予以設計的。而此增、刪之間，透露著何種曲律發展變化的訊息？將是下文第貳章所欲探討的重點。

以上幾點，都是前輩學者基於《新定譜》的情況而提出的意義與價値。不過，從本文梳理張大復共編纂過的曲譜五種來看，筆者以爲，就寒山堂曲譜草稿《詞格備考》至《新定譜》（《寒山堂曲譜》綜合本應出於後人輯集，不予列入）的內容轉變以及張大復思想脈絡來看，其曲譜提供給予曲譜史以及戲曲史的研究意義，乃在：對於明末到清初編纂曲譜的審美角度轉換，提供一鮮明的實證。

我們知道，自明中葉魏良輔、梁辰魚等大批文人與音樂家改良崑山腔爲崑山水磨調並付諸舞台以來，其悠揚婉轉、一唱三嘆的裊娜姿態便風靡曲壇，大批風雅之士投身其中，更成爲騷人墨客騁才使氣、舞文弄墨的舞台，到了晚明，更達到傳奇創作的顛峰，文人們大量創作的結果，反映在音樂上，便是以各種新聲綺調取勝，於是各式各樣的犯調應運而生，面貌之繁多、名目之紛亂，從王驥德《曲律》提及此點便可見一斑。而這樣的新曲時調正符合

如沈璟、沈自晉等風流文士的審美眼光，因此，二沈新舊譜對於時賢新曲的收集羅列，不僅反映了當時犯調的普遍甚至氾濫，也反映著編譜者獨特的審美取向。

然而，這樣僅以同宮調、同管色各摘數句便可合成一曲的犯調，就音樂發展的角度來說，是某程度上地破壞了曲牌本身的嚴謹規律而流於取巧失眞。因此，到了明末，漸漸有另一批音樂家憂心於此，大聲疾呼還原曲調的規律性，並著眼於民間音樂的眞實面貌，並非是一味地文人階級所崇尚的泛調畸聲，於是致力於恐漸流失的古曲以及民間音樂的蒐集，企望能藉此追本溯源，建立出曲牌發展的規律，這一批人便是馮夢龍、徐于室、鈕少雅等，他們的審美角度異於文人雅士，代表著另一層面的聲音。在曲譜研究上，前者稱之爲「尙新派」，後者則爲「崇古派」。

而張大復的《寒山堂曲譜》歷來以其定稿《新定譜》爲基準，歸之爲「崇古派」；但筆者以爲，若就整體全面的角度來看，張大復編纂曲譜從《詞格備考》到《新定譜》，正是代表了明末到清初編曲者審美取向的轉換，而這樣的轉換，勢必也意味著崑山腔本身發展演變的痕跡，緊接著將於下文第貳章進行深入的探討，茲先不贅。

小　結

本章在正式進入崑腔曲律的探討之前，首先討論兩個外緣的問題：一爲鳥瞰清初蘇州地區所流行的各式戲曲腔調劇種，則知除了崑山腔之外，尚有弋陽腔、弦索調、秦腔（西調）、海鹽腔、餘姚腔（二者均稱越調）以及花鼓小戲等地方腔調傳入。不過，除了本是北詞的弦索調得到比較好的發展之外，清初蘇州地區其他地方腔調都僅見浮光掠影，而未能有更多的訊息，這個現象更加證明了清初蘇州地區崑山腔一枝獨秀的雄霸地位。然其本身流衍出新、舊等多種唱法，新派崇尚柔靡媚巧，迎合時趨；古調講究樸實精確，爲魏氏嫡傳，二者爭勝、互有擅場，可見其發展蓬勃、鼎盛繁茂。

二爲考辨清初蘇州地區的南曲譜代表──張大復《寒山堂曲譜》的幾點疑義，由此觀察張氏的戲曲理論與思想脈絡、定位張譜的意義與價值，並從中瞭解清初編譜者的審美角度與當時曲律流行的趨向。經過了訴諸原始資料的求證之後，重新釐清眾板本的先後順序，認爲他歷經了初稿、增補、刪修

定稿三個階段，陸續受到二沈新舊譜、馮夢龍以及鈕少雅等前輩的影響，以致思想理論及編譜態度從廣集犯調以致刪落犯調、從尙新轉爲崇古，正是反映了清初曲界審美取向轉移、新舊交替爭長的局面。

　　無論從何種角度來看，清初蘇州崑腔曲律是朝著多姿多彩、紛披流呈的方向發展而去；那麼，其內在結構將有什麼變化？便是以下數章即將展開討論的主題。

第貳章　從《寒山堂曲譜》觀察清初蘇州崑腔曲律之發展與變化

小　引

　　前一章已針對清初蘇州地區所流行的戲曲聲腔作一番考察，認為彼時地處於花部亂彈蓄勢待發的前夕，「終以崑腔爲正音」，而從腔調本身的發展脈絡來看，到了明末崑山腔可謂流派紛呈、發展極致，然其本身內在結構是否產生相應的發展與變化，便須從代表此時地曲界審美趨勢與發展取向的張大復《寒山堂曲譜》切入觀察。

　　本章的論述過程，首先介紹張大復《寒山堂曲譜》的基本體例及其異於以往眾譜之處，以突出張大復的編譜原則、戲曲觀念及該譜特色；其次，筆者嘗試從外在形式著手，即歸納張譜對於例曲的處理有幾項異於以往諸譜之處，藉由歸納這幾種型態，進一步思考其內在結構的意涵，據以分析清初蘇州崑腔曲律發展與變化之幾種情形。

第一節　《寒山堂曲譜》與以往眾曲譜之體例比較

　　對於《寒山堂曲譜》眾多板本問題，上一章已經針對學界說法提出新的辯證，認為：題作《寒山曲譜》的十五卷殘本與《詞格備考》有明顯的傳承之跡，應該編輯在前；題作《寒山堂新定九宮十三攝南曲譜》的五卷殘本又經過大幅增修、刪改，並明言體例、思想，應編集在後，實爲《寒山堂曲譜》

之定稿本，本章自當以定稿本《寒山堂新定九宮十三攝南曲譜》〔註1〕作爲探討文本。爲了行文簡便避免繁瑣，以下皆以《寒山堂曲譜》代表定稿本《寒山堂新定九宮十三攝南曲譜》，或簡稱爲張譜。

　　崑山腔所隸屬之曲牌體音樂，是建立在曲牌、宮調、聲腔、板眼四個基礎之上，較諸梆子腔、皮黃腔等板腔體音樂還要多出前二項因素，〔註2〕也就是說，「曲牌」與「宮調」是曲牌體異於其他體系音樂的必要特質，因此，這兩點可以說是建構崑腔曲譜的鋼骨與神髓。以下對於眾曲譜體例的探討與比較，便不以傳統的敘錄方式零散介紹，而是以「曲牌」與「宮調」作爲思考的切入點，循序漸進探討眾曲譜之體例內容。

一、關於曲牌格式的標注方式

　　前言已經提及，組成曲牌體音樂的最小單位當爲「曲牌」，「曲牌」俗稱「牌子」，「是元明以來南北曲、小曲、時調等各種曲調的泛稱，每一曲牌都有一定的字數、句數、句式、平仄、韻協、對偶作爲基礎，由此而產生特殊的音樂旋律。」〔註3〕由此可知，每一曲牌所規定之「字數」等六項因素，便是該曲牌的「格式」，〔註4〕或稱「格律」、「曲律」、「字格」。〔註5〕

　　然這六項因素是歷代學者累積經驗、歸納整理出來的心得，早在崑山腔興盛流行的明中、晚期，最留心格律的沈璟等吳江派及其他戲曲家，所斤斤

〔註1〕　〔清〕張大復：《寒山堂新定九宮十三攝南曲譜》，中國藝術研究院音樂研究所藏鈔本，收入《續修四庫全書》第1750冊，上海：上海古籍出版社，2002年。

〔註2〕　參見曾師永義：〈中國地方戲曲形成與發展的徑路〉，收入氏著：《詩歌與戲曲》（台北：聯經出版社，1988年），頁116～117。

〔註3〕　同前註

〔註4〕　此觀點除了見前註曾師文章之外，還見曾師永義：〈中國詩歌中的語言旋律〉：「就中國韻文學來觀察，構成『語言旋律』的因素，究竟包含哪些呢？……它的體製規律是由字數、句數、句長、句式、平仄、韻協、對偶等七個因素所構成，這七個因素也就是構成韻文學體製規律的基本因素。」，收入《詩歌與戲曲》（前揭書），頁2～3；鄭騫：《北曲新譜》〈凡例〉：「所謂『格式』，包括每一牌調之字數、句數、句式、平仄、韻協及增句等諸項。」（台北：藝文印書館，1973年），頁1。

〔註5〕　吳梅：《顧曲麈談》〈第一章　元曲〉：「所謂字格者，一曲中必有一定字數，必有一定陰陽清濁，某句須用上聲韻，某句須用去聲韻，某字須陰、某字須陽，一毫不可通借。」收入《吳梅全集》（石家莊市：河北教育出版社，2002年），理論卷上冊，頁5。

論較者也僅到平仄、韻協、正襯等方面，其他幾項因素僅偶而論及，尚未有意識地揭櫫探討，〔註6〕到了清初，才有所開展。這個情形也反映在曲譜的體例書寫上，在張大復《寒山堂曲譜》出現之前，南曲譜的體例已大致底定，但在曲牌格式的標注方面，張譜卻有新的發展，以下逐一討論：

（一）刪去平仄四聲、韻協句讀

蔣孝《舊編南九宮譜》體例簡陋，僅列出目錄及例曲，沈璟《南曲全譜》首標平仄四聲，〔註7〕自晉《新譜》、少雅《正始》從其例，但張大復對此別有看法：

> 平仄四聲，稍知書者皆知之，曲譜本爲作曲者而作，豈有不讀書而執筆作曲之人？何勞一一註明字側也？此譜俱去之。〔註8〕

但張大復並非不注重平仄四聲，只是將需要特別注意、嚴格遵守的地方，以評注的方式說明於例曲之後。這種作法可能從清初後漸漸成爲趨勢，康熙二十三、四年於北京編纂《十二律京腔譜》、《崑腔譜》的蘇州籍音律家王瑞生或許受到張大復的影響，在《十二律京腔譜》〈凡例〉中所說的話與張氏如出一轍，也刪去了字旁標注平仄，其〈凡例〉云：

〔註6〕 如：沈璟所論者僅及平仄、韻協，見其〈詞隱先生論曲〉【二郎神】套曲，例如【前腔】：「參詳，含宮泛徵，延聲促響，把仄韻平音分幾項。倘平音窘處，須巧將入韻埋藏，這是詞隱先生獨秘方，與自古詞人不爽。若遇調飛揚，把去聲兒填他幾字相當。」等支曲子，收入〔明〕沈璟：《博笑記》，收入《全明傳奇》第 47 冊（台北：天一出版社，1985 年），頁 1～2；晚明曲論家王驥德《曲律》論平仄第五、陰陽第六、聲調第十五均不出平仄四聲的範圍，論韻第七、襯字第十九、對偶第二十也在上述範圍之內，其論句法第十七、字法第十八又與此處之「字數、句數、句式」不同。見〔明〕王驥德《曲律》，收入《中國古典戲曲論著集成》第四冊（北京：中國戲劇出版社，1959 年），頁 45～191；另，袁于令〈《南音三籟》序〉提到了「句長、腔調、字數、板眼」等因素：「故天下義理，必歸文字；天下文字，必歸音律。如詩必有韻……至於詞，則更有宮商、頓挫、高下、疾徐，制爲排（宜爲牌）名，分爲腔板，句可長短，調不可出入；字可增減，板不可參差。」然僅片語提及，未能視爲深入探討，見〔明〕凌濛初：《南音三籟》，收入《善本戲曲叢刊》第 52～53 冊（台北：學生書局，1987 年），頁 889～891。

〔註7〕 南曲譜中以沈氏舊譜爲首標，沈璟除了在每樂字旁標注平上去入之外，還特別注出入聲派入三聲之後的「可作某聲」，不過，此種標注方式源自北曲譜朱權《太和正音譜》，非沈氏獨創。

〔註8〕 見張大復《寒山堂新定九宮十三攝南曲譜》（前揭書），〈凡例〉，頁 637～638。爲免行文繁瑣，以下凡引用該譜者，均於引文之後以括弧標示頁數，不再另加註腳，謹此說明。

又如《九宮》曲旁，分註平上去入，亦爲畫蛇添足。夫曲體之文平仄已列，何必另外附及？況若不識曲文之平仄，安敢填詞乎？茲譜概不載及以礙行款。〔註9〕

可知清初曲譜對於格式標注方式的演變趨勢。

至於南曲譜中首先明標韻、讀者當爲沈自晉《新譜》，他在〈凡例〉中說：

凡曲，每句有韻有不韻，即于句讀點斷處爲別，其用韻者從白點，不用韻者從墨點，間有不韻而亦可用韻者，即隨填『可叶』二字于旁，皆不煩另標。其有字之不可用韻、及偶用韻而云不韻亦可，則仍細標于上，不相混也。（第一冊，頁26）

可見其標示之嚴謹審慎。鈕少雅《正始》則簡明標示「有必該韻者則註韻，有或偶失韻者則註應韻或可韻或失字，有不應韻者偶用韻則註不必二字。」〔註10〕這樣的標示同樣使讀者一目了然，惜到了張譜卻沒有標示出韻協句讀，僅在曲後注文偶加說明，之後的《九宮大成》則又恢復了「韻、句、讀」的標注方式。〔註11〕

（二）增注字數、句數、拍數

每一曲牌自有其規定之字數、句數，本應凜然遵守、不容移易，但在二沈新、舊譜中，卻沒有另加標示，甚且在評注中也甚少提及；少雅《正始》始逐漸將此點獨立出來討論：〈臆論〉「一正字句的當」條云：

大凡章句幾何、句字幾何、長短多寡，原有定額，豈容出入？自作者信心信口，而字句厄矣！自優人冥趨冥行，而字句益厄矣！……」（第一冊，頁19～20）；〈凡例〉「論增減」亦云：「一字增減，關係一格，有應增而不增者（筆者案：原注舉例刪除），有不當增而增者，有應減而不減者，有不當減而減者……（第一冊，頁22～23）

〔註9〕 見王瑞生：《新訂十二律京腔譜》，收入《善本戲曲叢刊》第35、36冊（台北：學生書局，1984年），頁56。以下爲了行文簡潔，凡引用該譜者，均於引文之後以括弧標示頁數，不再另加註腳，謹此說明。

〔註10〕 〔明〕鈕少雅：《南曲九宮正始》，收入《善本戲曲叢刊》第31～34冊（台北：學生書局，1984年），頁21。以下爲了行文簡潔，凡引用該譜者，均於引文之後以括弧標示頁數，不再另加註腳，謹此說明。

〔註11〕 見〔清〕周祥鈺等人：《九宮大成南北詞宮譜》，收入《善本戲曲叢刊》第87～102冊（台北：學生書局，1984年），〈凡例〉：「舊譜句段不清，今將韻、句、讀詳悉註出。」，第一冊，頁37。以下爲了行文簡潔，凡引用該譜者，均於引文之後以括弧標示頁數，不再另加註腳，謹此說明。

由此可見，到了明末由於作者與表演者的「二度創作」，對於曲牌的字數、句數加以增減短長的情形愈趨愈烈，少雅於是提出如何增減得當之例以正時謬，並在可以增減字句的曲牌之下詳加說明。到了張大復，便在每一支曲牌牌名之下詳加標注「字數、句數」，可說是開展了前代曲譜的體例書寫，並反映出清初戲曲家開始獨立注意到曲牌的字數、句數問題。和張大復年代相若的戲曲理論家李漁在《閒情偶寄》〈卷一詞曲部上·音律第三〉中便言道：

> 至於填詞一道，則句之長短、字之多寡、聲之平上去入、韻之清濁陰陽，皆有一定不移之格，長者短一線不能，少者增一字不得，又復忽長忽短、時少時多，令人把握不定。……從來詞曲之旨，首嚴宮調、次及聲音、次及字格。……其中但有一二句字數不符，如其可增可減即增減就之，否則任其多寡，以解補湊不來之厄，此字格之不能盡符也。……〔註12〕

不過，李漁之後分項敘述音律要點九款之中，仍沒有對於字數、句數的詳論，可見張大復於曲譜中逐一詳注字、句數，可說是眾戲曲家中最留心此意者。

尤其值得注意的是，張譜除了字數、句數之外，還每曲悉心增注拍數。關於南曲的「拍」，明王驥德《曲律》卷二〈論板眼第十一〉有云：

> 古無拍。魏、晉之代，有宋纖者，善擊節，始製為拍。古用九板，今六板、或五板。古拍板無譜，唐明皇命黃幡綽始造為之。牛僧孺目拍板為「樂句」。言以句樂也。蓋凡曲，句有長短，字有多寡，調有緊慢，一視板以為節制，故謂之「板」、「眼」。〔註13〕

可知「拍」、「板」、「眼」之間的關係。洛地《詞樂曲唱》進一步簡要提到：

> 「板」、「拍」、「眼」原是三個不同方面的三個概念：
>
> 板，用以「拍」的樂器。那時的板，比現今要大，由一人專司，雙手執，拍擊為「拍」。
>
> 拍，是板的動作，演化為擊板的位置。
>
> 眼，是「空」的意思，這個「空」，不是「無」，是：在弦管樂奏的「空」處（無「音字」處），在唱的「空」處（無文字處），在文，

〔註12〕 見〔清〕李漁：《李漁全集》（浙江：浙江古籍出版社，1987年），第11冊，頁25、28。

〔註13〕 〔明〕王驥德：《曲律》（前揭書），卷二，頁118。

即（韻）句斷處。……〔註14〕

綜合上述，可知「拍」由「拍板」為擊節樂器、變為擊節動作、進而為擊節的位置，其與「板」、「眼」相互依存，作用都是按照曲詞之韻協句讀處，在音樂上控制節奏快慢，在文學上協調字句短長。

回到曲譜的標注問題，自從沈璟開始了南曲譜中標注板眼的範式之後，眾譜無不翕然遵從。張譜亦不例外，但更值得注意的是，他在旁標板眼之外，還在每支曲牌之下另記「拍數」，為前無古人、後無來者的創發。

張譜刪去舊有的平仄四聲、韻協句讀，卻新增字數、句數、拍數，此新舊增減之間，究竟意味著什麼呢？鄙意以為，此恰代表著清初曲譜由格律譜發展到工尺譜時所產生的過渡轉型。前文多次提及，格律譜是以曲詞文字的字數、句數、句式、平仄、韻協、對偶等六項要目，作為該曲牌之格式規範，由此產生特殊的音樂旋律。此旋律的構成，奠基在漢語本身具有因平仄韻協、四聲抑揚所帶來的特殊音樂性，〔註15〕因此，平仄、韻協在格律譜上，尤其佔有極重要的意義，前言所提清徐大業對於沈璟《南詞全譜》「考定四聲，指摘誤韻」的功勞推崇備至，即是此因。

然而，到了清初，張大復卻將格律譜不可或缺的平仄韻協視為「稍知書者皆知」的平常易事而大膽刪去，又不憚勞煩、一一增注前所未有的字數、句數、拍數，字句短長、拍數板位直接影響到的是節奏緊慢緩急。換句話說，張大復《寒山堂曲譜》是刪減了部分文學上的格式標注，而增加了些許音樂上的旋律變化，鄙意以為，此可視為清初曲譜由格律譜發展到工尺譜時所產生的過渡轉型，待日後乾隆間《九宮大成南北詞宮譜》正式出現後，便兼融格律與工尺，以旁注工尺正式開啟了音樂譜的新聲。因此，張大復《寒山堂曲譜》恰揭櫫了清初蘇州於曲譜史上具有關鍵樞紐的重要意義。

（三）其他異於前譜之處

其他關於曲牌格式的標注異於前譜者，尚有三點值得稍加討論：

一為正襯字的標注方式。所謂襯字，明代王驥德、凌濛初等已有專論，

〔註14〕洛地：《詞樂曲唱》（北京：人民音樂出版社，1995年），頁306。
〔註15〕可參見王守泰：《崑曲格律》：「曲律之所以能成為一種專門學問，是因為漢語具有高度音樂性這一特點。」（前揭書），頁2。曾師永義：〈中國詩歌中的語言旋律〉（前揭文）、〈論說腔調〉（收入氏著：《從腔調說到崑劇》，前揭書）。

近代曲家吳梅、王季烈、許之衡等則進一步延伸發展，〔註16〕鄭因百（騫）
先生在〈論北曲之襯字與增字〉中清楚定義到：

> 在不妨礙腔調節拍情形之下，可於本格正字之外添出若干字，以作
> 轉折、聯續、形容、輔佐之用，此添出之若干字，即所謂襯字，蓋
> 取陪襯、襯托之意。〔註17〕

然而，曲牌中若正襯未明，則易混淆本格之字數、句式，甚者還誤點板眼、
將襯字「扶正」，則其格式便會淆亂不清，戲曲家們對此都極為重視，張大復
《寒山堂曲譜》亦不例外，他在〈凡例〉中說：

> 譜之難訂，厥在填襯字。襯字之設，原在於疏文氣、足文義，為曲
> 調最巧處。……但世人皆以為正字者，比較之難且繁也。曲詞亦然，
> 故往往將襯作正，不得已而移板增拍，致令全調俱乖。此譜於此，
> 再三著意，力搜襯字最少之曲，以為法則，舊譜於襯字皆旁書，極
> 易混淆，此加朱○，一目了然矣。（頁638）

查此本之前所有現存南曲譜、包括張氏自己的舊作《詞格備考》、《寒山曲譜》
都是旁書襯字，張大復於此定稿本獨出機杼，以紅筆加圈創新標示，可見其
力別正襯的謹慎態度。

二為刪除開合字，王驥德《曲律》卷第二〈論閉口字第八〉云：

> 蓋吳人無閉口字，每以侵為親、以監為奸、以廉為連，至十九韻中，
> 遂缺其三，此弊相沿，牢不可破，為害非淺。〔註18〕

因此，自沈璟《南曲全譜》開始，便在該字之上以大圍圈別出來，眾譜均同。
惟張大復認為：

> 閉口、撮唇、穿齒等，是從歌法上言，與曲律無與，並非某字必須
> 用閉口、某字必須用撮唇，某字必須用穿齒，舊譜均加以標識，反
> 令學者目迷，予皆刪去。（頁637）

張氏此處所言「曲律」，顯然與「歌法」對峙，「歌法」指唱曲者運轉崑曲之
歌唱方法，講究開齊合撮等發聲部位與吐音方法，屬於音樂方面的問題，故
張氏所言「曲律」，仍指本文所謂崑曲曲詞方面的文字格律問題，因此他覺得

〔註16〕如：王驥德：《曲律》卷二第十九條、凌濛初《南音三籟》〈凡例〉；吳梅《顧
　　　曲麈談》第一章第四節、王季烈《螾廬曲談》卷二〈論作曲〉、許之衡《曲律
　　　易知》卷下〈論聲韻襯字〉等書。
〔註17〕鄭因百（騫）先生：〈論北曲之襯字與增字〉（前揭文），頁123。
〔註18〕前揭書，頁113。

與開合字無涉，故而刪去。此法雖新，但張氏想法頗不能令人苟同，因為文字本身的發音部位、方法勢必造成該字獨具的語言旋律，在此旋律基礎之上，再透過音樂家的譜曲、演唱者的運轉，才能成為優美動聽的歌曲，所以「曲律」與「歌法」雖分屬兩個層次，卻應是相輔相成的關係，而非如張氏所言截然無關。舊譜的標示有助於歌者留意詮釋、作者留心用字，更可以凸顯該曲牌基本之語言旋律，張氏編譜力主簡明，故盡刪去，筆者認為恐失於矯枉過正。

三為對偶，一般是指文義上的對仗，為韻文學中極受重視之一環，曲中亦不例外，晚明王驥德《曲律》卷第二便有〈論對偶第二十〉一則，[註19]清初李漁甚且還著有《笠翁對韻》一書。[註20]然而，對偶的獨立標示，自始至終沒有出現在南曲譜之中，甚且眾譜中連曲文的評注都極少見到對偶，唯獨張譜多次提及，例如：某曲牌何處、何句必當對偶、作何種對更佳……之類的評注，較諸他譜幾無一語，可謂略勝一籌。此或許也反映了清初對於崑腔曲律的要求，已從語言旋律的層面進一步擴大到文學意義的層面，關於此點，下文將再深入探討，暫且不論。

二、關於所收曲牌的類別

一般說來，南曲曲牌依其在整個套式中所出現的位置及其所發揮的作用之不同，而有引子、過曲、尾聲三種類別：引子出現在套式的首曲，作為整個套式的引導；相對的，尾聲是套式中最末一曲的泛稱，作為套式之收束；過曲則為套式之主體，演出主要的劇情，[註21]三者通常各有所屬，不可淆亂通用。關於此三者，可供討論者有二：

（一）引 子

在目前所知最早的南曲譜《九宮十三調詞譜》（元天曆間，1328年～1330年）[註22]中，「尚無引子、過曲之名，稱引子曰慢詞，稱過曲曰近詞，直用

〔註19〕前揭書，頁126。
〔註20〕收入《李漁全集》（前揭書），第11冊，頁441～508。
〔註21〕參見許子漢：《明傳奇排場三要素發展歷程之研究》，收入《國立台灣大學文史叢刊》（台北：國立台灣大學出版委員會，1999年），〈第四章 論套式〉，頁175。
中國藝術研究院音樂研究所《中國音樂辭典》編輯部編：《中國音樂辭典》（北京：人民音樂出版社，1984年），「引子」條，頁466；「尾聲」條，頁404。
〔註22〕根據馮旭《九宮正始》序〉與鈕少雅《《九宮正始》自序〉，分別見第一冊，

宋詞名稱。」〔註23〕蔣孝舊譜、二沈、鈕譜均沿其舊，分卷別置「慢詞」、「近詞」；直到張大復始辨其謬，其〈凡例〉云：

> 又謂在九宮者，曰『引子』、『過曲』，在十三調者，曰『慢詞』、『近詞』，不知引子、過曲乃曲之專名，慢詞、近詞乃詩餘之專名，但以曲本源於詞，而慢詞多采作引子，近詞多采作過曲故矣！二者豈有分別哉！今索本返原，僅分十三調，而慢詞仍歸引子，近詞仍歸過曲。（頁 635）

這段精闢的見解顯示到了清初崑腔曲律的發展，已完全從「詞體」（即張氏所云「詩餘」）中獨立出來，不再混淆並稱。〔註24〕

（二）尾　聲

尾聲方面，自晉《新譜》卷二十六還收有「各宮尾聲格調」，張譜作法同此，於譜末另立一卷收列尾聲，但各宮調俱可通用；〔註25〕引子則眾譜均收，惟張譜刪去不收，其〈凡例〉云：

> 引子祇是略道一齣大意，無論文情、聲情，極不重要，是以引子皆用散板，而作傳奇者，或捨去不填，或僅作一二句，或用詩餘、絕句代之，即舊曲之有引子者，老頓亦多節去不唱，故此譜刪去不收。蓋此譜以實用為主，不炫博、不矜奇。引子無甚謬體，各譜皆同，俱可為法，不必求於本譜也。（頁 636）

查張譜初稿《詞格備考》、增補稿《寒山曲譜》也沒有收錄引子，可見張大復自始至終均不將引子入譜。筆者鄙意以為，引子、尾聲雖非套式主體，其本格也大抵固定，但其具有「引人入勝」、「臨去秋波那一轉」的妙用，自有其

頁 3：第四冊，頁 1387。

〔註23〕錢南揚：《戲文概論》（上海：上海古籍出版社，1981 年），頁 179。

〔註24〕清初約和張大復同時的浙江戲曲家查繼佐所編《九宮譜定》也取消「近詞」、「慢詞」而僅分為「引子」、「過曲」，可見這是清初曲壇的普遍共識，然查繼佐並沒有提出任何說明，故上文云張大復始辨其謬。見〔清〕查繼佐（東山釣史）、鴛湖散人同輯：《九宮譜定》，民國九年上海中華書局據清初金閶綠蔭堂刻本排印，現藏於台灣大學總圖書館善本書室。

〔註25〕見其〈凡例〉：「尾聲定格，本是三句、二十一字、十二拍，不分宮調，皆是如此。金董介元《西廂記》及元人北劇皆然，其由來之久可知。後世遂有【三字晃煞】、【凝行雲煞】、【收好因煞】等等名字，實皆由正格變來，原不足辯。但以其沿用日久，姑另立一卷，附於譜末，實則俱可通用，某宮調必用某尾聲格者，此故作深語欺人，不須從也。」頁 637。惜今存《寒山堂新定九宮十三攝南曲譜》已佚失此卷，不知其詳。

意義與重要處，況尾聲通用說尚待商榷，張譜為方便詞家填詞、力求簡明的用心雖值得肯定，但似乎將引子、尾聲的內涵與價值說得過輕，恐又流於矯枉過正。

三、關於犯調以及聯套

上述三種曲牌的類別是就「單用支曲」而言，然而，事理的變化往往由簡趨繁，當崑腔曲律日益發展、傳奇創作日益興隆，單用支曲的音樂性便不敷使用，早在明中、晚期沈自晉便在《南詞新譜》〈凡例〉「採新聲」條中指出：

> 人文日靈，變化何極？感情觸物，而歌詠益多。所採新聲，幾愈出
> 愈奇。然一曲，每從各曲相湊而成。（第一冊，頁 34）

這種「每從各曲相湊而成」為一支新曲子以豐富曲情的作法，原稱「犯調」，到了《九宮大成》始改稱「集曲」。〔註26〕二沈、鈕譜均收犯調，但僅序列於過曲之後，《大成》始洋洋灑灑、獨立出來另立一卷收之。

然張大復定稿本《寒山堂新定九宮十三攝南曲譜》卻完全不從時俗，大刀闊斧刪除犯調，其〈凡例〉云：

> 犯調祇是將同一宮調或同一管色之宮調中，二調以上以致若干調，
> 各摘數句，合成一曲便是。凡稍明律法者，皆可為之，不必以前人
> 為式也。故此譜但收過曲，不收犯調。但古曲中之犯調，其音韻美
> 聽，沿用已久，如【一秤金】、【五馬風雲會】、【渡江雲】之類，則
> 直可作正調看，不必問其所犯何調也。如此等古調，皆附收於每宮
> 之末，俾學者采用。且犯調本是因為一部戲文中，百數十曲，不欲
> 其一調數用，即以此為補救之法，若一散套、一雜劇，不用過十餘
> 曲，或數十曲而已，正調已足採用，何須犯調？！且犯之法雖易明，
> 若求音律和美，兩調接筍處如天衣無縫者，非精通音聲不易措手。…
> （以下散佚）（頁 636）

這段資料雖然殘缺，但仍清楚表明張大復的看法，有幾點值得分析：首先，整段文字表達了兩大內容，一為關於「犯調」的「定義、作法及其功能」，二為關於此譜的原則──不收犯調，僅附收古曲中美聽、可直作正曲者於每宮之

〔註26〕見其〈凡例〉云：「詞家標新領異，以各宮牌名彙而成曲，俗稱『犯調』，其
　　　來舊矣！然於『犯』字之義，實屬何居？因更之曰『集曲』，譬如集腋以成裘、
　　　集花而釀蜜，庶幾於五色成文、八風從律之旨，良有合也。」第一冊，頁46。

末。其次，當時犯調之易作、流行從這段話中可見一斑，然其中眞正和美動
聽者洵屬不易，張氏言下之意，似乎認爲當時犯調有氾濫成災之虞，反不實
用，多收無益，故而刪去不錄。其三，古曲中的犯調沿用日久，可直作正調，
可見時人對於曲牌性質的認定，是隨時所趨、不斷地處於變化、發展之中的。
約晚於張大復數十年的王瑞生於《新訂十二律京腔譜》〈凡例〉中便說出極爲
透徹的話：「大抵聲音之道，與時偕行。即使清廟明堂、郊社雅奏，而時移世
改，亦有變更矣，孰謂詞曲而可仍舊貫乎！」（第一冊，頁57）誠哉斯言！其
四，結合其二、三兩點來看，張大復一方面既能考察古調元曲，二方面又對
時下流行頗有體悟瞭解，因而做出異於潮流的主張，適足以說明他觀察時趨、
洞見時弊，務求實用、以切時需的編譜態度與原則。

　　附帶一提聯套的情形。單支曲牌各取一段組合爲新的曲子稱爲「犯調」，但
若多支曲牌按相對固定的方式，彼此前後聯綴、接續使用，「亦漸爲定式，並爲
後來曲家所廣泛運用，乃爲『套式』。」〔註27〕「犯調」亦可入套，如此便形成
變化多端、豐富無窮的音樂形式供劇作家盡情揮灑、抒情敘事。根據許子漢《明
傳奇排場三要素發展歷程之研究》研究結果指出，早在明萬曆中葉「爲整個套
式發展的關鍵樞紐時期……正是傳奇聯套骨幹的完成；另一方面，本期亦開啓
了傳奇聯套新變之端，此一求新求變的發展則是到了第五期才完成。」第五期
爲崇禎以迄清初，「則爲傳奇套式新變的重要時期。」〔註28〕然而，這些時期出
現的曲譜——包括二沈、鈕、張等譜——卻都沒有收錄聯套形式，南曲的聯套
直待康熙中葉問世的王瑞生《新訂十二律崑腔譜》始有收錄。

四、關於宮調之歸屬與合併

　　「宮調」是歷來曲譜建綱立架之體，但究爲何物？近代曲學大師吳梅「以
一言定之曰」：

> 宮調者，所以限定樂器管色之高低也。……今曲中所言宮調，即限
> 定某曲當用某管色，凡爲一曲，必屬于某宮或某調，每一套中，又
> 必須同是一宮或一調。〔註29〕

南曲的宮調系統頗爲複雜，上述最早的南曲譜元人《九宮十三調詞譜》事實

〔註27〕許子漢：《明傳奇排場三要素發展歷程之研究》，前揭書，頁174。
〔註28〕同前註，頁224～225。
〔註29〕吳梅：《顧曲麈談》（前揭書），〈理論卷〉上，頁7。

上是《九宮譜》與《十三調譜》的匯合，周維培《曲譜研究》據此認爲，在南曲譜的制作史上，便出現了兩種宮調系統：一爲九宮系統，代表者爲蔣孝《舊編南九宮譜》，之後鈕少雅《九宮正始》、查繼佐《九宮譜定》乃至吳梅《南詞簡譜》都依此系統制譜；一爲十三調系統，始作俑者爲沈璟《南曲全譜》，它以蔣孝《九宮譜》爲基礎，間采《十三調譜》內尚有曲牌之宮調，組合成新的十三調系統，但因其中宮調仍可合併附入，故沈譜仍屬九宮系統，後人遂統稱之爲「九宮十三調曲譜」。此系從者甚多，如：沈自晉《新譜》、馮夢龍《詞譜》以及本文所論張大復《寒山堂曲譜》均屬此類。〔註30〕

　　不過，張大復對於宮調卻有超越前人的看法，他在〈凡例〉中滔滔論及，首敘九宮十三攝的內容、次述宮調之淵源與演變〔註31〕、再辯前人對於「宮」「調」並立之訛誤：

> 昔人多不明其理，遂謂九宮之外，又有十三調，仙呂宮之外，又有仙呂調；正宮之外，又有正宮調，不知正宮乃正黃鐘宮 之俗名，安得又有調哉！更謂某調在九宮，某調在十三調，強加分離，直同癡人説夢。始作俑者，乃毘陵蔣氏，賢如詞隱，尚不敢爲之更正。自僧以下，可無論矣。……（頁635）

他超越前人的地方便是這段清楚有力的論述，使得相沿已久、卻已形同虛設的「九宮」與「十三調」系統真正的合併起來，至此，「宮」與「調」達到融合、而非對立並存之模糊概念。上述與張譜大約同時的查繼佐《九宮譜定》也作了同樣的處理，但他並無隻字片語說明，這樣的情形，反映了「宮」與「調」融合歸併，南曲中九宮系統的真正確立，已是清初曲壇的共識。〔註32〕

　　然張大復雖有此識見，卻仍不免犯了「好古泥古」的錯誤：他以「九宮

〔註30〕周維培：《曲譜研究》（前揭書），頁268。

〔註31〕這段文字非論述重點，故不列入正文，如下：「九宮十三攝者，謂：仙呂宮、正宮、中呂宮、南呂宮、黃鐘宮、道宮、羽調、大石調、小石調、般涉調、越調、商調、雙調也。本是六宮七調，所以名九宮者，并調以名宮。又因羽調與仙呂通用，大石、般涉、小石、道宮等四調，存曲無幾，名存若亡，故曰九宮也。自樂書不傳，元音淪佚，後世之所云宮調，實源自西域之龜茲。隋開皇間，龜茲樂人傳其琵琶于中土，琵琶四柱七調，有萬寶常者，取其七調，用撥絃移宮之法，附會於五音、二變、十二律，旋相爲宮，得八十四調，而不用二變及徵調，僅有四十八調。五代又亡其二十，宋又亡其十二，金又亡其三，故僅餘十三調也。昔人多不明……」，頁635。

〔註32〕參見周維培：《曲譜研究》（前揭書），頁166。

十三攝」爲定稿本的書名，可見其愼重其事，然而，究竟何謂「攝」？上述
大段文字中無片語說明，況除了首句「九宮十三攝者…」以外，其餘皆謂「十
三調」，讓人如墜五里霧中，雲深不知攝字者何！查王驥德《曲律》〈論調名
第三〉有云：

> 沈括又言：「曲有犯聲、側聲、正殺、寄殺、偏字、傍字、雙字、半
> 字之法。」《樂典》言：「相應謂之『犯』，歸宿謂之『煞』。」今《十
> 三調譜》中，每調有賺犯、攤犯、二犯、三犯、四犯、五犯、六犯、
> 七犯、賺、道和、傍拍，凡十一則，係六「攝」，每調皆有因。其法
> 今盡不傳，無可考索，蓋正括所謂「犯聲」以下諸法。〔註33〕

觀其語氣，已經一知半解；鈕少雅又嘗試解釋，其《正始》在《十三調》目
錄之首有云：

> 沈（璟）譜曰：「六攝皆有因，吾所不知。」余臆解云：六攝者，疑
> 二犯至七犯，共六項也；云「有因」者，如中呂・賺犯因【太平令】，
> 如正宮・攤破因【雁過聲】，如仙呂・道和因【排歌】，如中呂・傍
> 拍因【荼蘼香】也，不知是否？（第三冊，頁1049）

同屬猜測存疑，如此「失傳古法」眾人莫知其由，何以張大復要愼重用爲書
名以故弄玄虛？卻又不得其詳、毫無說明？筆者鄙意以爲，正是犯了「好古
泥古」的毛病。

　　綜上所述，則對張大復《寒山堂曲譜》之基本體例及其異於前譜之特色，
有了相當的認識，我們還可以整體作個總結：

　　首先，張大復曲譜對於前人曲譜的書寫範式，是既有尊重性地繼承，如：
點板眼、別正襯，又能以更切實用的角度略作變更，如：刪卻旁注平仄、襯
字紅筆加圈；還能進一步地開展前人未盡之處，如：明標字數句數拍數、「宮」
與「調」的融合、「近詞」、「慢詞」歸併於「引子」、「過曲」，不僅僅補充前
譜，甚且正謬改誤，實爲張大復不容抹煞的貢獻。尤其重要者，在其增減刪
修之際，透露出清初曲譜，已漸漸從格律譜過渡轉型爲工尺譜。

　　當然，該譜仍有疏漏錯誤之處，如：刪除韻協、開合、齊攝音的標注，
對使用者來說，恐怕是另一種不便；其「尾聲通用說」尚值得商榷；全書僅
收過曲，不錄引子、犯調、尾聲，也使得內容略顯單薄，莊親王允祿在《九
宮大成》〈序〉中評曰：「寒山有譜，未免病於偏。」（第一冊，頁4～5）恐怕

〔註33〕　〔明〕王驥德：《曲律》（前揭書），頁60。

正屬此意。

　　其次，從張大復對於犯調的定義以及作用來看，筆者鄙意以爲，他對於時下犯調迭興、作法易明的流行趨勢是非常清楚的；但又站在曲譜爲作曲者而作、以實用爲主的編譜立場，以及索本反原、力求音律原貌的謹慎態度，毅然決然刪去犯調不收，若再結合他在〈凡例〉中所說：

> 故予此譜，不以舊譜爲據，一一力求元詞，萬不獲已，始用一二明
> 人傳奇之較早者實之。若時賢筆墨，雖繪采儷藻，不敢取也。蓋詞
> 曲本與詩餘異趣，但以本色當行爲主，用不得章句學問，曲譜示人
> 以法，祇以律重，不以詞貴。奈何捨其本而逐其末也。（頁636）

以及他的編譜過程來看，早期他編纂初稿《詞格備考》、增補稿《寒山曲譜》時，曾經受到當時流行的沈自晉一派風氣影響，一方面徵引許多近人、時人乃至自己「繪采儷藻」的戲曲或散曲作品，一方面收集大量的犯調，雖於廣輯時曲有功、卻恐對「索本返原」、「示人以法」無益；當他從事編譜工作日久，又結識同里曲師鈕少雅，便在編修定稿時，決心採用鈕少雅「力求元詞」的崇古態度，即由取犯調而捨犯調、由無過曲而採過曲、由輯新調而求元詞，至此，定稿本《寒山堂新定九宮十三攝南曲譜》便呈現了異於以往諸曲譜的特色與面貌。

　　張大復這種「不以舊譜爲據」、「祇以律重、不以詞貴」的嚴謹態度，適足以提供給我們觀察清初時期蘇州崑腔曲律異於前代之發展與演變。由於曲譜屬於世代累積的成書模式，大部分例曲都是有所承襲，因此，若處理例曲異於以往諸譜，便值得特加留意。查《寒山堂曲譜》此類情形不算少數，可歸納出幾種情形：一爲更換新曲，二爲增列變體（又一體），三爲以正體爲變、變體爲正，四爲曲牌與宮調的歸屬不同等等，均從各個面向顯示出張大復《寒山堂曲譜》確實不襲陳規、不落俗套。而此異同處，正揭示著清初蘇州崑腔曲律發展與變化之相關訊息，以下便據此作爲論述的基礎，而將張譜對於例曲的處理方式融入其中，並舉例驗證說明之。

第二節　部分曲牌之格式日趨鬆散

　　我們已知「字數、句數、句式、平仄、韻協、對偶」等六項因素，構成曲牌的基本格式，然曲牌沿用既久，往往因時移事易，使得部分曲牌格式之

既有束縛力減低而日趨鬆散，首先談到前三者，次論及後三者，最後分析綜合多項因素者。

一、字數、句數、句式

最常見的情形是因後世正襯未明，而使襯字「扶正」爲「增字」，以亂字數、句數、句式，若減字、減句乃至句式訛亂者亦有之。所謂「句式」，曾師永義在〈中國詩歌中的語言旋律〉中指出：

> 韻文學的句子中含有兩種形式，一種是意義形式，一種是音節形式。……音節形式則是句中音步停頓的方式，……有兩種音節形式，第一種形式的最末一個音節都是單數，第二種形式的最末一個音節都是雙數。鄭師因百（騫）先生在〈論北曲之襯字與增字〉一文中（《幼獅學誌》第十一卷第二期）謂前者爲「單式」，後者爲「雙式」。
> 〔註34〕

若據此單、雙式音節的概念分析曲牌本格的句式，則會發現很多因正襯字未明、或者增減字而使句式淆亂，產生「又一體」的例子，茲以正宮【普天樂】爲例說明：二沈、鈕譜均收《拜月亭》「叫得我、氣全無」一曲，全文作：

> 叫得我氣全無。。哭得我聲難語。。兩頭來往到千百步。兄安在妾是何如。。眞所謂困旅窮途。。須念我爹娘故。。我須是。一蒂一瓜親兒女。。你好割得斷兄妹腸肚。閃下奴家在這裡。進無門退時。還又無所。。

然二沈均提到「《琵琶記》『兒夫一向』四字欠協，故取此曲。」自晉又增補馮夢龍《詞譜》的意見云：「馮註：古本《琵琶》云：「我兒夫一向留都下」，仍三字二句，以「一向」二字作襯，而後學自失之，如《繡襦》「想玉人飄泊歸何處」，「飄泊」二字可作襯。」（第一冊，頁229）而少雅《正始》雖以《拜月亭》曲爲正體，之後注云：

> 時譜曰《琵琶記》之「兒夫一向」四字欠協……據此亦不知「兒夫」上猶有一「我」字，且【普天樂】第二句七字、六字皆有之，甚至猶有五字者，豈能泥煞六字乎！……

因而增列變格至第六格之多，其第二格即收錄《琵琶記》此曲而作「我兒夫一

〔註34〕曾師永義：〈中國詩歌中的語言旋律〉（前揭文），頁 21～27。

向留都下」，又注云：

> 此係古本原文，因今時本皆以首句上之「我」字削去之，遂如七字
> 句法矣！況今歌者又不審其詳，竟以【步步嬌】腔板唱之，甚至又
> 有今傳奇《金貂記》之「孩兒中道歸泉世」句法可笑！且又有《繡
> 襦記》之「想玉人」及《連環記》之「意孜孜」，今人亦不辨其中間
> 皆多襯字，然皆統直唱下，亦成【步步嬌】腔板，此誤實在唱者，
> 非干撰者也，學者不可不慎！（第一冊，頁162）

此曲發展至此，尚可知兩條清楚的變異脈絡：古本《琵琶記》首句「我兒夫
一向留都下」，或者將「一向」視爲正字、又減去「我」字而爲七字句，且斷
其句讀爲上四下三，後人妄加腔板唱之，便有《金貂》等直作七字句者；或
者將「一向」視爲襯字，成爲上三下三句法的六字句法。在沈璟、鈕少雅的
時代，顯然七字句法頗爲傳唱風行，但曲律家以返求原曲爲務，故以「兒夫
一向」四字欠協爲由更換《拜月亭》曲。然《拜月亭》曲又分別在三、三句
之前各加上三個襯字，遂成「叫得我氣全無，哭得我聲難語」句法，與《琵琶》
原貌相去甚遠。事實上，上述兩種分法其實並不違背曲牌的本格格式，因爲
作七字句者以上四下三斷句，屬於單式音節；若作六字句而以上三下三斷之，
同樣仍屬單式音節，兩者並不違背衝突，僅是斷句法的不同而已。然而，古
人未究其竟，遂予人眼花目迷、淆亂不清之感，鈕少雅也因此而收錄了變格
至六種之多。

這樣的情形到了清初，不減反增，張大復不僅不收《琵琶》古曲，也不
收《拜月亭》曲，而是更換了《殺狗勸夫》中的新曲：

> 偶因觀。三國志。。曹操子。。曹丕的。。因兄弟廣記多才。。七
> 步已成詩句。。兄妒忌，恐怕他奪位。。定計施謀殺兄弟。。我端
> 詳細察因依。。兄殺弟有理。。曹丕見識。正合吾意。。

張大復評註云：

> 歷查元曲，皆是此體，《琵琶記》之『吾夫一向留都下』，句法恐又
> 有誤也，作者辨之。（頁675）

仍以七字句法爲誤。然而，除了首句之外，細查全曲格式，似乎又與《拜月》
「叫得我氣全無」曲相去甚遠，何也？蓋因增、減字以致句式不清之故。吳梅
《南詞簡譜》卷五【普天樂】曲後註文分析得非常清楚，他說：

> 【普天樂】有三體，此爲普通格，俗名【中普天樂】也。《琵琶》之

「兒夫一向留都下」即是此體。但有換頭一格，如《幽閨》之「叫得我氣全無」、《殺狗》之「偶因觀三國志」、散曲之「四時歡千金笑」皆屬此格。蓋首曲首二句係七字。換頭則首二句係三字、第三句係七字。餘皆全同。……「只合守」三字本是襯字，而諸譜皆將贈板點在合字地步，於是改作正字唱，此亦權宜之法。因將換頭一式列後，俾作者可任用之也。〔註35〕

由此可知，張大復所換新曲乃首二句三三字之換頭格，根據吳梅分析換頭格《幽閨》例曲，其句式本應爲：

43	34		34	33		43	34	222	22	22
3。	。3		。7	。7		。7	。6	。3	。7	。7	。6	。4	。4	。。

但張大復《殺狗記》新曲的句式分析卻是：

34	222	33		43	34		32	22	22
3。	3。	。3	。3	。7	。6		。6	。7	。7	。6	。4	。4	。。

乍看之下，二曲迥異，彷彿不是同曲；但事實上，是因爲此曲正襯未明、而又多處減字、減句所致：首句「偶因觀」應作襯字，張大復應當紅筆加圈，而「三國志」、「曹操子」應爲正字，即少掉第二句正字之前的三個襯字；吳梅所謂「換頭格第三句係七字」，此七字是上四下三即單式音節，此曲減去四字成爲「曹丕的」三字句，仍不違背此句應爲單式音節的原則；接下來第四句皆作上三下四之七字句殆無疑義；第五句此曲又減去一字成爲二二二之六字句，爲雙式音節，觀吳梅格式爲上三下四之七字句，亦爲雙式音節；第六句同爲三三之六字句亦無疑義；第七句乃吳梅注文所謂以襯作正的「只合守」三字，《幽閨》作「我須是亦不作襯」，但此曲回復本格不加襯字，直接進入第八、九句，分別是上四下三、上三下四之七字句，均符於換頭格式；第十句此曲又減去一字，成爲上三下二之五字句，亦符於吳梅換頭格作「二二二六字句」之雙式音節；最後兩句，兩曲皆作二二之四字句亦無疑義。

如此分析下來，可知張大復所換《殺狗》新曲雖因正襯未明、大量增減字而產生新的句式，但其實仍是【普天樂】換頭格。雖說如此，此曲發展至此，離古本《琵琶記》「我兒夫」一曲原貌，已大異其趣矣！由此看來，到了清初崑腔曲律的發展，由於正襯、增減字句、乃至上文所引鈕、吳等注文提到的「因歌者誤下腔板」等多方面的因素，造成曲牌格式的變化多端，實在

〔註35〕吳梅：《南北詞簡譜》（台北：學海出版社，1997年），頁276。

到了目不暇給、眼花撩亂的地步。

　　諸如此類的例子甚多，在全譜中俯拾皆是，限於篇幅，不再贅舉。

二、平仄、韻協、對偶

　　其次談到其他幾項因素，或因平仄諧美而更換新曲，如：仙呂【八聲甘州】，二沈、鈕譜均收《荆釵記》曲：

> 窮酸魍魎。。對我行輒敢，數黑論黃。。粧模作樣。。惱得我氣滿胸膛。。平生頗讀書幾行。。豈肯汩亂三綱并五常。。斟量。。且順從、公相何妨。。〔註36〕（第一冊，頁131，換頭不錄）

沈璟註云：

> 數字，可用平聲；幾行，行字可用仄韻；公字，可用仄聲；氣滿、伎倆、相府，俱去上聲，妙甚！讀字、薄字，俱入聲作平聲，尤妙，樣字、狀字，不用韻亦可。

然張大復更換此曲爲《臥冰記》「從別故里」曲，全曲作：

> 從別故里。。離母親膝下，今喜參侍。。家兄不見，教我寸心驚疑。。教他後園守奈子。。酷暑炎、無怨語。。我母。。又何故、滅裂孩兒。。（頁650）

張註云：

> 此曲極妙，勝《荆釵》『窮酸魍魎』一曲，平仄發調，細玩自知。『侍』字用平聲，『我母』二字用平聲，『教他』二句作一聯，更佳。

「細玩」二曲，沈璟所云「數、行、公」字可調動平仄處，張曲都符合標準而作更改，甚且「公」字處以「滅」入聲，和「裂」字相連造成「入去」，聲情更見迭盪；沈云「去上」聲妙甚，本曲亦出現在「教我」二字，聲情婉轉委曲；沈云「入聲作平聲」，本曲發調處「從別」的「別」字即以入聲作平聲，首句即予人驚豔之感，極具變化之姿。因此，張大復認爲此曲平仄更爲諧美動聽，故而更換新曲。

　　或因韻腳齊整而換曲者，如：黃鐘宮【降黃龍】，二沈、鈕譜均收《拜月

〔註36〕本文對於例曲格式的標注，以鄭騫先生《北曲新譜》所定體例爲準：「。。」表示韻字，「。」表示句讀，參見鄭騫：《北曲新譜》（台北：藝文印書館，1973年），「符號說明」，頁1；但在襯字部分，舊譜一仍往例以略小字體表示，張譜部份則以該字加□，代表張氏「紅筆加圈」之原意。

亭》「宦室門楣」曲，然沈璟註云：

> 古人詞曲，只要句法合調，其韻腳多不拘平仄，觀此二曲，「望若雲霄」用「仄仄平平」，而後用「眼前窮暴」，乃是「仄平平仄」；「邊」字平聲，而後用「倚」字是「仄」；「君去民逃」用「平仄平平」，而後用「危途相保」是「平平平仄」；「怎生恁消」是「仄平仄平」，而後用「敢忘分毫」是「仄仄平平」；錯綜用之，正使人易學耳！但「怎生恁消」，不若用「仄平平仄」爲妙。（第二冊，頁 476～477）

觀此曲與其換頭曲，韻腳及句讀處均平仄相反，即上文沈璟所舉諸例，這在沈璟所處明中、晚期崑山腔正值蓬勃發展之始，是尚且被允許的、甚且是「正使人易學」的，沈璟雖然覺得「錯綜」，但亦未置可否。

但是，到了清初張大復的時代，便認爲不若《荊釵記》「草舍茅簷」曲之「韻一詞正」來得好，此曲全文作：

> 草舍茅簷。。蓬蓽塵蒙。網羅風颭。。尊親到此。但 有 無 一一望親遮掩。。〔註37〕恩沾。。萬間週庇。好似寒灰撥焰。。便窮親。愁來歡去。喜生腮臉。。
>
> （其二）
>
> 淹淹。。貧守虀鹽。常慮衣單。每憂食欠。。今爲眷屬。猶 恐 將 閭閻門風辱玷。。休謙。。既成姻眷。又何故相棄相歉。。敢撥取。尊親寵臨。老夫過僭。。

張氏註云：

> 舊譜收《拜月亭》一曲，不知此曲之韻一詞正也。前曲「一一望親」，是用「平平仄平」，後曲「閭閻門風」用「仄仄平平」，皆得其叶，所以後人皆不可及。（頁 699）

查《拜月亭》「宦室門楣」曲與其換頭曲韻腳平仄相反處，在此曲中皆得其叶：「颭」與「欠」、「此」與「屬」、「掩」與「玷」、「臉」與「僭」均同屬仄聲，可見張氏以「韻一詞正」爲由更換此曲，正是針對沈璟前曲「錯綜用之」之弊而來，其言語中對舊曲的不予認同是昭然若揭的。由此可見，時代的推移，讓戲曲家們對於曲律的講求標準有所不同。

〔註37〕 張大復圖示「一一」表襯字，但查諸譜及吳梅所列格式，應以「但有無」爲襯字始妥，故此處標示之。其二換頭曲同處「猶恐將」也應爲襯字，張氏疏漏未加標示，茲均更正之。

最後談到對偶問題，如：仙呂【桂枝香】，二沈、鈕譜均以《琵琶記》「書生愚見」曲爲正體，評注僅及於平仄韻協之分析，〔註38〕但張大復更換成元傳奇《王十朋》「年華高邁」全曲如下：

> 年華高邁。。家私窮敗。。 要 成就小兒姻親。全賴高賢擔戴。。 論 財難佈擺。。財難佈擺。。錢難揭債。。物無借貸。。 止 有 這荊釵、權把 他 爲財禮，只愁事不諧。。

注云：

> 「借」字用平聲更叶。第一、第二句是一聯，第三、第四是一聯，
> 五、六、七三句用扇面對，末二句必用成語，或舊詩方妙。（頁651）

觀「書生愚見」舊曲與此新曲，平仄、韻協、句式、句數等格式均無差池，僅此曲連用三組齊整的對偶，第三組還是三句嵌入成語的「扇面對」，造成一氣呵成、一瀉而下的氣勢，確實是饒富韻味。張大復還比前譜多收「其二」一體，全曲如下：

> 安人容拜。。解元聽解。。不嫌 你 禮物輕微。偏喜熱油苦菜。。心母忌猜。。心母忌猜。。物無妨礙。。人無雜壞。。這荊釵、 雖 不是金銀造， 管 取 周全您秀才。。

此曲評註云：「舊譜收《琵琶》一曲，不若此曲之有法。」然此曲平仄、韻協、句式均與舊曲無誤，那麼張氏所指「有法」，必當指其中三組對偶之齊整、有法度了。

三、綜合多項因素者

縱觀全譜，更常見到的是綜合多項因素同時發生在一曲之中，導致正變易位或增列多曲變體者，以正宮【白練序】爲例：沈璟《南曲全譜》收《風流合三十》「花磨月恨」曲，全文作：

> 花磨月恨。。每日償他債未盡。。直教我。相思爲伊成病。愁凝。。

〔註38〕見沈璟：《南曲全譜》：「『不肯』二字、『漫』字，可用平聲；『將』字、可用仄聲；今人于『愚』字、『通』字、『金』字處，每用仄聲，誤矣！」（第一冊，頁137）；自晉《新譜》襲之，略增評註云：「第九句還當用韻，先生不嘗以東嘉『滿皇都』一句不韻爲疏乎？見《琵琶》考註。」（第一冊，頁162）；鈕少雅《正始》注云：「『愚』、『通』、『金』三字，今人用仄聲，非；第三句不宜用韻，五、六句用韻亦可；九句不用韻亦可。」「此末句平煞，元傳奇《殺狗》仄煞云：『明朝又區處』。」（第一冊，頁355）。

　　兩翠鬟。。空有韓香滿繡裀。。人何在羅帷裡。。怎揢得這般孤另。。

　　格式應爲：

　　　　22　　43　　　222　　　　　　43　　32　222
　　　　4。。7。。3．6。。2．。3．。7。。5．。6。。

其換頭曲爲首二句作上二下三五字句、上二下二四字句，茲先不論。這支曲
子之後沈璟加了評註云：

　　起句用四字，乃此曲本調，自「窺青眼」散曲出，詞意兼到，人爭
　　唱之，而不知其失體也。吾寧捨彼而取此，然一齊眾楚，得無反爲
　　所笑乎！（第一冊，頁221）

到了他的子侄輩沈自晉《新譜》時，還是難敵「一齊眾楚」的潮流趨勢，新
增了散曲「窺青眼」爲又一體，並在評註中說明道：

　　起句創用三字，又不用韻，近皆倣之，然終是變體。（第一冊，頁
　　261）

從自晉保守的語氣中，仍可見出他欲遵從舊譜卻又難抵潮流的依違心態。這
樣的情形到了鈕少雅《正始》中，終於「化暗爲明」，少雅以譏嘲二沈的語氣
談到此體的流行：

　　沈譜云：「起句用四字……反爲所笑乎！」此論太泥也。按【白練序】
　　始調首句四字者雖爲正體，然其三字者亦不少，何譏其爲失體也！
　　況九宮十三調之詞曲，其變異增損，何調無之？但今正宜多存廣載，
　　而便撰者無束縛、歌者無揣摩，何必拘拘若此耶！（第一冊，頁193）

由此可見，三字起首的【白練序】由明中葉起發展到晚明，有後來居上、直
逼正體的流行趨勢。其格式爲：

　　　　　43　　　222　　　　　43　　32　222
　　　　　3。7。。3．6。。2．。3．。7。。5．6。。

此格式的【白練序】發展到清初張大復《寒山譜》，又有進一步的蛻變：

　　　先看到張譜所列正體，雖與舊譜同爲「花磨月恨」曲，但其末句「怎揢
得」的「得」字並未作襯字加圈，使得末三句格式變爲：

　　　　43　　32 34
　　　　7。。5．7。。

換句話說，此曲正體到了清初，由於「以襯作實」的變化，使得末三句變爲
共計十九個字，分別爲單、雙式句型。而張譜除此正體、換頭曲之外，還增

列又一體，爲元傳奇《東窗記》之「承宣命」曲如下：

> 承宣命。解軍柄。。束裝往帝京。。教傳示。萱堂暮年衰景。。思省。。悶轉縈。。恐十載功名一旦傾。。從天命。前程休咎。未知分明。。

已和沈璟「花磨月恨」原曲相去甚遠，然分析此體格式，當爲：

$$\begin{array}{cccc} 23 & 222 & 143 & 44 \\ 3。3。。5。。3。6。。2。。3。8。。3。8。。 \end{array}$$

此體當經過三大階段的蛻變而發展爲此格式：首先，因「窺青眼」三字起首句的流行，使得後人紛紛仿效甚且變本加厲，又增加一次三字句；其次，原本第二句應作上四下三七字句，又因已增三字句而使本句減去二字以資平衡，成爲上二下三五字句，仍維持單式句型不影響基本句式；其三，末三句原本爲 7。。5。7。。之單、雙式句型（五字句者爲句讀），共計十九個字，但是這麼長的句子可以藉由攤破法的不同而有各式各樣的句型，〔註 39〕張譜此曲即攤破爲：

$$\begin{array}{cc} 143 & 44 \\ 8。。3。8。。 \end{array}$$

同樣維持單、雙式句型。張大復在曲後附註云：

> 此體作者極多，沈譜失收，皆是元曲，何云三字起調，非【白練序】也！（頁 672）

可知該體在當時廣爲流行，早已凌駕於原曲之上。而此體自明中葉始，流行至清初，儼然經過「襯字作實」、「換頭增句、減字」以及「攤破法不同」等四項變化導致多曲變體，已與本格大異其趣也。

〔註39〕所謂「攤破」，曾師永義在其〈《九宮大成北詞宮譜》的又一體——以仙呂調隻曲爲例〉一文中說明道：「以音節形式爲原理所引起的格式變化，尚有所謂『攤破』。『攤破』在詞中已屢見其例，如〈攤破江城子〉、〈攤破南鄉子〉、〈攤破采桑子〉、〈攤破浣溪沙〉、〈攤破醜奴兒〉等。因爲中國韻文學的『語言長度』，是指兩韻之間的音節數，一個字一個音節，凡是超過七音節的語言長度，其間若不含有襯字或帶白的話，就非『攤破』不可。因爲語言長度在八個音節以上，很難一氣讀完。……也因此，如果超過八言的語言長度，在不變更音節形式的前提下，是可以有不同的攤破法的。譬如〈虞美人〉一調上下片末句皆作九字，李煜詞爲『故國不堪回首、月明中』，『恰似一江春水、向東流』；蔣捷詞爲『江闊雲低、斷雁叫西風』，『一任階前、點滴到天明』。亦即李煜攤破爲 6‧3，蔣捷攤破爲 4‧5，而都不易其單式音節之形式。」收入曾師永義：《參軍戲與元雜劇》（台北：聯經出版社，1992 年），頁 331～332。

綜上所述，則知藉由比對張大復《寒山堂曲譜》處理例曲與前譜不同之處，就可以觀察出清初大多數曲牌都可同時存在多種變化因素，使其既有格式的約束性日漸降低，規範性日漸鬆散，換句話說，清初崑腔曲律是朝著更多元、更開放、更自由的方向發展，因而呈現出各式各樣、琳瑯滿目、樣貌紛繁的多曲變體。

第三節　曲牌類別與劃分產生混移

前文第一點談到曲牌類別時曾經提及，南曲曲牌依其在整個套式中的位置及作用不同，而有引子、過曲、尾聲之別，張大復首先辨正前譜將引子與慢詞、近詞混一之謬；過曲之中，又有「每從各曲相湊而成」的犯調，張譜雖然不收犯調，卻收有部分沿用日久、直作正調的犯調。這些情形不止見於張譜體例，還可以在譜中對於例曲異於前譜的處理中得到進一步的驗證，以下分作幾點來談：

一、曲子歸屬不同曲牌

張譜中有一種情形，是同一支曲子，相較於前、後諸譜卻分別歸屬於不同的曲牌，致使正、變體易位，首先以仙呂【喜還京】與【三囑咐】二曲為例：

【喜還京】在二沈新、舊譜中，被重複收錄在「仙呂過曲」與「仙呂調慢詞」兩卷之中，前者為《東牆記》「去到書闈見他時」曲、後者為《黃孝子》「黃郎漸長年弱冠」曲（沈璟《全譜》第一冊，頁115、169；沈自晉《新譜》第一冊，頁137、196）到了鈕少雅，仍然分別被收入「仙呂過曲」與「仙呂調近詞」（第一冊，頁290；第四冊，頁1114），但「去到書闈」曲已改置於變體第二格。而曲譜別列近、慢、過曲，是「曲體」尚未脫離「詞體」的過渡現象，直到清初張大復《寒山譜》才取消近、慢，將「慢詞仍歸引子、近詞仍歸過曲」，正式宣告曲體的獨立完成。因此，仙呂【喜還京】一曲，張大復以「去到書闈見他時」曲為正體、「黃郎漸長年弱冠」曲居於又一體，值得注意的是，張大復於變體之後註明云：

此曲與【三囑咐】大同小異，與「前體」不同，殊可怪也。（頁654～655）

再查同調【三囑咐】曲，二沈、鈕、張諸譜均以《黃孝子》「念奴世閥旰江貫」曲爲例，別無變體（沈璟《全譜》第一冊，頁 168；沈自晉《新譜》第一冊，頁 196；鈕少雅《正始》第四冊，頁 1114；張大復《寒山譜》頁 658），然唯獨張氏又註云：「此曲與【喜還京】大同小異」。查【喜還京】「黃郎漸長年弱冠」曲全文格式爲：

$$43 \quad 33 \quad 43 \quad 43 \quad 23\ 23 \quad 43$$
$$7。\ 。6。\ 。7。\ 。7。\ 。5\ 5。\ 。7。。$$

而【三囑咐】「念奴世閥旰江貫」曲格式則作：

$$43 \quad 33 \quad 23 \quad 43 \quad 13 \quad 13 \quad 43$$
$$7。\ 。6。\ 。4。5。\ 。7。\ 。4。4。\ 。7。。$$

兩曲確實大同小異，異處乃：第三句【喜】作上四下三七字句、【三】共九字、攤破爲四字、五字句，五字句作上二下三，二曲同爲單式句；第五、六句【喜】均作上二下三五字句，【三】均作上一下三四字句，同樣是單式句。因此，兩曲雖異，其格式確實頗爲接近。到了乾隆間的《九宮大成》，「去到書闈」曲又變成了【喜還京】的又一體，曲末註云：

　　【喜還京】，諸譜有以《節孝記》內【三囑咐】第二曲『黃郎漸長年
　　弱冠』扭作【喜還京】者，大謬！（第二冊，頁 502）

而《大成》所收【三囑咐】曲，正以「黃郎漸長年弱冠」曲爲又一體，以《九九大慶》「記曾算得官星度」曲爲正體，其格式與「念奴世閥旰江貫」曲全同。（第二冊，頁 486～487），並註云：

　　【三囑咐】，二闋同格，……其《節孝記》曲，蔣沈二譜誤作【喜還
　　京】，今爲改正。

縱觀二曲在諸譜中「載沈載浮、流離輾轉」的情形，可以見出崑腔曲律自明中葉至清中葉數百年的遞嬗演變過程中，某些曲子隸屬於何支曲牌是會有游離混淆、更改轉變的複雜情形，原本二沈完全未提二曲之間的關係，鈕氏開始增列變體，張氏始強調二曲的同異處，終至《大成》完全將「黃郎」曲改列爲【三囑咐】，並反指蔣、沈前譜錯誤，其實並非蔣、沈有誤，實因曲律本身的嬗變，致使曲牌的歸屬在前後代有所不同的緣故。

　　再以仙呂【解三酲】與南呂【針線箱】二曲爲例。早在沈璟時代，二曲是區分開來的，《南曲全譜》所收【解三酲】乃散曲「待寫下滿懷愁悶」及其換頭曲「海棠嬌等閒憔悴損」（第一冊，頁 149），全文作（換頭不錄）：

待寫下滿懷愁悶。。更說與外人不信。。迴文錦圖織不盡。。空訴
與斷腸人。。幾番待撇尋思別事因。爭奈一夜歡娛百夜恩。。今番
病。。非因害酒。只為傷春。。

格式作：

34　　34　　43　　33　　43　　43
7。。7。。7。。6。。7。。7。。3。。4。4。。

其南呂過曲卷所收【針線箱】乃《東牆記》「爲薄情使人縈繫」曲（第二冊，
頁422），全文作：

爲薄情使人縈繫。。終日把圍屏悶倚。病懨懨頓覺貪春睡。。一
日瘦如一日。。有時待重整些殘針指。。便拈起東來卻忘了西。。香
閨裡。。悶無言空對。針線箱兒。。

格式作：

34　　34　　43　　222　　43　　43
7。。7。。7。。6。。7。。7。。3。。4。4。。

都還沒有提到和【解三酲】之間的關係。到了沈自晉《南詞新譜》，所選例曲
一仍舊譜，但他在【針線箱】牌名下註云：

舊譜誤收【大勝樂】作【針線箱】，今改正。（第一冊，頁485）

查南呂【大勝樂】曲下註文云：

按此曲第三句，與【解三酲】同，而第四句點板，亦與【解三酲】
無異，今人于此【大勝樂】，則自然合腔，于彼【解三酲】，則力挽
不悟，皆沿習之謬使然。若本宮【針線箱】第四句之板，即與今人
所誤點【解三酲】者正同，意古之作者，原以【針線箱】與【大勝
樂】同是南呂，每將二曲相聯並作，而後人于【解三酲】一調，自
覺熟便，或遇【針線箱】，輒改作【解三酲】牌名，而第四句之板，
尚依然襲其舊而未變耳！辨此，則三曲腔板皆了然矣！（第一冊，
頁407）

從這段話可以知道，在明中晚期【解三酲】、【針線箱】、【大勝樂】三曲常有
混淆現象，而混淆之因在於誤點板式，【大勝樂】不在本文討論範圍，姑且不
論，此處僅就【解】與【針】二曲來談，所謂誤點板式，就是以【針線箱】
第四句的板式，點在【解三酲】第四句之上。沈自晉在這裡還不算說得明白，
到了明末鈕少雅，就此交代得更爲清楚明朗。少雅《正始》所收仙呂宮【解

三醒】以《西廂記》「我因你帶圍寬盡」爲例曲，格式與上述「待寫下滿懷愁悶」同（第一冊，頁344），南呂宮【針線箱】也承襲舊譜「爲薄情使人縈繫」曲爲正體，但曲後註云：

> 此調之章句皆與【解三醒】一同，止於第四句之節文及掣板少異，
> 說在仙呂宮【解三醒】下。（第二冊，頁604）

查「我因你」曲之下註云：

> 此正【解三醒】本調也。然【解三醒】與南呂宮之【針線箱】止單
> 第四六字句之節讀，如【解三醒】第四六字句乃上三下三，於第四
> 字上必當用一掣版，如【針線箱】第四句乃上二下四或上四下二，
> 故於第四字下必當用一截板，此正二調分別處耳。凡本及古曲皆如
> 是者。今人不審其詳，妄以【解三醒】第四句之第四字下，亦用一
> 截板，此既不合【解三醒】，又不似【針線箱】，是何調體耶！亟宜
> 正之。（第一冊，頁345）

由此對於二曲之糾結豁然可知：少雅所謂「今人不審其詳，妄以【解三醒】第四句之第四字下，亦用一截板」亦即自晉所述「後人于【解三醒】一調，自覺熟便，或遇【針線箱】，輒改作【解三醒】牌名，而第四句之板，尚依然襲其舊而未變耳！」也就是筆者所謂「誤點板式」。

這樣的糾葛情形，發展到清初，又有另一種轉變：張大復《寒山譜》大筆一揮，斬去二曲的糾結：仙呂【解三醒】一仍前譜，以散曲「待寫下」及其換頭曲「海棠嬌等閒憔悴損」爲正體，但其又一體，即前譜列爲南呂【針線箱】的《東牆記》「爲薄情使人縈繫」曲，其註云：

> 古本曲常將【泣顏回】爲【好事近】、【月兒高】作【誤佳期】、【解
> 三醒】爲【針線箱】，詞隱先生因曲中三字另分一體，又別一宮，予
> 以爲此曲與【解三醒】大同小異，即爲【解三醒】別體也可，若因
> 一二字不同、一二板不合，即另立一名，又出別宮，則二調不分矣。
> （頁654）

由此可知，到了清初，「爲薄情」曲與【解三醒】曲的界線愈加泯滅未明，致使張大復乾脆將【針線箱】「爲薄情」曲併入仙呂宮內，列爲【解三醒】之「又一體」，其作法可謂明快俐落。值得注意的是，這樣的作法應非張大復一意孤行，因爲到了《大成》，雖然仍將「爲薄情」曲列爲【鍼線箱】，但已併入仙呂宮正曲之內，並在註中說明：

　　【鍼線箱】句法，與【解三酲】相同，惟第四句，【解三酲】正體作
　　六字折腰句，【鍼線箱】作上二下四句，亦有作上三下四句者，竟與
　　【解三酲】『又一體』無異矣！今以第四句折腰體者爲【解三酲】，
　　上二下四者爲【鍼線箱】，少爲分別。（第二冊，頁482～483）

言下之意，仍然認爲【鍼線箱】直與【解三酲】又一體無異矣！可說是與張
大復的想法相同，此脈延續到近代吳梅，《簡譜》作法即以「爲薄情」曲爲【解
三酲】之又一體，其註云：

　　尚有【針線箱】一體，舊譜列入南呂宮，實即此曲也。附誌於此，
　　不別立矣。詞云：『……』祇以末句有『針線箱』三字，遂以爲名，
　　實與【解三酲】同。（頁336）

可見二曲牌的分合歸屬，是隨著時代的遷移而日趨轉變游離的。

二、犯調劃分產生游移

　　其次討論起因於對犯調與否的劃分產生游移者，如：黃鐘宮【獅子序】，先
從張譜看起，他收了洋洋灑灑共八支曲子，實分爲三組：第一組被列爲正體者，
乃出自元傳奇《孟月梅》之「深深百拜告神祇」曲及其三支換頭曲；〔註40〕第
二組爲第一組又一體，乃元傳奇《劉知遠》「伊說話太無情」曲及其換頭曲一支；
第三組爲第二組又一體，乃出自元傳奇《蔡伯喈》「他媳婦雖有之」曲、及其換
頭曲出自元傳奇《教子記》之「家貧窘難度時」（頁700）。

　　細查這三組的來源：清初被列爲第三組「變體中的變體」的「他媳婦雖
有之」，卻是明中晚期二沈新、舊譜中的正體；該組到了晚明，就因貌似犯調
而被鈕少雅強烈質疑道：

　　不當以《蔡伯喈》之『他媳婦』一曲當之，殊不知『他媳婦』一調
　　僅末煞二句爲【獅子序】，餘皆別犯他調，學者不可不審。（第四冊，
　　頁1176～1178）

鈕少雅並以「深深百拜告神祇」曲一組爲正體，並嚴正申明：「按此【獅子序】
本調。……」；清初張譜便承襲鈕譜作法，將此組列爲正體、「他媳婦」一組
列居第三，張氏還補充說明：

　　此體與前二體又絕不同，不知何故？！或云：此體前三句是【宜春

〔註40〕事實上，其二曲省略不錄，僅註明：「字句同，但起句七字，第三、第五及第
　　　　七字上各一頭板，餘同前。」其三、其四曲則採自元傳奇《孟月梅》，見頁700。

令】、中六句是【皂角兒序】、末二句是【月上海棠】，亦近是。（頁
701）

張氏所云「或云」應指鈕少雅之類、將此曲劃爲犯調的人。

由此例可見，《琵琶記》【獅子序】「他媳婦雖有之」一曲，在明中葉時還
不被視爲犯調，到了晚明，由於時人對於犯調與否的劃分有了不同的看法，
因此被鈕少雅等人視爲犯調，改以《孟月梅》「深深百拜告神祇」曲爲正體；
到了清初，對於「他媳婦雖有之」一曲犯調與否又產生猶疑未決，因此仍將
它歸爲變體，而承襲晚明認定「深深百拜」曲爲【獅子序】本調。

何以對於犯調與否的劃分有眾說紛紜的情形呢？實因時移事易，對於該
曲板式的認定有所不同之故，吳梅《簡譜》解釋道：

> 鈕少雅《正始》譜，以此支爲集曲。首三句作【宜春令】、「深宮」
> 至「旋轉」爲【繡帶兒】、「祇教人」至「春苑」作【掉角兒序】、末
> 二句爲【獅子序】，其說甚辯。惟【掉角兒序】律以板式，終覺未安。
> 蓋「夢迷春苑」句下板、在「夢春」二字，若作【掉角兒序】，當改
> 在「夢苑」二字上，挪移板式，未爲的當，故仍作正曲也。（頁252）
> 〔註41〕

可知在時代的遷移之下，對於板式下定的認知有所不同便會影響該曲的格
式，進而影響到該曲犯調與否的認定與規劃。〔註42〕

〔註41〕吳梅以《紅梨記》「陵谷變朝市遷」一曲爲正體，故註文中所引「深宮」等曲
文爲該曲文字，然此曲即《琵琶記》「他媳婦雖有之」之體式。

〔註42〕關於【獅子序】一曲，還有另一累說紛紜的問題，即：宮調歸屬的不同。二
沈新、舊譜時代將「他媳婦雖有之」歸爲黃鐘宮過曲【獅子序】，隻字未提宮
調問題；晚明鈕少雅《正始》除了提出犯調以外，還強力抨擊該曲歸於黃鐘
之誤，他在黃鐘卷僅列【獅子序】牌名，後註云：「此調按《元譜》原屬南呂
調，後不知何人改收於黃鐘宮，此蓋因疑爲《蔡伯喈》『答親』套之【太平歌】
及【賞宮花】又【降黃龍】皆係黃鐘之調，獨不思其末煞之【大聖樂】乃南
呂宮之調乎！比又《尋親記》之〈訓子〉折，其全套純用南呂，此【獅子序】
將何屬乎？況此二調之源皆非【獅子序】本調，然皆犯調耳，今既不知其本
調、犯調，何又以南呂之詞誤置於黃鐘？若此錯綜訛亂，豈爲譜哉！今此剛
彼收，願學者切宜審之。」（第一冊，頁120）於是鈕少雅將《孟月梅》「深深
百拜告神祇」一組三支曲改置於南呂宮，又註云：「按此【獅子序】本調。《元
譜》載屬南呂調，今蔣譜一屬黃鐘宮，亦屬南呂調，後時譜亦然。」第四冊，
頁1178。吳梅《簡譜》對此解釋云：「此調音節頗沈鬱悲涼，與黃鐘微有不合。
《南詞定律》改隸南呂，可云有識。余以管色六調無礙本宮，因不依《定律》，
仍依諸舊譜耳。」（頁252）由於諸舊譜及吳梅均仍歸於黃鐘，所以上文不提

　　類似的情形，還有小石調【月兒高】，二沈新舊譜、鈕譜皆以《錦香亭》「看遍閒花草」曲爲正體，沈璟並強調：「此【月兒高】本調也，其餘皆犯別調矣。」二沈並以《拜月亭》「喊殺連天」曲爲變體，又註云：「舊譜題曰【攤破月兒高】」（第一冊，頁107～108；頁130～131）二體不同，可見二沈視此變體爲「犯別調」。然而到了清初，張大復將正、變體易位，並未對於犯調與否多加任何說明，可知當時已經把曾被視爲「犯別調」的「喊殺連天」曲認定爲正體，曾爲正體之「看遍閒花草」曲反居於變體。由此可見，自明中葉到清初，對於曲牌犯調與否的劃分是會有所游移，因而產生正、變體易位的情形。〔註43〕

三、南北曲界線產生混淆

　　還有一種情形，是清初對於南北曲的劃分，產生了異於前代的混淆，如：黃鐘【出隊子】，二沈、鈕譜均以《荊釵記》「追思前事」曲爲正體，二沈別無變體，全曲作：

> 追思前事。。心下如同理亂絲。。雖然頗頗有家私。。爭奈年高無
> 後嗣。。怎不教人。朝夕怨咨。。

此曲到了清初，被張大復列爲又一體，取而代之的是元傳奇《西廂記》「是我幽幽」曲，該曲早在鈕譜被列爲第三格，全文作：

> 幽居古寺。。景荒涼人靜悄。。怎禁他畫長人靜夜迢迢。。只被兩般
> 兒教人心轉焦。。是這鐘送黃昏雞報曉。。

然格式與「追思前事」曲頗異，少雅亦疑曰：

> 第二句變六字二截，末句雖亦七字，句節不同。（第一冊，頁72）

然而，少雅所分正襯，畢竟使得二曲僅末二句節不同；而張大復列該曲爲正體，卻作以下格式：

> 是我幽幽。居在古寺。景荒涼人靜悄。。怎禁畫長無奈夜迢迢。。
> 都只爲兩般兒教心下轉焦。。怕只怕鐘送黃昏雞報曉。。

全曲不僅與鈕譜所錄字句有異，格式也和前述二曲相去甚遠，張氏於曲後註云：

〔註43〕　宮調歸屬的問題，僅附此說明云云。
　　　　【月兒高】一曲，還有宮調歸屬的問題值得討論：二沈、鈕譜均將之歸爲「仙呂宮過曲」，自張大復始歸爲「小石調過曲」，到了《九宮大成》，又歸到「仙呂宮正曲」（第二冊，頁394）。關於此類宮調歸屬的問題，將集中在下一節作整體的討論，茲不復贅。

此「團團皎皎」一套曲，蔣譜亦收，沈譜疑為北曲刪去，此實係南
詞，故補入。（頁 703）

查沈璟確實在「追思前事」曲下註云：

舊譜又有【出隊子慢】，乃北曲體，不錄。（第二冊，頁 456～457）

由此可知，沈璟所云「舊譜」，當即張氏所據「蔣譜」，即蔣孝《舊編南九宮
譜》，該譜之「黃鐘過曲」卷即收有此曲，標作【出隊子慢】，〔註44〕內容與
張譜所列全同，可知由於蔣譜未分正襯，張譜完全承襲而來，因而呈現出與
前二曲大異的樣貌。

那麼，此曲的正確格式為何？它究竟如沈璟所述屬於北曲、還是如張氏
所辯實係南詞？要解決這個問題，當從釐清該曲正襯、格式為優先。茲將該
曲釐正如下：

是我幽幽居在古寺。景荒涼人靜悄。。怎禁畫長無奈夜迢迢。。都只為
兩般兒教人心下轉焦。。怕只怕鐘送黃昏難報曉。。

22 23　　43　　43　　43
4。5。。7。。7。。7。。

如此看來，則與鈕譜格式僅第二句略有不同，但兩者句式同為單式句，並不
影響大局。值得注意的是，這樣的格式正是北曲【出隊子】的格式，查吳梅
《北詞簡譜》卷一〔註45〕及鄭騫先生《北曲新譜》卷一黃鐘宮所列該曲，均
作上述格式，鄭騫先生還有小註：「與南曲略同。」〔註46〕

由此可見，從二沈、鈕譜一路演變到張大復《寒山譜》，也就是從明中葉
直到清初，對於部分曲牌的南北曲劃分似乎漸漸地混淆難辨：此《出隊子》
曲本即南北通用而略有異同，二沈猶能辨明予以釐清；鈕少雅始隻字未提南
北之分，僅稍覺有異，卻也未能多加解釋；直到張大復就堂而皇之地納為南
曲，又不辨正襯，也不解釋該曲與「追思前事」體格大異之因，就此囫圇吞
棗、似是而非。

相類似的情形還可再見正宮【醉太平】，沈璟《南曲全譜》收有重複之【醉
太平】二次，第二次在調名之下註云：「此別是一調，當以【小醉太平】目之」，

〔註44〕〔明〕蔣孝：《舊編九宮譜》，收入《善本戲曲叢刊》第 26 冊（台北：學生書
　　　　局，1984 年），頁 156。
〔註45〕吳梅：《南北詞簡譜》（前揭書），頁 10。
〔註46〕鄭騫：《北曲新譜》（台北：藝文印書館，1973 年），頁 3。

並以《張協》傳奇「明日恁地、神前拜跪」爲例曲，曲後註云：「此調與詩餘及北曲【醉太平】相似……」（第一冊，頁 223～224；沈自晉《新譜》第一冊，頁 262～263），明末鈕少雅《正始》（第一冊，頁 201）、清初張大復《寒山堂曲譜》也收此曲爲又一體，但無半點提及北曲之涉，張譜僅疑爲「哀」。（頁 672）綜觀這些資料，事實上說明了張大復曲譜的疏漏與訛誤處，但從另一角度思考，無疑地反映出清初崑腔曲律確實有此南北難辨的情形。

　　對於曲牌的歸屬產生混淆的現象，還有第四種情形，即某曲子原屬於某曲牌或某一宮調，但因時移事易，卻逐漸轉變成隸屬於另一曲牌或另一宮調，因而導致正變體易位。這種情形茲體事大，緊接著於下文專事探討。

第四節　宮調歸屬與統轄已然模糊

　　前文曾經述及吳梅對於「宮調」所下的定義：

> 所以限定樂器管色之高低也。……今曲中所言宮調，即限定某曲當
> 用某管色，凡爲一曲，必屬于某宮或某調。

也就是說，宮調與曲牌之間的關係，某曲牌之歸入某宮調、某宮調之統轄眾曲牌，是基於管色相同或接近的前提上而納屬的，則其音樂風格必然有相近之處。根據清同治間王錫純《遏雲閣曲譜》〈學曲例言〉可以整理出南曲各宮調所使用的管色，從中亦不難發現彼此有所參差錯落、重複接近，〔註 47〕如此一來，勢必造成某些曲牌歸屬於某宮調時游離未定的情形。

　　事實上，早在南曲譜一出現時就已經有此出入游移的現象：蔣孝《舊編南九宮譜》所收《十三調南曲音節譜》多處註明某宮調與另宮調「出入、互用」、以及某曲牌「亦在」某宮調之下，如：「仙呂」調之下註明「與羽調互用，出入道宮、高平、南呂」，該調所統轄的【轉山子】曲註明「亦在南呂」、【大勝樂慢】曲註明「亦在南呂、道宮」、【臨江仙】亦在「南呂」等等，〔註 48〕關於此點，

〔註47〕　其詳情如下：仙呂宮：小工調或尺調，北曲間用正宮調，調實與尺調同。南呂宮：凡調，北曲闊口間用小工調或尺調。黃鐘宮：六調或凡調，北曲間用正宮調。中呂宮：小工調或尺調，北曲間用六調，調實與上調同。正宮：小工調或尺調，北曲闊口間用上調。道宮：小工調或尺調。羽調：小工調，間用凡調。大石調：小工調或尺調。小石調：小工調或尺調。般涉調：小工調或尺調。商角調：凡調或六調。高平調：小工調或尺調。商調：六調、凡調、小工調，北曲間用尺調。越調：六調或凡調。南曲多用小工調。雙調：乙調或正宮調。

〔註48〕　〔明〕蔣孝：《舊編南九宮譜》（前揭書），頁 35。

王驥德在《曲律》〈論調名第三〉中說道：

> 又有一調，分屬二宮，而聲各不同，如：【小桃紅】一在正宮、一在
> 越調；【紅芍藥】一在南呂宮、一在中呂宮類。

對於這種「調有出入、詞則略同」的情況，他在〈論宮調第四〉自問自答解釋說：

> 或問：「子言各宮調譜不出一均，而奈何有云與某宮某調出入而並用
> 者也？」曰：「此所謂一均七聲，皆可爲調，第易其首一字之律，而
> 不必限之一隅者，故北曲中呂、越調皆有【鬬鵪鶉】，中呂、雙調皆
> 有【醉春風】，南曲雙調多與仙呂出入，蓋其變也。」〔註49〕

此究爲何意呢？再參見乾隆間《九宮大成南北詞宮譜》中〈北詞凡例〉所云：

> 近代皆用工尺等字以名聲調，四字調乃爲正調，是譜皆從正調而翻
> 七調。七調之中，乙字調最下、上字調次之、五字調最高、六字調
> 次之，今度曲者用工字調最多，以其便於高下，惟遇曲音過抗，則
> 用尺字調或上字調，曲音過衰則用凡字調或六字調，今譜中仙呂調
> 爲首調，工尺調法，七調俱備，下不過乙、高不過五，旋宮轉調，
> 自可相通，抑可便俗。（第一冊，頁70～71）

可知王驥德所謂「一均七聲，皆可爲調」，當即《大成》所云「皆從正調而翻七調」，其曲音過高則用尺上字調，過低則用凡六字調，此種「旋宮轉調、自可相通」的靈活運用方式，當即王驥德所云「第易其首一字之律，而不必限之一隅者」。這本來是一種權宜之便，但若換另一角度思考，則可說是反映出宮調統轄曲牌時所具有的開放性、以及該曲牌本身的音樂特色具有多元性。

有此認識之後，以下便從這個層面，觀察張大復《寒山譜》相較於前代諸譜、同一曲牌隸屬不同宮調之幾種情形。

一、張譜歸屬與衆譜殊異

第一種情形是其他曲譜所歸屬的宮調均同，僅張譜與眾人殊異，如：卷四小石調所收曲牌，有：【月兒高】、【上馬踢】、【蠻江令】、【涼草蟲】、【蠟梅花】、【望吾鄉】、【美中美】、【勝葫蘆】、【光光乍】等支，在二沈、鈕譜、《大

〔註49〕〔明〕王驥德：《曲律》（前揭書），頁59、105。

成》、吳梅等譜中全部歸於仙呂宮之中。張譜列在卷五黃鐘宮的【大迓鼓】一曲，眾譜多以《殺狗記》「聽咱說事因」曲爲正體、《琵琶記》「姻緣雖在天」曲爲又一體，然眾譜均歸爲「南呂宮」，且無任何評註提及宮調問題，唯獨張大復列爲「黃鐘」，並於正體後註云：

> 此曲古質之極，第二字用韻更妙，此體與「黃鐘」甚叶，不知何故，
> 舊譜收在「中呂」。

在又一體曲後註云：「舊譜亦入『仙呂』」。由此或許可以推想，【大迓鼓】一曲歷來歸屬的宮調，可能有「南呂、黃鐘、中呂、仙呂」等多種可能，然未知究竟如何？恐怕仍然存疑。

二、某曲游離輾轉於各宮調

第二種情形，是某支曲子在歷代諸譜中的宮調歸屬一直游離輾轉，如：【鵝鴨滿渡船】一曲，沈璟《南曲全譜》列爲「不詳宮調」的過曲，分別以《八義記》「駙馬和公主」曲以及散曲「釣魚舟、隨浪滾」爲正體及又一體；然這兩曲到了沈自晉《南詞新譜》，被分別列入「雜調」過曲以及「道宮調」近詞，且均爲正體；晚明鈕少雅與此作法接近，但前曲列入「仙呂入雙調」過曲，爲該曲牌之第二格，後曲則歸入「道宮調」近詞，爲該曲牌之第三格；清初張大復又回歸到沈璟的作法，兩曲分別爲該曲牌的正體及又一體，並同列入「仙呂宮」過曲；此法延續到乾隆《九宮大成》，將二曲併收入仙呂宮正曲之「又一體」。如此錯綜複雜的情形，可列簡表以清眉目如下：

歷代曲譜　　　　　　【鵝鴨滿渡船】	沈璟《南曲全譜》	沈自晉《南詞新譜》	鈕少雅《九宮正始》		張大復《寒山堂曲譜》	周祥鈺等《九宮大成》
	不詳宮調 / 過曲	道宮調 / 近詞	雜調 / 過曲	仙呂入雙調 / 過曲	道宮調 / 近詞	仙呂 / 過曲	仙呂 / 正曲
駙馬與公主	正體		正體	第二格		正體	又一體
釣魚舟隨浪滾	又一體	正體			第三格	又一體	又一體

從此表就可以清楚見出該曲牌自明中葉到清初，先合後分、又從分再合的演變過程，此曲甚且和【赤馬兒】、【拗芝麻】、【應明時近】等曲有糾結錯

亂的情形。〔註50〕

　　比此更甚者，還有：【薄媚滾】一曲，諸譜均以《拜月亭》「聽人報，軍馬近城」一曲爲例，但宮調的歸屬卻各有不同：二沈譜均爲「南呂宮過曲」（第二冊，頁 381；第一冊，頁 422），《正始》則歸爲正宮過曲，並開始收列變格（第一冊，頁 207），張譜爲仙呂宮（頁 662），《大成》則爲越調正曲（第六冊，頁 2266），《簡譜》又回歸南呂過曲，並云：「不美聽，宜用在匆忙促迫之際，與賺曲過度略同。」（頁 434）上述諸譜除了鈕少雅列爲第二格之外，均以此曲爲正體，然可怪的是，諸譜在宮調方面的歸屬有如此錯綜紊亂的情形，卻無一人論及。

三、自張譜始歸屬宮調者

　　第三種情形，是張譜之前的曲譜列爲「不詳宮調」、而自張譜始列爲某宮調者，如【水叨令】一曲，二沈新舊譜、吳梅《簡譜》未收，鈕、張均以明傳奇《千金記》「寶殿祥雲紫氣朦」曲爲例，《大成》爲又一體，然《正始》列爲「不詳宮調」之過曲（第四冊，頁 1362），張譜列爲黃鐘，《大成》承襲爲黃鐘宮正曲（第十六冊，頁6098），張大復並註云：

　　審其音似南呂，但陳、白二氏《十三調目》內『黃鐘調』之中有【南叨叨令】，此名【水叨令】，疑即是此。（頁 711）。

〔註50〕　如：沈自晉《南詞新譜》在「雜調」所收的【鵝鴨滿渡船】「駙馬和公主」曲則註云：「原又【鵝鴨滿渡船】一曲，及【赤馬兒】、【拗芝麻】二曲，俱移補道宮。」（第二冊，頁 879）；而「道宮調近詞」所收的【鵝鴨滿渡船】「釣魚舟、隨浪滾」曲後則註云：「按此曲，徐稿將『時間天漸暝』用單句，『暮猿啼』三字作『古墓猿啼』，自首句至『越添愁悶』，作【應明時近】首曲，將『蘆葦』以下至末，作【應明時近】第二曲。」（第一冊，頁 383）。鈕少雅《正始》在「道宮調近詞」所收【應明時近】「畫眉郎不見影」曲後註云：「此調正與『天長地久』套之『釣魚舟、隨浪滾』無異，何今人皆妄認爲【鵝鴨滿渡船】？可笑！且時譜亦不究其源，亦以此調置於不知宮調內，且亦隨列於《趙氏孤兒》之『駙馬和公主』後作又一體，豈不冤哉！余今試備【鵝鴨滿渡船】本調於下，辯證其非。」鈕氏以元傳奇《王子高》「畫堂深深處」曲爲【鵝鴨滿渡船】之本調，曲後註云：「按此調章句與時譜所收之《孤兒》格，只爭第七句之句節，餘無不同者，也與『釣魚舟』何涉？況【鵝鴨滿渡船】按元譜屬仙呂入雙調，今此【應時明近】而屬道宮，願學者審之。」（第四冊，頁 1277）《大成》於【鵝鴨滿渡船】最後一支例曲之後註云：「【鵝鴨滿渡船】之名，諸譜皆然，惟洪昉思之《長生殿》，易名【應時明近】，分作二曲。……」（第二冊，頁 376）

再如：【小引】該曲牌諸譜均以元傳奇《劉知遠》「廟官來」曲爲正體，但二沈、鈕譜均列爲「不詳宮調」，《新譜》作爲引子、其他皆爲過曲，張大復則歸爲黃鐘宮，《大成》隨之爲黃鐘宮正曲。【薄媚破】曲出現在沈璟《南曲全譜》，以《東牆記》「兩情濃非容易」曲爲正體，但列爲「不詳宮調」，張大復則歸爲「仙呂」。（頁 661）觀察這類的曲牌多爲小曲或者曲破，其音樂風格應屬自由隨興，沒有鮮明的個性，在套式中的地位也較無足輕重，因此在早期的曲譜中沒有明確的宮調加以統納，待流行日久，始於清初正式收入某調之中。

由此看來，清初張大復《寒山堂曲譜》對於宮調的處理，有諸多異於前譜之處。何以如此呢？林鶴宜在《晚明戲曲劇種及聲腔研究》第五章〈崑山腔系統〉中，對於晚明崑山腔的發展提出幾點觀察所得：首先是崑山腔對於宮調問題的適應，認爲：

> 由宋詞到戲文，再由戲文到崑山腔，「宮調」內涵不斷地在變更，這一連串轉變可以這樣來看待：原本在宋詞（或甚至元曲）中以宮調爲基礎，對曲牌作種種特性區分而組織起來的系統，其形式雖然爲南戲所繼承，但內部實際已經瓦解。到了崑山腔，根據需要，慢慢又建立起一套相應的新秩序。新秩序的建立，並沒有完全脫離舊規則的基礎，事實上，它等於是打破了舊規則中過於細緻的類分，而替代以一個較爲綱要性的組織方式，以方便傳奇作者在選曲用調時的實際需求。〔註51〕

然而，這套新秩序到了清初，顯然經過近百年的流轉而又面臨逐漸瓦解、統轄力漸失的窘境，此從張大復對於宮調的處理頗多異於舊譜之處即可看出。先就進步的方面來說，前文第一點提及張大復一改「宮」、「調」並立的方式而融合二者，就已經是宮調系統在清初的一大突破；再就統轄力漸失的方面來說，從此處所論曲牌歸屬的不同、宮調統納的不同兩大情形來看，曲牌的歸屬不同，透露出對於南北曲界線的模糊（如：黃鐘【出隊子】）、對於犯調與否的劃分不一（如：黃鐘【獅子序】）、對於板式下定與格式的淆亂（如：仙呂【解三酲】）等曲律演變的訊息；宮調統納不同的情形更多，有一整卷小石調曲牌本歸於仙呂者、有某些曲牌本歸於另一宮調者、有某些曲牌本不詳宮調清初始歸於某調者、有某些曲牌始終居無定所地游離在各宮調之間

〔註51〕見林鶴宜：《晚明戲曲劇種及聲腔研究》（台北：學海出版社，1994 年），頁151～157。

者……凡此種種複雜訛亂的現象，均顯示出清初宮調的劃分，對於頗多曲牌而言，恐怕已無統轄之力。

　　難怪稍晚的王正祥於康熙二十三、二十四年編纂《新定十二律崑腔譜》、《京腔譜》時，便毅然摒棄了既有的九宮十三調格式，徑取上古十二律呂（如：黃鐘、太簇、夾鐘、大呂等）作爲統轄曲牌、編排套式、經緯曲譜的名稱，到了乾隆間《九宮大成》，雖然一仍宮調舊制，卻配以十二月令，也算是繼承王正祥恢復古律的作法。〔註52〕可見就宮調與曲牌之間的關係來看，清初處於舊規則日漸瓦解、新秩序尚未建立的過渡期，因而呈現出張譜所見各種複雜淆亂的現象。

小　結　清初蘇州崑腔曲律發展變化之方向——
　　　　演唱實際的日漸重視

　　本章以清初蘇州劇作家張大復所編纂《寒山堂曲譜》爲探討文本與觀察基準，透過和歷代前、後曲譜的實際比對異同，以突出清初蘇州崑腔曲律之發展脈絡與變化情形。首先從張大復曲譜的體例編纂方面來看，可以發現他一方面繼承傳統的體例書寫，別正襯、點板眼、附評註，一方面又超越前人的眼光，增注字數、句數、拍數，講究字義的對偶齊整，釐清「宮」與「調」、「引」與「慢」之間分合淆亂的問題；另一方面又堅持己見，刪除平仄、韻協、開合的標注、只收古本過曲、不錄時人作品，使得他的曲譜原創性頗高，能獨立於當時蔚爲流行的蔣孝九宮譜系統之外而自成一家，〔註53〕其增減刪補之間，又透露出清初曲譜漸由格律譜轉向音樂譜的過渡性質。

　　其次筆者從張大復曲譜對於例曲的處理，約佔六成左右異於以往諸譜之處，思考這些現象所代表的意義：換新曲、增變體顯示出曲體數量的滋長；正變易位、曲牌、宮調的歸屬不同顯示出曲體實質的演變，更多的時候，是綜合諸因素而呈現複雜、糾結的情形，可知崑腔曲律自明中葉魏良輔創發爲水磨調之後，在晚明蓬勃茁壯，待入清之後已經過近百年，彼時在前人的豐厚基礎上，既有所繼承延續、也有所拓展啓發，然更多的是進一步的蛻變與

〔註52〕參見周維培：《曲譜研究》（前揭書），頁269。
〔註53〕可參考周維培《曲譜研究》（前揭書），頁36；錢南揚：〈曲譜考評〉所附「沿革圖」，刊於《文史雜誌》第四卷第十一、十二期，1969年10月，頁60。

衍化。綜觀全文，可以歸納出清初崑腔曲律發展變化之幾個方向：

　　首先是部分曲牌之格式日趨鬆散，決定曲牌格式的因素共有字數、句數、句式、平仄、韻協、對偶等六項，張大復《寒山堂曲譜》中往往見到眾多因素同時發生變化，大幅度地動搖曲牌既有的格式，以致曲體與本格面目迥異，若未釐清各曲變化之因，恐怕光從變化多端的外觀，已難分辨該曲與本格之間的關係了。

　　與之相應者，曲牌的類別與劃分產生混淆游移，例如：同一支曲子卻在歷代諸譜中分屬不同曲牌、犯調與否的界定與劃分游移難辨、南北曲的歸納更是混淆凌亂。曲體變化既繁，連帶地統轄曲牌的宮調系統也愈益模糊，有一整卷曲牌本歸於另一宮調者、有某些曲牌本不詳宮調清初始歸於某調者、有某些曲牌始終居無定所地輾轉在各宮調之間者等等。

　　凡此種種面目全非、眾說紛紜、錯綜複雜的曲體出現，無非是意味著到了清初，影響格式變化的因素越趨複雜，以致部分曲牌既有格式的鬆散瓦解、彼此之間的劃分產生混淆游移，甚且宮調統轄力漸失、歸屬已然模糊。也正因為如此，到了乾隆年間，《九宮大成南詞宮譜》所收羅的曲牌才會史無前例的龐大眾多，其「又一體」更是琳瑯滿目、五花八門，張大復曲譜約有六成內容是異於舊譜，而又不至於到《大成》那樣驚人的全新面貌，適足以說明清初乃居於這新舊交替其間、百家爭鳴的過渡期。

　　尤可注意的是，上述諸項變化，均指向同一意涵，即：清初崑腔曲律的發展，是朝往日漸重視演唱的方向進行的。此點就三個層面來說：

　　首先，就編纂態度而言，張大復在凡例中屢屢明言：「曲譜示人以法，祇以律重、不以詞貴」、「此譜以實用為主」、「曲譜本為作曲者而作」、「本譜原為作曲者而作」（頁 636～638）可見張氏是基於作曲者實際的需要而編譜，一切以音律為導向，也就是以實際的演唱情形為依歸，如此一來，就已經確定了該譜絕非案頭文章、也不僅止於平仄四聲的文字層面而已，還要更進一步講究音樂層次的問題，以俾作曲、拍曲、甚且唱曲，那麼，上述曲牌格式與宮調體系的鬆散消解，不正說明了是因應於當時演唱的需要而產生變化的嗎？

　　其次，就觀察曲譜的外在形式而言，該譜增注字數、句數、拍數，前文第一節曾經詳述拍數與板、眼之間的關係，直接影響的便是音樂節奏的快慢緊弛，張譜史無前例地詳細增注，無非是裨益時人按板歌唱；該譜又附收傳唱已久的犯調直做正調以「俾學者采用」，不也說明了其對實際演唱的重視？

其三，就比對曲譜的內容而言，可以發現張譜頗多地方提到和演唱相關的問題，如：前文所述「板式」，常常出現在各項變化之中造成複雜錯綜的情形，與正襯結合而產生變體者有正宮【普天樂】、與犯調與否結合以致增列變體者有黃鐘宮【獅子序】、與曲牌的劃分相結合以致二曲混淆者有仙呂【解三酲】與【針線箱】……等等，板式變化最直接的關連就是音樂上的變化，這些複雜的現象可說是相當程度地反映了當時演唱情形的多變與豐富。

綜上所述，可以見出清初蘇州崑腔曲律發展與變化之幾大方向。本章以編寫於此時地之張大復《寒山堂曲譜》作為觀察的基準，無論是從曲譜外在的編纂體例、處理例曲的形式來看，或者從曲律內在的發展規律、影響格式的諸項因素來分析，均可以觀察得知清初適逢新、舊交替的過渡期，故有琳瑯紛呈的現象。如此看來，清初蘇州地區在戲曲發展史上，實居有不容忽視的重要地位。

第參章 從《北詞廣正譜》觀察清初蘇州北曲之發展與變化

小 引

本章續以張大復《寒山堂曲譜》探討南曲之後，繼以李玉《北詞廣正譜》為文本對象，觀察清初蘇州北曲之發展與變化。

然本章論述方式因以下二點將與前章不同：一者，較諸南曲，北曲曲牌格式的變化益形開放恣肆，而其聯套方式卻又相當嚴謹規律，此二點為北曲相當顯著的特色，本章必須以此二項為探討主軸，始能清楚明朗、條理有序；二者，李玉《北詞廣正譜》除了羅列曲牌之外，每卷卷首還收有「套數分題」，即該宮調主要的聯套形式，足供我輩據譜討論清初北曲聯套規律。

職是之故，本章的論述過程如下：首先對於《廣正譜》的編纂體例作基本的介紹，以明該譜內容、特色，及其優劣於前譜之處；其次，就北曲特色提出二大問題：首論影響北曲格式變化的諸項因素，在《廣正譜》中是否得到適切地反映；次論北曲聯套規律自元代以來傳承至清初，產生如何的發展或變化；最後總結以李玉《廣正譜》為觀察對象，所得知清初蘇州北曲發展變化之規律與方向。

第一節 李玉《北詞廣正譜》之體例與意義

一、《北詞廣正譜》的編者與卷首

　　《北詞廣正譜》的編者一般歸諸於清初蘇州戲曲家李玉，〔註1〕目前通行
的板本是清康熙間青蓮書屋刻本、文靖書院刊本，根據其正文卷首「華亭徐
于室原稿、茂苑鈕少雅樂句、吳門李玄玉更定、長洲朱素臣同閱」，〔註2〕華
亭即今上海，茂苑、吳門、長洲均蘇州別稱，可知該譜是出於明末清初數位
蘇州戲曲家、音樂家前後積累、通力合作所成，〔註3〕原稿爲明末徐于室所編
《北詞譜》，徐于室和鈕少雅亦合編有《南曲九宮正始》，此《北詞譜》爲清
抄本，舊爲鄭振鐸所藏，〔註4〕藏於北京圖書館善本部，筆者未能得見。然王
鋼〈記徐慶卿的《北詞譜》〉〔註5〕論之甚詳，該文指出「《北詞譜》的內容，
幾全同《廣正譜》，直可視爲一書的兩種板本」，其相異處爲「《北詞譜》正文
前依次爲〈凡例〉、〈臆論〉、〈引用書目〉、〈總目〉，正文後附〈詞句間謬者駁
正〉及〈南北合調全套成目〉。《廣正譜》除〈總目〉（即卷首之「音律宮調」
等）及〈駁正〉（即卷末〈南戲北詞正謬〉）之外，餘皆失載。」（頁304）由
此可見，今所流傳《北詞廣正譜》較諸原稿《北詞譜》少了卷首頗多資料，
究竟是李玉「更定」時有意刪落、或者無心散佚已不得其詳，殊爲可惜；但
其較諸原稿還多了鈕少雅「樂句」時所增點的板眼，且其刊本甚多、流傳亦
廣，對於戲曲史上的影響比湮沒不彰的原稿來得深遠，〔註6〕因此本文仍以《北

〔註1〕　關於李玉的生平事蹟由於原始資料有限以致眾說紛紜，可參見拙著：《清初蘇
　　　　州劇作家研究》第貳章「清初蘇州劇作家生平背景與其戲曲活動」，台大中文
　　　　所碩士論文，2001年6月，頁45～49。
〔註2〕　見李玉：《北詞廣正譜》，據清初青蓮書屋刻本影印，台北：學海出版社，1998
　　　　年，頁27。以下若論及此譜，爲行文簡潔避免繁瑣，不再另加註腳，而於引
　　　　文後直接註明出處頁碼。
〔註3〕　然而，吳偉業所作該譜序文卻說：「李子元玉，好奇學古士也………間以其餘，
　　　　閒採元人各種傳奇散套及明初諸名人所著中之北詞，依宮按調，彙爲全書；
　　　　復取華亭徐於室所輯，參而訂之，此眞騷壇鼓吹，堪與漢文、唐詩、宋詞竝
　　　　傳不朽矣。」（頁10～11）言下之意，似乎李玉編纂在前、以徐譜參訂於後，
　　　　與卷首所題不符，一般認爲吳序基於頌揚的性質而略顯溢美，其說並不準確；
　　　　但也因爲此序，以李玉代表該譜編纂之功。
〔註4〕　見趙萬里編《西諦書目》卷五「曲類・曲譜曲律」著錄：「《北詞譜》十四卷
　　　　〈臆論〉一卷〈附〉一卷，明徐于室撰，清抄本，三冊」，據民國五十二年排
　　　　印本影印，收入嚴靈峰編輯：《書目類編・私藏類》第43、44冊（臺北：成
　　　　文出版社，1978年），第44冊，頁19645。
〔註5〕　王鋼：〈記徐慶卿的《北詞譜》〉，刊於《文史》第三十一輯，中華書局編輯部
　　　　編，中華書局出版，1988年11月，頁303～310。
〔註6〕　順道一提的是，王鋼該文還從個別例曲不同、所收曲牌、變格之增減多寡、
　　　　編者論述等方面比較二譜之差異，認爲「二書異同，並不是李玉『更定』的

詞廣正譜》作爲文本探討對象。

　　《北詞廣正譜》卷首有吳偉業序，序後爲〈總目〉、曲譜正文，最後附以〈南戲北詞正謬〉。

　　〈總目〉抬頭題爲「音律宮調」，內容包含三部分：首列「五音、五音分屬、六律、六呂、六宮、十一調」，傳承了編譜者對於傳統以來音律宮調的看法：五音宮商角徵羽分屬喉牙舌齒唇、十二律呂均一本舊說，殆無疑義；值得注意的是編者以六宮十一調爲全書曲譜的綱領，這十七宮調被引用於曲譜之中首見於元周德清《中原音韻》轉錄芝菴《唱論》狀述宮調聲情，但《中原音韻》的調名譜仍採一般常用的十二宮調，之後的《太和正音譜》亦然，《廣正譜》則是曲譜史上首次以十七宮調架構全譜者，編者在其後的「黃鐘宮類題」中提到了上述宮調系統的來源：

> 諸宮調牌名，本《元人百種》所載〈陶九成論曲〉，參以《中原音韻》
> 與《正音譜》」。（頁 22）

所謂《元人百種》即明末臧懋循所編《元曲選》，卷首錄有〈陶九成論曲〉以及〈元曲論〉，「音律宮調」實出於〈元曲論〉部分，其中的「六宮、十一調」當即《廣正譜》編者所據。〔註7〕然而，這十七宮調實際上從未被應用於曲譜的系統之中，因爲其中五個宮調早已不用形同虛設：「高平調」、「道宮」輯曲11 支，卻來自《董西廂》諸宮調，可見北曲已不適用；「揭指調」、「宮調」、「角調」三種甚至沒有轄曲，《廣正譜》明注「缺」。周維培認爲「徐于室等人在宮調選擇上雖以『廣博』爲勝，卻疏於歷史的考證」，這種作法「意在返古求全」卻「不切於實用及不審於歷史之變遷，《廣正譜》與《南曲九宮正始》有類似的毛病。這與徐于室、鈕少雅兩人的制譜思想有關。」〔註8〕「音律宮調」

結果，而是李玉所見之《北詞譜》，乃徐氏未定稿本，此鈔本則其重新訂正之本也。」進而認爲「《廣正譜》較《北詞譜》多出的部分，大多應刪，故必非李玉所補，而當是徐慶卿修訂時所抹；《廣正譜》較《北詞譜》少去的部分，大多應補，故必非李玉所刪，而當是徐慶卿修訂時所增。徐氏《正始》常七易其稿，則《北詞譜》有所更改，亦不足爲怪。而李玉所謂『廣正』之『廣』，純屬欺世之談。」筆者鄙意以爲：王文考訂甚詳，亦所言甚是，然究竟沒有明確的「證據」證明該說，不宜據此抹殺李玉等人更定增補之功；況「廣正」之「廣」或意指流傳廣遠，非必單指「增廣」該譜內容，若據此認定李玉「欺世」且略帶貶意，恐怕言之過重、求之亦過深矣！

〔註7〕 見〔明〕臧懋循：《元曲選》，收入《四部備要》集部，中華書局據明刻本校刊（台北：台灣中華書局，1983 年），第一冊，頁 1～2。

〔註8〕 周維培：《曲譜研究》（前揭書），頁 72。

的第二、三部分為「名同詞異」共十六章與「句字不拘可以增損」共十八章，此種作法已見於《中原音韻》與《太和正音譜》，只是《廣正譜》所列與前二譜參差不同。

二、《北詞廣正譜》的正文與附錄

〈總目〉之後的曲譜正文共十七帙，即十七宮調各屬一帙，依序為：黃鐘、正宮、仙呂、南呂、中呂、道宮、大石、小石、般涉、商角、高平、揭指、宮調、商調、角調、越調、雙調。每帙前面有「**宮類題」，具目錄性質，詳註該宮調所收曲牌共計幾章，包含「缺」在內，犯調與借宮則不在其列。「類題」首列該宮調基本曲牌，譜中多舉例曲並分析該調格式；次列僅具牌名而譜中無例曲者，以「缺」標示之；再列借宮轉調的曲牌，編者註云：「凡借者不拘異同，俱併在本宮調。」（頁21）同樣僅具牌名而無例曲，分別以借自何宮何調列出；再列「套數分題」，即該宮調主要的聯套形式，這個部分可說是《廣正譜》的創舉，編者認為《中原》、《太和》二譜均不及此、頗為不便，為免作曲者用置乖方失次，將常用的套數列出，此供參考取用。

前言曾經提及嚴謹的聯套形式是北曲的特色之一，《廣正譜》的作法對於後世者來說，無疑是一項重要的研究資料，也顯示出編者的獨具隻眼。「類題」最後部分是「小令」，元芝菴《唱論》中說：

> 成文章曰「樂府」，有尾聲名「套數」，時行小令喚「葉兒」。〔註9〕

周貽白解釋道：

> 「時行小令」，指當時為人所熟知的單支曲子。「葉兒」，則指其不屬於套曲的零支，有如樹葉不附於枝幹，故名。元代北曲，頗多只作為單支小令而不入「套數」者。〔註10〕

《中原音韻》中周德清承襲芝菴說法，進一步說「樂府小令兩途，樂府語可入小令，小令語不可入樂府。」〔註11〕可見曲牌是否聯入套中或者單用支曲，在用法、唱法以及造語等方面都是有所分別的。然周德清並沒有在曲譜中加

〔註9〕 〔元〕芝菴：《唱論》，收入《中國古典戲曲論著集成》第 1 冊（北京：中國戲劇出版社，1959 年），頁 160。

〔註10〕 周貽白輯釋：《戲曲演唱論著輯釋》（北京：中國戲劇出版社，1962 年），頁 44。

〔註11〕 〔元〕周德清：《中原音韻》，收入《中國古典戲曲論著集成》第 1 冊（北京：中國戲劇出版社，1959 年），頁 233。

以區別，之後的《太和正音譜》亦然，朱權子姪輩朱有燉在其散曲集《誠齋樂府》中始將小令、套數分立，〔註12〕但曲譜採用這種作法還是首見於李玉等《北詞廣正譜》，雖然《廣正譜》正文並沒有列出小令的例曲予以分析，只是在「類題」中標示牌名，但此種釐清曲牌性質之嚴謹作法，已提供相當的研究價值。

曲譜十七卷正文即每一基本曲牌之譜式分析，曲牌名之上標注該例曲所押韻部，之下寫明出處，每曲首列正格、次列變格，曲文別正襯、附板眼、標韻句，對於部分需要強調平仄者，則在注文中提示，至於入派三聲者，更悉心在曲文右下旁一一標注。〔註13〕

如此體例在明末南曲譜中，除了不如二沈、鈕譜詳細標示每個字的平仄四聲之外，其精詳整嚴可說不分軒輊、並駕齊驅；不過在北曲譜中，卻是超越前譜的：《中原音韻》在調名譜之後的「作詞十法」中分項論及「知韻、平仄陰陽、務頭、末句」等，初具格式概念，「定格」四十首的評語亦相當於後世曲譜的評注，但整體架構尚未建立，僅能視為曲譜的雛形；《太和正音譜》在調名譜之後，按宮調分帙且有例曲，註明出處、平仄、正襯，已具整體架構及規模，但尚無韻腳、句讀、評注、變體，若相較於南曲譜，還是難稱完備；直至《廣正譜》才輪廓分明、鬚眉畢具，尤其是增列變格以及點明板式，前者有助於作曲者釐清曲牌格式變化之跡，後者有益於唱曲者掌握曲牌性格緩急之道，均大大地拓展了北曲譜的格局及視野，因此，《北詞廣正譜》堪稱北曲譜發展史上首部完備且臻於完善之作。〔註14〕

正文之後即第十八帙是附錄〈南戲北詞正謬〉，有一頁目錄，標舉出十九支出現在元末明初多部南戲中的北曲，目錄之後即每支例曲的譜式分析，體

〔註12〕〔明〕朱有燉散曲集《誠齋樂府》卷一題為「散曲」，實即小令，共收 274
　　　支；卷二題為「套數」，共收 35 套，此據民國二十五年(1936 年)南京盧氏刊
　　　本，收入盧前輯校：《飲虹簃所刻曲》，台北：世界書局，1985 年。此說參見
　　　周維培《曲譜研究》頁 74。

〔註13〕如：卷四南呂宮【玉嬌枝】曲第二支，於「劣、月、撇、說、徹、血」等入
　　　聲字旁分注所派三聲；下一支例【鵓鴣兒】亦然，頁 269。

〔註14〕以上參考俞為民先生在《曲體研究》「北曲譜的沿革與流變」一章中認為《中
　　　原音韻》是北曲譜的雛形、《太和正音譜》可稱完備、《北詞廣正譜》則臻於
　　　完善；然筆者愚意以為《正音譜》並非如該書所言在例曲旁註明「韻腳、句
　　　逗」，而這兩項又是曲譜體例中不可或缺的基本要素，所以筆者以為《正音譜》
　　　恐怕難稱完備。見俞為民：《曲體研究》（北京：中華書局，2005 年），頁 382。

例如前，《廣正譜》編者認爲這些北詞之所以謬誤，「或謬在撰人體格、或謬在唱人句讀」（頁 731），總之都是誤於曲牌格式之未明。這份附錄雖然篇幅不長，卻提供了一項訊息：清初李玉等人檢視明初南戲所引用的北曲，認爲有多處「謬誤」，此「謬誤」事實上是因爲時移事易，北曲格式自元、至明、迄清一路播遷移轉變革所致，當有助於瞭解清初北曲發展與變化之態勢。

三、《北詞廣正譜》的曲學意義

以上所述，爲《北詞廣正譜》全書內容之概要介紹，及其體例相較於前後諸譜的優劣短長。除此之外，以下還要進一步思考此體例內容在曲學上所揭示的意義。可從兩方面來談：

首先，《廣正譜》是北曲譜中首部刪落平仄、增點板式者，誠如前文第貳章第一節第一點探討張大復《寒山堂曲譜》「關於曲牌格式的標注方式」時所言，詳注平仄是格律譜的一大重點，明初《太和正音譜》首創此舉之後，後世南北曲譜幾乎彌不遵從，〔註 15〕然而，遙承北曲譜遺緒的《廣正譜》卻大幅刪落了平仄旁注。清初張、李二譜不約而同地有此舉，究竟意味著什麼呢？筆者以爲，可以和點板並比而觀。

《廣正譜》是首先爲北曲譜點上板式者。對此，歷代學者已多有討論，周維培《曲譜研究》中詳細提到：

> 《廣正譜》對所收譜式例曲，點明板式，分辨節奏，這個作法最爲
> 後人稱道。在南曲中，板式往往作爲連續工尺樂譜與曲文之間的橋
> 樑，並且從沈璟開始，板式標注成爲南曲譜的重要內容。但是明代
> 中葉以後，北曲唱法已不爲一般文人和伶工所通曉，如何把握北曲
> 曲牌的板式，已是一種近乎絕學的知識。如沈寵綏編撰《弦索辨訛》，
> 爲全部《西廂記》的樂字制定口法譜，就專列平仄而不及板式。《廣
> 正譜》的編者，尤其是鈕少雅不畏艱難，將十七宮調所傳曲牌一一
> 點明板式，從而爲後人尋繹北曲聲樂的實況，指明了路徑。這個貢
> 獻是巨大的。吳梅對此有過很高的評價：「抑知北詞無定板。（《廣正

譜》）就文字之多寡爲板式之疏密，而其聲即隨之爲轉移。又上下板
移易處，歌者高下閃賺，極聲文之美，此又隨曲聲之勢變爲准者也。」
然而，後代曲律家對《廣正譜》的板式頗有不同意見。主要是批評
它「點板太密」，尤其底板過多。對此，清徐大椿《樂府傳聲》做過
解釋：「南曲唯引子用底板，餘皆有定板，北曲則底板甚多。何也？
蓋南曲之板以節字，不以節句；北曲之板以節句，不以節字。節字
則板必緊，節句則一句一板足矣。」吳梅對此也進行過辯解，謂：「是
以玄玉多點數板，爲作詞制譜要刪之地。此正《廣正譜》之勝處，
而聚訟紛亂，亦在於是。」另外，由於鈕少雅深研南曲，是一個擅
長南曲的曲師，因此，《廣正譜》也有用南曲崑腔的某些板式來規約
北曲節奏的情況，故而欠妥。〔註16〕

此大段文字洋洋灑灑，筆者歸納其重點有三：一，北曲板式自明中葉以來早
已渺無人知。二，鈕少雅爲《廣正譜》點板（樂句）之功在於指明尋繹北曲
聲樂路徑。三，其過在於以南曲——尤其是崑山腔的板式規範北曲，以致點
板過密。

　　周先生的分析堪稱深入精闢，然終因《廣正譜》以「南曲崑腔的某些板式
來規約北曲節奏」而將其點板成就視爲「欠妥」之缺失，似乎仍待商榷。因爲
綜觀全譜對於曲牌格式的處理、以及聯套的收集整理等方面來看，行至清初，
北曲不僅板式早已無人知曉，很多內在規律也已渺不可尋，清初曲譜所見北曲
的發展方向已然朝往南曲化、甚且崑山水磨調化了，關於此點，將於下文各節
分析，以及小結中總結說明，茲先不贅。因此，《廣正譜》點板的方式，恰恰透
顯出清初北曲的變化情形，若據此貶抑《廣正譜》，恐怕求之過甚。

　　由此看來，《廣正譜》刪平仄、增板式之舉可相互參照，不謀而合地揭示
出：清初曲譜漸由格律譜轉往工尺譜的過渡痕跡，因此編譜曲家往往視樂字
平仄爲平常易曉之事，不勞逐字備舉，故爾刪落，僅在需要強調處以注文提
示即可。而他們更加重視的是音樂上的節奏變化，於是不憚勞煩地一一標點，
然而，眞正的北曲腔調已渺不可知，鈕少雅等曲師在研推考究之餘，不免受
當時氛圍及自身所長的影響，多少用崑山腔的板式去規範，而使北曲進一步
地南曲化、崑腔化。此點從《廣正譜》之後的《九宮大成北詞宮譜》吸收其
點板的方式，不僅保留頭板、底板，還大而皇之地仿效南曲增設掣板（又稱

〔註16〕周維培：《曲譜研究》（前揭書），頁77～78。

腰板）可見一斑。〔註17〕凡此種種，都是清初曲譜居於過渡期的痕跡，也是《廣正譜》在增減體例內容之餘，所透露出的曲學意義。

其次，談到《廣正譜》所收曲牌的數量及類別。該譜擴大了《中原音韻》、《太和正音譜》所收的北曲曲調，俞為民先生論之已詳，他在《曲體研究》中說：

> （《廣正譜》）所收的曲調從《中原音韻》、《太和正音譜》所收的三百三十五支增加到四百四十一支。在這新增加的一百多支曲調中，有些是名同而曲律實異的曲調，這些曲調在《中原音韻》、《太和正音譜》中只歸入一個宮調內，沒有加以分別，而《北詞廣正譜》則作了區分，按它們不同的格律與聲情，分別歸入相應的宮調內。……有的是在《中原音韻》和《太和正音譜》中將牌名與曲律皆異的兩曲誤為一曲的，《北詞廣正譜》則對這些被混淆的曲調加以分列，……有的是《中原音韻》、《太和正音譜》漏收的，……有的是在北曲創作中不常用的曲調，……在新增加的曲調中，有一些是犯曲，這些曲調原來與本調相混，李玉查明後，特從本調中分離出來，別列一調。……另外，《北詞廣正譜》還首次收列了北曲中與南曲格律相同的曲調……。〔註18〕

這段文字舉出了六種情形說明《廣正譜》所收曲牌大量增加，擴大了以往北曲譜的體製與範圍。事實上除了俞氏所提六種情形，另有《廣正譜》也收入了《天寶遺事》諸宮調作為例曲，曲牌名方面，甚至連詞牌、南曲曲牌都收入了。為了一清眉目，筆者按照鄭因百先生《北曲新譜》及《北曲套式彙錄詳解》中對於曲牌性質的分類，針對《北詞廣正譜》所收之眾多曲牌，彙製了附錄二〈《北詞廣正譜》所收曲調分類〉，若經比對即可發現：《廣正譜》所收曲牌及例曲就元代的情形來說，很多是不符標準而被剔除出北曲的範疇，這無疑又是反映出北曲發展到清初有其播遷轉變，部分諸宮調、詞牌、南曲曲牌竟與「北曲」魚目混珠、真贗難辨。

總上所論，可知李玉等編《北詞廣正譜》無論在曲牌的收羅與整理、曲文的分析與歸納、體例的建立與完善、內容的補充與拓展等各方面，都揭示了其在曲學史上的意義，有不容忽視的地位。以下便針對幾項問題，觀察清初蘇州北曲之發展變化在《廣正譜》中的反映。

〔註17〕參見周維培：《曲體研究》（前揭書），頁78。
〔註18〕俞為民：《曲體研究》（前揭書），頁386～388。

第二節　北曲格式變化諸因素在譜中的反映（上）

南北曲皆爲曲牌體音樂，「曲牌」是最小基本單位，前言以及第貳章已經提到關於曲牌的格式，包含「字數、句數、句式、平仄、韻協、對偶」等六項因素，〔註 19〕構成該曲牌特殊的語言旋律與音樂旋律。南曲曲牌格式相對上較爲固定，北曲則不然，曾師永義在〈北曲格式變化的因素〉一文中說：

> 研究北曲的人都有一種感覺，那就是曲子的格式變化多端，使人混淆不清，難於捉摸，也因此句讀之間，彼此便有歧異。推究其故，實因『曲』對於音樂旋律與語言旋律的融合無間，最爲講究。北曲除本格正字之外，尚有襯字、增字、減字、增句、減句、帶白、夾白等現象。〔註20〕

這些現象就是影響北曲格式變化的因素，曾師又認爲這些因素有其連鎖展延的關係：

> 所謂『連鎖展延的關係』是曲中原來只有本格的『正字』，其後加『襯字』使曲意流利活潑，『襯字』原爲虛字，寖假而易爲實字，於是意義分量與『正字』相敵，其地位乃提升而爲『增字』；『增字』起初不超過三字，後來也有逐漸累積的情形，因而成句，即所謂『增句』。
> 『夾白』是夾於曲中的賓白，有些與普通賓白不殊，一望即知；有些地位和襯字相近，只是襯字和正字的關係更爲密切，用作正字的

〔註19〕參見曾師永義：〈中國詩歌中的語言旋律〉、〈中國地方戲曲形成與發展的徑路〉；鄭因百（騫）先生：《北曲新譜》〈凡例〉、〈論北曲之襯字與增字〉等。

〔註20〕見曾師永義：〈北曲格式變化的因素〉，收入氏著：《說俗文學》（台北：聯經出版公司，1980 年），頁 325～326。關於北曲格律的研究，始自鄭太老師因百（騫）先生，曾師永義於這篇文章之首提及這段研究傳承之始末：「鄭師因百（騫）於北曲格律之研究，專著有《北曲新譜》、《北曲套數彙解》二書，論文有〈北曲格式的變化〉和〈論北曲之襯字與增字〉二篇。這兩篇論文是一個題旨的前後之作，只是範圍和詳略不同而已；目的在探究北曲格式變化的兩大因素，即『襯字』、『增字』的使用及其原則。此外，因百師關於減字、增句、減句、帶白、夾白等現象的說明，俱散見於其《北曲新譜》之中。筆者從因百師治曲有年，偶有心得，即趨請教。竊以爲北曲格式變化之諸因素，有其連鎖展延的關係，因百師亦以爲然，囑將此意寫出。」除了上述諸篇文章之外，鄭太老師因百先生還有〈仙呂【混江龍】的本格及其變化〉、〈仙呂【混江龍】篇後記〉（收入氏著：《景午叢編》下冊，台北：台灣中華書局，1972 年，頁 348～373）、曾師永義還有〈《九宮大成北詞宮譜》的又一體—以仙呂調隻曲爲例〉（收入氏著：《參軍戲與元雜劇》，台北：聯經出版公司，1992 年，頁 315～338）等多篇文章論及北曲格律相關問題。

形容和輔佐，而這一類夾白則用作下文的提端和呼喚，其附有語氣
辭的，即所謂『帶白』。也因為這一類夾白的地位和襯字相近，所以
往往被誤作襯字，認為是襯字的累增。至於『減字』和『減句』，都
是就本格正字和句數稍加損易，雖然也是促成北曲格式變化的因
素，但其例不多，影響甚少。〔註21〕

可知影響北曲格式變化的諸項因素，乃一步步開展延伸，如按其發展層次、
性質種類並與曲牌格式相結合，可略分為三：（一）襯字、增字：此相對應於
曲牌格式中的「字數、句式」；（二）增句、夾白、帶白：此相對應於曲牌格
式中的「句數」；（三）減字、減句：亦攸關於曲牌格式之「句數」，但與前者
為相反情形。換句話說，上述「襯字」等項因素均影響著北曲格式「伸縮變
化、增減短長」，卻還不涉及曲牌的平仄、協韻、對偶。

因此，以下對於《北詞廣正譜》中論及曲牌格式變化之探討，除了上列
（一）（二）（三）項之外，還必須增加（四）平仄（五）協韻（六）對偶共
計六項，如此方能深入探討《廣正譜》編者對於北曲格式變化因素的掌握，
是否能夠全面而周全；同時，以鄭因百先生《北曲新譜》所訂曲牌格式為正
宗元代北曲之格式，該譜〈凡例〉第四條云：

本譜所收牌調，皆為純粹北曲或與諸宮調通用者。

第七條亦云：

本譜所定各牌調之格式，皆係根據元代及明初之全部北散曲及雜
劇，逐一勘對，比較歸納，然後作成定論，力避前人只憑樂理臆測
武斷之失。明代中葉以後，北曲衰落，作品多違格舛律，此等皆置
而不論。〔註22〕

可知該譜所訂曲牌格式，足以為正宗元代北曲之範式，本章便據此參照其他
諸譜前後比對，藉以觀察北曲從元代流播到清初時期，其發展與變化之方向。

一、襯字、增字

（一）襯　字

前文第貳章第一節第一點已約略提到襯、增字，歷代曲論家如明王驥德、

〔註21〕同前註
〔註22〕鄭因百先生《北曲新譜》（台北：藝文印書館，1973 年），頁 2。以下凡引用
　　　　此書者，為避免行文繁瑣冗雜，均在引文之後附註頁碼，不再另加註腳。

凌濛初、近代吳梅、王季烈、許之衡等均有所專說，〔註23〕南曲有「襯不過三」的規定，北曲則有較大的發揮空間，故置此詳論。

　　鄭因百（騫）先生則在〈論北曲之襯字與增字〉文中詳述並歸納襯字、增字原則各十二條：〔註24〕增字以「襯不過三」從「一字句」列到「七字句」共計十二種情形，其原則始終是「認清句式、確守單雙」；襯字原則十二條，實包含了「襯字的性質、位置、數量、可否加襯的曲牌特質」等多層面，〔註25〕此處主要集中討論襯字的性質。凌濛初《南音三籟》〈凡例〉云：

　　　　曲每誤於襯字。蓋曲限於調而文義有不屬不暢者，不得不用一二字
　　　　襯之，然大抵虛字耳。如：「這、那、怎、著、的、個」之類。不知
　　　　者以為句當如此，遂有用實字者，唱者不能搶過，而腔戾矣。〔註26〕

可知襯字的性質首以虛字為宜。然而，當曲牌流行日久，就算是以虛字為襯，也有可能被不知其究的人以為「句當如此」，便會有將襯字作為正字的謬誤產生，如：仙呂宮【賺煞】，《廣正譜》共列全曲三格，〔註27〕正格為王實甫《西廂記》「餓眼望將穿」曲，第八、九兩句作「春光在眼前。。怎奈這玉人不見。。」第二格、第三格此二句卻均作四字句。（頁221～225）〔註28〕《新譜》則將「春

〔註23〕　如：王驥德：《曲律》卷二第十九條、凌濛初《南音三籟》〈凡例〉；吳梅《顧曲麈談》第一章第四節、王季烈《螾廬曲談》卷二〈論作曲〉、許之衡《曲律易知》卷下〈論聲韻襯字〉等書。

〔註24〕　鄭因百（騫）先生：〈論北曲之襯字與增字〉，收入氏著《龍淵述學》（台北：大安出版社，1992年），頁119～144。

〔註25〕　筆者鄙意以為：鄭因百（騫）先生的襯字原則十二條，可歸納如下：1.襯字的性質：（1）轉折、聯續、形容、輔佐之用。（原則一）（2）宜虛字，不可實字，尤忌名詞。（原則一）（3）宜仄聲，不宜平聲。（原則三）2.襯字的原則：保持句式、句數。（原則十一）3.襯字的位置：（1）句首：貫穿以下諸句。（原則四、六）（2）句中：I.須加於分段處。（原則四）II.但三字以內短句不可加襯，可增句。（原則七）（3）句尾不加襯。（原則五）（4）某句可加、某句不可加。（原則十）4.襯字的數量：以三字為度。（原則八）5.可否加襯的曲牌特質：（1）舊說以為南曲不可加，北曲可加，實則北曲加襯亦有定數。（原則九）（2）北曲有些曲牌可以多加。（原則二、九、十）（3）北曲有些曲牌不宜加襯，如：首曲、小令用曲、散套用曲。（原則二、九）

〔註26〕　〔明〕凌濛初：《南音三籟》，據明末原刊本配補、清康熙增訂本影印，收入王秋桂主編《善本戲曲叢刊》第52、53冊（台北：學生書局，1987年），〈凡例〉，第52冊，頁9。

〔註27〕　另有依「字、句、聲、韻」不同因素而列多種變格，但非全曲且無關此處，姑置之不論。

〔註28〕　第二格為彭壽之「平生放蕩」套數「一片志誠心」曲作「想著尊前伎倆。枕

光在眼前」的「在」字定爲襯字,並云:

> 第八、九兩句均是四字;《廣正》以爲第八句五字、第九句四字,《大
> 成》因襲其說;今以元人諸作證之,《廣正》之說非是。(頁 115)

查《大成》此曲備列三體,註云:

> 末句之上(筆者案:即指此調第八九句),或一五一四兩句、或四字
> 兩句。〔註29〕

已視第八句爲五字者爲正格之一。可知清初《廣正譜》編者去元日遠、不明「在」字爲襯,以爲「句當如此」,遂將五字句列爲正格,四字句反成變體,乾隆以後的《大成》編者更因襲其說而視爲理所當然了。

　　諸如此類的例子在譜中甚多,值得注意的是「以襯作正」所產生的影響,首當其衝的是改變了本格的正字字數,進而影響其句式。鄭因百(騫)先生前揭文〈論北曲之襯字與增字〉謂句式分爲單雙,增、襯的最大原則便是「確守單雙」,茲觀察《廣正譜》「以襯作正」的例子,在「單、雙」句式不變的基本原則之下,卻能變化出多種型態的句式,如:

　　正宮【蠻姑兒】以白仁甫《梧桐雨》「懊惱。暗約。。」曲爲正體,第二句作「是兀那窗兒外梧桐上雨瀟瀟。。」,編者注云:「『窗兒』三句本七字句,看下格。」所列第二格引康進之《黑旋風負荊》「快疾。快疾。。」曲,注云:「第二句正格」,即作「碎倩了飛鳳盤龍杏黃旗。。」(頁 114～115)可知該曲第二句本應作上四下三七字句,爲單式句,「窗兒外」句之「兒、上」乃語尾無義助詞,爲虛字,本爲襯字,但此曲流傳到清初,後世「不知者以爲句當如此」,遂以襯作正,使得《廣正譜》編者竟以「兒、上」爲正字而成爲三三三句式,雖仍爲單式句,但其變化已大。至此,三三三字句儼然成爲正體,七字句反而成爲第二格。值得玩味的是,編者言下之意似乎是知道本格當爲七字句,卻仍作此處理,可知此曲在清初流行三三三字句的趨勢。

　　再如仙呂宮【柳葉兒】以不忽麻平章撰「身臥槽」套數「則待看」曲爲正體,首句作「則待看、山明水秀。」(頁 179)《新譜》說明道:

邊模樣。。」第三格爲王伯成《天寶遺事》諸宮調「拋撇盡死生緣」曲作「恰教黃塵掩藏。又被西風飄蕩。。」均爲四字句,見頁 223～224。

〔註29〕　見《九宮大成北詞宮譜》,收入王秋桂主編:《善本戲曲叢刊》第 87 冊～103 冊(台北:學生書局,1987 年),總第 89 冊,該譜第 3 冊,卷五〈仙呂調隻曲〉,頁 920。以下凡引用此書者,爲避免行文繁瑣冗雜,均在引文之後附註冊數、頁碼,不再另加註腳。

首末兩句上三字雖屬襯字性質，但從來無不用者，只得作正字看，《正音》、《廣正》此兩句均作七乙，是也。（頁93）

所謂「七乙」，鄭因百（騫）先生以「七字雙式：分兩段（三、四）」者稱之，〔註30〕這裡是說原本「則待看」是襯字，該句為四字雙式句，但清初以襯作正，遂使此句為上三下四七乙字句，雖仍保持雙式句，但已成為七字句之另一變化形式。

（二）增 字

「以襯作正」影響日久，則會使襯字的性質進一步改變，意義分量逐漸加重而浸假為實字，稱為「增字」，致使本格字數、句式淆亂不明，茲舉中呂【叫聲】為例：此曲為《太和正音譜》最早收錄白仁甫《梧桐雨》第二折，全曲作：

> 對風景喜開顏。。等閒等閒。。御園中排餚饌。。酒注嫩鵝黃。茶點鷓鴣斑。。〔註319〕

《廣正譜》則以明楊景言「一點情牽」套曲為正格，全曲作：

> 間阻又經年。。偶然偶然重相見。。覓得鸞膠續斷絃。。

又列馬致遠《漢宮秋》曲為【前調】，作：

> 高堂夢未成。。那去了也愛卿。愛卿。怎做得吾當染之輕。。

《梧桐雨》曲則改列第二格，卻作：

> 共妃子喜開顏。。等閒閒後園中列飲饌。。酒注嫩鵝黃。茶點鷓鴣斑。。

並附《正音譜》「所改前曲」，作：

> 對風景喜開顏。。等閒。等閒。御園中排餚饌。。酒注嫩鵝黃。茶點鷓鴣斑。。

《廣正譜》編者註云：

> 自『愛卿』讀斷，又增一『愛卿』作二字二句，《正音譜》不察，將《梧桐雨》改就之，舛謬至此，可笑可恨！豈得言譜乎！（頁310～312）

〔註30〕 鄭因百先生：〈論北曲之襯字與增字〉（前揭文），頁131～132。

〔註319〕 〔明〕朱權：《太和正音譜》，收入《中國古典戲曲論著集成》第3冊（北京：中國戲劇出版社，1959年），頁117。以下凡引用此書者，為避免行文繁瑣冗雜，均在引文之後附註頁碼，不再另加註腳。

至此，則【叫聲】曲格式未明、糾結訛亂令人迷惑不已。《新譜》在比對了元
雜劇的作法之後，釐清該曲的格式爲：

> 間阻又經年‧偶然△偶然△重相見。。覓得鸞膠續斷絃。。（頁144）

〔註32〕

註云：

> 第二句首兩字疊用，且須藏韻。《正音》所收《梧桐雨》句法與右曲
> 相同，因有『御園中』三襯字，乍看遂似兩句。《廣正》不明其爲此
> 章正格，反譏《正音》妄改，謬矣。……（頁145）

此就【叫聲】首兩句而言，從元代本格爲五字、七字兩句（七字者疊），演變
到明初《正音》六字、四字（疊字）、六字三句，再演變到清初《廣正》並列
三體：一爲五字、七字兩句（七字者疊），一爲五字、二字、二字三句（二字
者疊），一爲六字、七字兩句（不疊）等複雜的情形，其實諸家訛亂的原因都
是誤於「正襯未明」，也就是說襯字幾乎使用實字，而使人誤以爲正字，《廣
正》編者譏嘲《正音》之謬，恰是「五十步笑百步」！而從中也可見出，此
曲從元代一路演變發展，到了清代因襯字（如：共、間、中、對、御園中等
等）從虛字浸假爲實字，意義份量相當於正字，已可稱之爲「增字」而影響
到本格格式，即便如李玉等熟知音律的人，仍然迷惑於此糾結之中，可知該
曲牌變化之大、面貌之多。

「以襯作正」除了襯字性質由虛字變爲實字、以致影響字數、句式之外，
也會影響到曲牌的板式，且看王驥德《曲律》卷二〈論襯字第十九〉云：

> 古詩餘無襯字，襯字自南北二曲始。……大凡對口曲不能不用襯字，
> 各大曲及散套只是不用爲佳。細調板緩，多用二三字尚不妨；緊調
> 板急，若用多字，便躱閃不迭。凡曲自一字句起，至二字、三字、
> 四字、五字、六字、七字句止。惟【虞美人】調有九字句，然是引
> 曲，又非上二下七，則上四下五；若八字、十字以外，皆是襯字。
> 今人不解，將襯字多處，亦下實板，致主客不分。如古《荊釵記》
> 【錦纏道】「說甚麼晉陶潛認作阮郎」，「說甚麼」三字，襯字也，《紅
> 拂記》卻作「我有屠龍劍釣鼇鉤射雕寶弓」，增了「屠龍劍」三字，

〔註32〕以上所使用之特殊符號，爲鄭因百先生在《北曲新譜》中所創立的用法：「‧」
在句下代表協否均可；「△」代表句中藏韻，見《新譜》卷首「符號說明」，
頁1。

是以「說甚麼」三字作實字也……。〔註33〕

可知一旦將襯字視爲正字、將虛字塡爲實字之後，連帶影響的必是「將襯字多處，亦下實板」，以致改易板式、淆亂主客，因此論增、襯字不能不涉及板式。查上述諸多「以襯作正」的例子，多是「亦下實板」，例如：

正宮【蠻姑兒】「懊惱。暗約。。」曲，《廣正譜》在「是兀那窗兒外梧桐上雨瀟瀟」句之「那、外、上、瀟」處均點上頭板，而對應於本爲正體的第二格「碎偺了飛鳳盤龍杏黃旗。。」，分別在「鳳、龍、黃」處點上頭板，可知《廣正譜》編者不僅將「上」字視爲正字而點上實板，就連「是兀那」三個襯字都下了頭板，並以這種板式爲正體，誠然「主客不分」；仙呂宮【柳葉兒】《廣正譜》以不忽麻平章撰「身臥槽」套數爲例曲，上述《新譜》說明「首末兩句上三字雖屬襯字性質，但從來無不用者，只得作正字看」而成爲七乙句，查首句「則待看山明水秀」、末句「倒大來無慮無憂」，《廣正譜》分別在「看、倒、來」等處點上頭板；諸如此類在全譜中俯拾皆是，茲不再贅。

值得注意的是，《廣正譜》是首部詳點板眼的北曲譜，周維培在《曲譜研究》中有深入的分析：

> 《廣正譜》對所收譜式例曲，點明板式、分辨節奏，這個作法最爲後人稱道。在南曲中，板式往往作爲連接工尺樂譜與曲文之間的橋樑，並且從沈璟開始，板式標注成爲南曲譜的重要內容。但是明代中葉以後，北曲唱法已不爲一般文人和伶工所通曉，如何把握北曲曲牌的板式，已是一種近乎絕學的知識。如沈寵綏編撰《弦索辨訛》，爲全部《西廂記》的樂字制定口法譜，就專列平仄而不及板式。《廣正譜》的編者，尤其是鈕少雅不畏艱難，將十七宮調所傳曲牌一一點明板式，從而爲後人尋繹北曲聲樂的實況，指明了路徑。這個貢獻是巨大的。吳梅對此有過很高的評價：「抑知北詞無定板，(《廣正譜》)就文字之多寡爲板式之疏密，而其聲即隨之爲轉移。又上下板移易處，歌者高下閃賺，極聲文之美，此又隨曲聲之勢變爲準者也。
> 〔註34〕

可知《廣正譜》編者在去元已遠的清初，還能爲尋繹北曲聲樂實況盡心盡力標注板式，洵爲一大成就。然而，歷代曲論家雖對《廣正譜》點板之功讚譽

〔註33〕〔明〕王驥德：《曲律》（前揭書），卷二第十九條，頁125。
〔註34〕周維培：《曲譜研究》（前揭書），頁77。

有加，但水能載舟、亦能覆舟，其功在此，過亦在此！吳梅曾謂北曲譜：

> 近世流傳者，自《太和正音譜》而下，當以《北詞廣正譜》爲最善，
> 顧尤有以點板太密爲病者。……是以玄玉多點數板，爲作詞制譜要
> 刪之地。此正《廣正譜》之勝處，而聚訟紛亂，亦在於是。〔註35〕

《廣正譜》之點板過密，從上述諸例「以襯作正、誤下實板、主客不分」的
情況來看，便知是極大的爭議。不過，若從另一角度來看，《廣正譜》誤下實
板、點板過甚的情形，恐非編者個人之過，而是反映出清初曲律家們對於北
曲板式節奏的概念，實已模糊不明、失眞難曉，只好以當時對於板式的認知
來規範北曲。因此，《廣正譜》點板的聚訟紛爭處，恰足以顯示出北曲自元代
迄達清初，板式方面已然呈現極大的落差。

二、增　句

「增字」累積至多即成「增句」，但由於北曲格式允許變化的空間較大，
因此，「增句」還可分爲兩種情況來談：一爲「攤破」，一爲舊譜所謂「字句
不拘可以增損者」。

（一）攤　破

所謂「攤破」，曾師永義說明道：

> 以音節形式爲原理所引起的格式變化。……因爲中國韻文學的『語
> 言長度』，是指兩韻之間的音節數，一個字一個音節，凡是超過七音
> 節的語言長度，其間若不含有襯字或帶白的話，就非『攤破』不可。
> 因爲語言長度在八個音節以上，很難一氣讀完。〔註36〕

可知「攤破」便是在不改變單雙句式的前提下，將因「增字」而使句長超過
八字者「破」爲二句，由此也影響了本格的句數。上舉中呂【叫聲】末句，《新
譜》以「覓得鸞膠續斷絃」訂爲上四下三七字句，明初《正音譜》卻作「酒
注嫩鵝黃。茶點鷓鴣斑」五字兩句，清初《廣正譜》則兩體並收，分列正、
變，對此，《新譜》說明道：「末句本七字，《梧桐雨》攤破爲五言一聯，此爲
北曲常見之例。」（頁145）。原來北曲增、襯彈性變化大，增字一多即須攤破，
故云常見之例。

〔註35〕吳梅：《元詞校律》序），收入《吳梅全集》（前揭書），理論卷中冊，頁1008。
〔註36〕引自曾師永義：《九宮大成北詞宮譜》的又一體——以仙呂調隻曲爲例〉（前
　　　　揭文），頁331。

「攤破」法若在一曲中使用數次，則使變體與本格相去甚遠，甚至曲名徑取作「攤破」者，如：中呂【喜春來】與【攤破喜春來】。《廣正譜》以周德清撰小令爲【喜春來】本調，全曲作：

> 月兒初上鵝黃柳。。燕子先歸翡翠樓。。梅魂休煖鳳香篝。。人去後。。鴛被冷堆愁。。

以顧君澤撰小令爲【攤破喜春來】，全曲作：

> 籬邊黃菊經霜綻。。囊裡青蚨逐日慳。。破情思晚砧鳴。斷愁腸簷馬韻。驚客夢曉鐘寒。。歸去難。。修一簡。。回兩字報平安。。（頁328）

乍看之下，兩曲迥異，實因多處增字之後數度攤破所致：首二句均作七字句不變，第三句原爲上四下三七字單式句，增二字之後爲九字句，爲維持單式句乃攤破爲三個三字句，然又各自增字三字，成爲「破情思……曉鐘寒」等六字句共計三句；本調末二句本爲三、五字句，【攤破喜春來】則仿照前例增三字之後攤破爲兩個三字句，末句又增一「回」字，就其意義份量來說已具「增字」意義，但《廣正譜》編者認爲：「凡『攤破』無不本調煞者，末句應作五字。」故仍以「回」爲襯字。至此，則【攤破喜春來】已經由本調之五句，屢次攤破增至八句之多了。

（二）字句不拘可以增損者

另一種「增句」較諸「攤破」，所增句數、形式要來得大量且複雜，此即舊譜所謂「字句不拘可以增損」者。查自《中原音韻》始，即列出十四章牌名（無例曲），這些曲牌可以在本調諸句之外再增加若干句，明初《太和正音譜》完全承襲其內容，清初《廣正譜》則略增四章，〔註37〕可見從元代到清初，北曲有哪些曲牌可以大幅增損，並沒有太大的變化。

關於北曲之可增減字句者，古來曲論家多已論及，如清徐大椿《樂府傳聲・字句不拘之調亦有一定格法》云：

〔註37〕《太和正音譜》所收十四支曲調是：「正宮【端正好】【貨郎兒】【煞尾】、仙呂【混江龍】【後庭花】【青哥兒】、南呂【草池春】【鵪鶉兒】【黃鐘尾】、中呂【道和】、雙調【新水令】【折桂令】【梅花酒】【尾聲】。《北詞廣正譜》多出仙呂【六么序】、南呂【玄鶴鳴】【收尾】、雙調【攪箏琶】等四調，而將【黃鐘尾】改入黃鐘宮。鄭因百先生認爲：「【端正好】入仙呂可以增句，入正宮不可增句，二譜仍把此調歸入正宮，殊誤。」見〈仙呂【混江龍】的本格及其變化〉，收入氏著：《景午叢編》（前揭書），下冊，頁366。

北曲中，有不拘句字多少，可以增損之格，如黃鐘之【黃鐘尾】、仙呂之【混江龍】、南呂之【草池春】之類。世之作此調者，遂隨筆寫去，絕無格式，眞乃笑談，要知果可隨意長短，何以仍謂之【黃鐘尾】，而不名之爲【混江龍】？又不謂之【草池春】？且何以【黃鐘尾】不可入仙呂，【混江龍】不可入南呂耶？此眞不思之甚。而訂譜者，亦僅以不拘字概之，全無格式，令後人易誤也。蓋不拘字句者，謂此一調字句不妨多寡，原謂在此一調中增減，並不謂可增減在他調也。然則一調，自有一調章法句法及音節，森然不可移易，不過謂同此句法，而此句不妨多增，同此音節，而此音不妨疊唱耳。然亦只中間發揮之處，因上文文勢趨下，才高思湧，一瀉難收，依調循聲，鋪敘滿意，既不踰格，亦不失調。至若起調之一二句，及收調之一二句，則陰陽平仄，一字不可移易增減，如此，則聽者方能確然審其爲何調，否則竟爲無調之曲，荒謬極矣！〔註38〕

徐大椿所謂增減之「一定格法」，亦即鄭因百先生之「所謂『增句』，並不是漫無標準的隨便增加，在哪裡增句？可以增多少句？增什麼樣的句子？這一切都有一定規律。」，他並舉出增句的「位置、數目、形式、平仄、協韻」〔註39〕等五方面，作爲該曲牌增損變化的「一定格法」，若以此標準檢視清初《廣正譜》編者對於增句的認知，可以發現，他們關照的層面多集中在增句的「位置、數目、形式」等方面，如：

正宮【貨郎兒】《廣正譜》所收第三格註云：「增第三句，三字句各增作四字句」（頁99）即指增句的「位置」與「形式」。

南呂【草池春】《廣正譜》註云：「此章句字不拘，可以增損。六字句大約六句、四字句大約四句」（頁261）則指「數目」與「形式」。

雙調【折桂令】第二格《廣正譜》註云：「中二句，末三句，尚仲賢《王魁負桂英》劇末增，共十句。」（頁602）則指出增句的「數目」和「位置」。

正宮【煞尾】《廣正譜》註云：「此章句字不拘可以增損。按此章但見增三字句，不見增四字句。白仁甫《梧桐雨》劇止增三字，不增四字。」（頁133）是指增句的「形式」。

〔註38〕〔清〕徐大椿：《樂府傳聲》，收入《中國古典戲曲論著集成》第7冊（北京：中國戲劇出版社，1959年），頁173。

〔註39〕見鄭因百先生：〈仙呂【混江龍】的本格及其變化〉，同前註，頁351～353。

　　雙調【梅花酒】本調《廣正譜》註云：「此章句字不拘，可以增損，起句三字，末四句馬致遠《陳摶高臥》劇止一句『泄漏』等句三句，四句外俱係增損。」第二格註云：「末四句范子安《竹葉舟》劇三句，奇偶不拘。此二詞是本調正格，大約末處六字句多不過四句、少不過二句，餘係增損。」（頁640～641）南呂【玄鶴鳴】本調註云：「此章句字不拘可以增損，周德清失註。以四字句增在第五七字句前後，多寡、韻否不拘。」第二格註云：「增四字二句在七字句前。」第三格註云：「增四字句在七字句前後。」（頁 254～256）仙呂【混江龍】第二格註云「第七三字句增一句」、第三格註云「第七三字句增一句、第七句三字句變七字句」、第四格註云「第七七字句變二句、第七七字句增句」、第六格註云「第七句三字句增一句、第六句後增四字二句」、第七格註云「第七句三字句增一句」（頁156～160）皆是提到「位置、形式、數量」。

　　對於增句的「協韻」與「平仄」，僅少數約略提及，如：

　　雙調【新水令】第三格註云：「增字。首句增六字，三字一韻。」（頁 590）；雙調【攪箏琶】第八格註云：「四字句儘可增，不拘多寡，亦不拘韻否。」（頁616）仙呂【混江龍】本調註云：「此章句字不拘，可以增損。添四字或三字排句，不拘多寡，亦不拘韻否，但須以平平仄去更妙，三字如此『人多在』一句，韻更妙，接之。」（頁156），於第七變格之後又列出「第七『平平仄』三字句又三格」。（頁 161）

　　由此可知，清初曲家對於增句所注意到的層面，仍然不夠深入周全，評註也略嫌簡單或者語焉不詳；但若是比對《太和正音譜》僅僅羅列例曲而無任何評註分析，則清初曲家對於自元以來「字句不拘可以增損」之曲牌，可說是功勞甚大，不僅傳承有方，還詳列正變、分析異同、附註說明，儼然做到了基本的分析、歸納與整理。

　　若從另一個角度來看，清初曲家對於北曲「字句不拘可供增損者」只是做到基本的分析而未能建立成熟周全的理論系統，可能相當程度地反映出清初北曲發展的情形，是朝極為開放、恣意的方向發展，而這樣的發展趨勢，自明中葉以後就逐漸出現端倪。鄭因百先生〈仙呂【混江龍】的本格及其變化〉一文以北曲中用得最多的一支曲子【混江龍】為例，排列比對現存元、明、清初雜劇、散曲及明清著名傳奇中的四百一十六支【混江龍】，先歸納出【混江龍】的本格及其增格，再縱向梳理【混江龍】自明代前期始、至中晚

期（以湯顯祖爲代表）迄達清初的一路發展趨勢，他認爲：

> 萬曆以後，也就是明代後期，南曲大盛，一般作者對於北曲，不是摒棄不用，就是變更規律。湯顯祖正是這一時期的作家。他是個才華洋溢的人，作曲無論南北，都不大拘守繩墨，這是人所共知的事實。但他的曲律的確很熟，神明變化，並非亂來。」〔註40〕可知北曲的變化自明中葉以來，變化的原因之一是受到南曲大盛的刺激，使得北曲原有的規律受到衝擊而產生多種轉變演化，湯顯祖以其高才博學，在《還魂記》中寫出一支全長六百五十八字、增句多至四十句的【混江龍】，可以説是「給「【混江龍】別開生面，給後來的文人開了一個逞才學弄筆墨的法門。〔註41〕

但此時變化仍是有跡可尋，湯氏於縱橫捭闔之際仍能妙合音律、自有理序；入清以後文人多仿湯作，更進一步地恣意揮灑、馳騁舞弄，如鄭先生文章所舉尤侗《讀離騷》雜劇第一折（四十六句、七百五十六字）、洪昇《長生殿》第四十六齣〈覓魂〉（七十一句、七百三十六字）、蔣士銓《臨川夢》第十九齣〈說夢〉（七十七句、一千三百五十八字）等，講篇幅、論字句都是後來居上、變本加厲，但除了尤侗《黑白衛》尚有獨創之處外，都沒有太多新奇的變化。尤侗該作：

> 雖變成規，音節卻頗諧婉。他生於明末清初，曲子仍在全盛時期，音律腔調，曉然胸中，所以能自出機軸，變而不悖。乾隆以後，舊法漸失，或則謹守成規，有因無創，或則漫無準繩，不知而作，本格變體，都談不到。【混江龍】的變化，到了尤西堂，就算告一段落。〔註42〕

由此可知，北曲增句的發展，自明中葉起大開方便法門，變化莫測、各顯神通；到了清初，此項發展達到鼎盛，作家們極致開放、恣意發揮的結果是顛峰之後的停滯，能變的花樣變得差不多了，該守的規律也保守得差不多了；乾隆以後就一路沒落疲憊、欲振乏力，連基本的規律都幾成廣陵散曲，更別說是玩出新鮮的變化花樣了。因此可以說，清初北曲增句的發展，是處於發展鼎盛、而又即將凋零衰落之前的轉捩時期。

〔註40〕同前註，頁356。
〔註41〕同前註，頁361。
〔註42〕同前註，頁361～362。

第三節　北曲格式變化諸因素在譜中的反映（下）

一、夾白、減字、減句

（一）夾　白

上述「夾白」是夾於曲中的賓白，帶有語氣辭者則稱爲「帶白」，可以說是從增句進一步發展來的：

> 「增句」如果不協韻，單句者則有如「夾白」，循環重複者則例須快念，有如「滾白」；「增句」如果協韻，其在全曲句中之地位則有如「增字」之於「正字」，大多點上板眼，而其循環重複者，當係「滾唱」性質。〔註43〕

可知以上數種的差別在於：不押韻者稱「白」、押韻者稱「唱」、有語氣辭者稱「帶」、循環重複者稱「滾」，兩兩組合便能衍生出多種變化型態，而其基礎皆由「增句」而來。曾師永義云夾白有三種類型：

> 一種與普通賓白不殊，一看即知，不致於教人和曲文相混。另兩種則皆附著於曲文，其一往往帶有語氣辭，亦容易與曲文分辨，謂之『帶白』；其一雖作用有如帶白而缺少語氣辭，則每每使人誤以爲是襯字。〔註44〕

以此檢視《廣正譜》編者對於夾白、帶白等與曲文的分別是否清楚明確，可以發現清初北曲運用夾白等的情形非常常見，以致於《廣正譜》的編者常有與曲文淆亂迷惑之處，如：

> 前引正宮【蠻姑兒】以白仁甫《梧桐雨》「懊惱。暗約。。」曲爲正體，全曲前半段作：

> 懊惱。暗約。。驚我來的又不是樓頭過雁。砌下寒蛩。簷間玉馬。架上金雞。

註云：「『樓頭』四句亦不可曉，《正音譜》削去，豈賓白耶！」第二格又註云：「比第一格少中四句。」（頁114〜115）查《正音譜》確實沒有「樓頭」四句，吳梅《簡譜》則註云：

> 此支《正音譜》將『樓頭過雁』四句刪去，於是臧晉叔《元曲選》

〔註43〕見曾師永義：〈北曲格式變化的因素〉（前揭文），頁334。
〔註44〕同前註，頁340。

仍之，舉世不知有此格矣。〔註45〕

儼然將此視爲又一體。《新譜》根據其他作品的此曲格式均「簡明一致」，釐
定爲：

> 「樓頭過雁」以下四句是帶唱，故《正音譜》刪去。《廣正》存之而
> 疑爲賓白，《簡譜》則逕以爲又一格，俱非是。（頁34）

細察「樓頭」四句乃不押韻之循環重複四字句，則應爲「滾白」（鄭因百先生
視爲「帶唱」，然此四句實無押韻、無語氣辭，鄙意以爲仍以滾白爲宜），其
前「驚我來的又不是」應即「作用有如帶白而缺少語氣辭」者，故「每每使
人誤以爲是襯字」。換句話說，它們都是夾白的延伸變化，因爲是「夾於曲中
的賓白」，容易兩相混淆，《正音譜》去元未遠，尚可釐清因而刪去；但到了
清初流行既久、習染日深，《廣正譜》編者便迷惑於其妾身未明，雖然存疑，
但仍視爲曲文或以襯字處理，可見已經淆亂無法理清分辨了。

再舉一例：仙呂【後庭花】曲之後收有另一調【河西後庭花】，《廣正譜》
以出自明賈仲明《金童玉女》劇「翠娉婷眞不俗」爲例曲，全文作：

> 翠娉婷眞不俗。。美嬋娟嬌豔姝。似對月嫦娥現。如臨溪仙洛浦。。
> 他笑呵似秋蓮恰半吐。。他悲呵似梨花春帶雨。行動呵似新雁雲邊落。
> 說話呵似雛鶯枝上語。他醉呵晚風前垂柳翠扶疏。出浴似海棠般擎露。
> 立呵渲丹青仕女圖。坐呵觀世音自在居。。睡呵羊脂般臥著美玉。
> 吹呵韻輕清徹太虛。。彈呵撫冰絃斷復續。。歌呵白苧宛意有餘。。
> 舞呵綵雲簇掌上珠。。（頁178～179）

然此調《新譜》考察認爲實同【後庭花】，視其變格即可非必另立一調：

> 《廣正》《大成》均收【河西後庭花】，舉《金童玉女》（即《金安壽》）
> 劇爲例。今按：王元鼎散套「走將來涎涎瞪瞪」曲題【河西後庭花】，
> 而與【後庭花】常格完全相同；《張天師》、《忍字記》、《趙氏孤兒》
> 諸劇，《元曲選》題【河西後庭花】者，亦皆如此。可知【河西後庭
> 花】與【後庭花】原無分別。……《廣正》所舉《金童玉女》劇乍
> 看似異，實則仍是【後庭花】常格，僅照首四句多作一遍耳。如此
> 作法僅見此曲，視爲【後庭花】之偶然變格即可，不必認定如此作
> 者即名【河西後庭花】也。（頁91～92）

〔註45〕 吳梅：《南北詞簡譜》（台北：學海出版社，1997年），頁40。以下凡引用此
　　　　 書者，爲避免行文繁瑣冗雜，均在引文之後附註頁碼，不再另加註腳。

查《新譜》所云「僅照首四句多作一遍耳」究竟何事？與《新譜》所列【後庭花】正格相比對即可明白：

　　七句：五・五。。五・五。。三。。四・五。。*

「・」於句下則指「協否均可」，「*」為增句處。可知【後庭花】曲為「句字不拘可以增損」者，至於增句的方法，《新譜》云：

　　增句在末句之後，即照末句作，其第一句與末句對否均可，其餘各
　　句，對否亦可隨意。句數多少不拘，須每句協韻。末句本為五字，
　　而入套之作百分之九十九變為六乙，以下所增之句遂亦用六乙句
　　法。故《廣正》云：「凡增句無不六字者。」（頁91）

據此觀察被《廣正譜》列為【河西後庭花】的「翠娉婷真不俗」曲，首四句為各襯一字之五字句，與正格無異；第五句至第八句，當即《新譜》所云「照首四句多作一遍」者，即應為四句帶襯五字句，然這四句《廣正譜》卻曲白不清、正襯不明：「他笑呵、他悲呵、行動呵、說話呵」當即「帶白」，《廣正》以小字處理，本即易與襯字相混，四個「似」字實為襯字，但《廣正》誤以正字處理，至此，這四句沒來由地成為「帶三個襯字的六乙句」，遂使人如墜五里霧中；第九、十句也同樣犯了曲白正襯不清的問題，鄙意以為：「他醉呵」實為「帶白」如前述，後二句的正襯應為「晚風前。垂柳翠扶疏。。出浴似海棠般擎露。。」便符合「三。。四・五。。」的句式，惟三字句偶失韻；之後的「立呵渲丹青仕女圖」共七句，便是增於句末的六字句，與前述「照首四句多作一遍」同為附有「帶白」的增句，以其句式相同、循環重複、並且押韻，可視為「滾唱」。

　　由此可知，《廣正譜》以為別立一調之【河西後庭花】，當即【後庭花】的另一種增句變格，兩曲面貌雖異，實因《廣正譜》編者未弄清楚「正襯、帶白、滾唱、曲文」之間的差異，遂使觀者眼花撩亂、編者別立異說、錯上加錯矣！

　　再舉一例：商調【高平煞】《新譜》釐正格式為：

　　十一句：七。。六。。四・四。。四・七。。五・五。。四。。四。。
　　*七。。

「*」為可增句處，《廣正譜》所收第二格乃出自宮大用《范張雞黍》雜劇，曲作：

　　則被這君璋子徵將我來緊逼逐。。並不肯相離了左右。。今日不得已也。

且隨眾還家。到來日絕早到墳頭。。我與你廬墓丁憂。。一片心雖過當
無虛謬。。早是這朔風草木偃。落日虎狼愁。。你覷這四野田疇。。
三尺荒丘。。魂魄悠悠。。誰問誰愀。。欲去也傷心再回首。。

《廣正譜》註云：「減『暢道』句、增『魂魄』二句俱韻。」又註：「『今日』
二句疑白。」（頁 503）查「魂魄」二句本即可增句，茲不論；減「暢道」二
句意指減去本格第五句之四字句，換句話說，《廣正譜》編者懷疑「今日」二
句為夾白，不算在本格之內，但如此一來，本格又少一四字句，便認為應是
減去「暢道」句，故另立一格，成為增減句同時發生的又一體。然而，《新譜》
分析道：

《廣正》第二格《范張雞黍》劇「今日不得已也」句是帶白，析出
此句則與首格全同，無須另立一格。（頁 241～242）

觀「今日不得已也」句帶有語氣詞，確實為帶白，「且隨眾還家」不近口語，
可歸為曲文，《新譜》說法無誤；可見《廣正譜》編者對於夾白的掌握仍似是
而非，他將一句帶白誤認為兩句，所以只好大費周章地再減去一句成為又一
體，如此作法實因曲白未明以致轉生藤葛。

再舉一例：同樣商調【浪來裏煞】，《新譜》釐定格式為：

六句：三·三。。七。。七。。四。。七。。

《廣正譜》以喬夢符《兩世姻緣》雜劇為例曲，作：

【浪來里】心事人拔了短籌。有情的太薄倖。。到如今五載不回程。。
【隨調煞】好教咱上天遠。入地近。。潑殘生恰便似風內燈。。比及
你見俺那虧心的短命。。則我這一靈兒先飛出洛陽城。。（頁 498）

《新譜》卻指出《廣正譜》的謬誤：

「上天遠、入地近」則是帶唱，《廣正》誤以此六字為正字，遂與【浪
來里】本格不合，乃分『不回程』以上為【浪來里】，『好教咱』以
下為【隨調煞】，實則與【隨調煞】任何一格皆不相符，更不能以此
為【浪來里煞】之標準作法。（頁 244）

查《廣正譜》「好教咱」以下格式，確實與【隨調煞】不符，《新譜》考證屬
實得當，又云：「如此支離夾雜，皆由不明此六字為帶唱之故。」（頁 244）此
又一力證說明《廣正譜》之訛誤。

以上諸例說明「增句」的延伸：「夾白、滾白、帶白、滾唱」等多種變化，
在清初《廣正譜》編者眼中未能分辨清楚導致錯誤混淆的情形。

（二）減字、減句

和「增字、增句」相對應的是「減字、減句」，鄭因百先生論減字云：

> 北曲減字情形極為少見，不過『六字雙式可減為四字』、『七字單式可減為六乙』等兩三種減法，其影響甚少。〔註46〕

論減句則根據《新譜》整理出可減句的曲牌有：仙呂【那吒令】、【村里迓鼓】、【遊四門】，南呂【賀新郎】、【草池春】、【鵪鶉兒】，越調【小絡絲娘】、【拙魯速】，雙調【新水令】、【攪箏琶】、【亂柳葉】、【忽都白】等十二調，除去【村里迓鼓】、【賀新郎】、【小絡絲娘】、【亂柳葉】四調之外，其餘八調亦可增句。由此可知，北曲字句增損不拘者，其或增或損並不相悖且常同時發生，可見這些曲調之音韻靈活彈性。

北曲的減字、與增字的原則相同，均是以不違背單、雙句式的情形下進行：如雙調【新水令】，《新譜》釐定的正體格式為：

> 六句：七。。七乙。。五・五。。四。。*五。。

《廣正譜》以元遺山撰套數列為第二格，全曲作：

> 一聲啼鳥落花中。。惜花心又還無用。。深院宇。小簾櫳。。點檢春工。夕陽外綠陰重。。〔註47〕

註明：「減字。第三第四句各三字。」（頁590）即是「五字句減二字成為三字句」，並不改變單式句式。《廣正譜》還以無名氏套數列為第四格，全曲作：

> 閑爭奪鼎沸了麗春園。。欠排場不堪久戀。。時間相敬愛。端的怎團圓。。白沒事教人笑惹人怨。。

《廣正譜》註云：「減句，減第五四字句。」（頁591）可知北曲減句同增句，亦需注意其位置、形式、數量等。值得注意的是，同一支曲牌，若在不同位置、減去不同形式、數量之字句，便會產生多種減句格式，茲以雙調【攪箏琶】為例：《廣正譜》以康退之《黑旋風負荊》劇一曲為正體，全文作：

> 我行來到轅門外。。見小校雁行排。。他這般退後趨前。他將我佯呆著不保。。對著俺這有期會。眾英材。穩坐的胎骸。。明白。。則這個莽撞的廉頗今日個請罪來。。莫得疑猜。。

〔註46〕鄭因百先生：〈論北曲之襯字與增字〉（前揭文），頁136。

〔註47〕此曲末句為六字，《廣正譜》註云：「凡末句五字變六字分二句，此格類多，不在增減之例。」（頁590）此即《新譜》所云北曲常見之增字之例，不需細加討論。

所收第四格爲第一種減格，註云：「比前減『穩坐胎骸』四字句」；第五格爲第二種減格，註云：「比前仍還『穩坐』四字句，減『明白』二字句」；第六格爲第三種減格，註：「比前減『有期會』六字二句」；第七格註云「第五句變」，實爲第四種減格，因爲是由兩個三字句減去一字成爲上二下三五字句；第八格爲第五種減格，註云：「同第四格，亦減四字句增『夫人』二句。」；第九格註云「增格」，實則增減俱有，註云：「減第七、第八四字二字二句，以下四字句增至六句。」（頁611～617）

綜上所述，可知雙調【攬箏琶】一曲由於減字、減句不同的位置、形式及數量，可以變化出六種之多。由此亦可見出北曲發展至清初，有極爲彈性靈動的伸縮長短變化。

二、平仄、韻協、對偶

（一）平　仄

北曲譜之祖《中原音韻》甚爲重視平仄律，始自〈序文〉、至〈正語作詞起例〉、以迄〈作詞十法〉及定格中的評注，均娓娓細說，綜合這些地方，可以初步歸納出《中原音韻》對於平仄律的觀察與本文相關者，有以下數點：

1. 「聲分平仄、字別陰陽」、「平分二義、入派三聲」：[註48] 全書多處提及某調某字必用何種聲調，且細分陰陽。

2. 末句平仄尤爲重要：〈作詞十法〉第九條「末句」即詳列 22 種末句平仄類型，尤其韻腳是平煞或者仄煞，攸關成敗。

3. 兩個聲調連用時，以「去上、上去」最爲美聽，「平上、上上、上去次之，去去屬下著。」[註49]

4. 僅有二處提及某調某整句的平仄分配。[註50]

可見《中原音韻》對於平仄律的觀察已頗爲深入周到，尤其偏重在用字選詞時某字聲、或某聲調組合的美聽與否。到了明初《太和正音譜》，在格律譜之前的文字均無提及平仄，[註51] 然而，《正音譜》卻是南北曲譜中首部全

〔註48〕見《中原音韻》〈序文〉（前揭書），頁175、178。
〔註49〕《中原音韻》〈定格〉中呂【普天樂】評語，前揭書，頁243。
〔註50〕《中原音韻》〈定格〉雙調【清江引】評曰：「第三句切不可作仄仄平平，屬下著。」【折桂令】評曰：「『失色』字若得去上爲上，餘者風斯下矣！若全句是平平上上，歌者不能改矣！」，前揭書，頁251、252。
〔註51〕此指《太和正音譜》格律譜之前的〈樂府體式〉、〈古今英賢樂府格勢〉、〈雜

曲樂字標注平仄者，編者甚且詳細標出北方入派三聲之後的調類，如：黃鍾【醉花陰】第二句「太極初分上古」，所注平仄為「去聲^{作上} 平平^{亦作}平聲上」。〔註52〕《正音譜》僅列例曲，惜無更多的評注說明，但其首創標注每一樂字的平仄，不僅影響了後世曲譜的撰寫體例，也顯示出編者對於平仄律的重視與整理。

相較於之前二譜，到了清初《北詞廣正譜》，對於平仄律的認知，又有如何的異同之處呢？前文第一節已經提及：清初張大復《寒山堂曲譜》和李玉《北詞廣正譜》南北二譜不約而同地大幅刪落旁注平仄，為清初曲譜由格律譜過渡為工尺譜的痕跡；而若從另一角度思考，清初曲譜家漸漸揚棄逐字旁注平仄的傳統，而改以重點式提掇出某字必平非仄、某句必去勿上的評注方式，《廣正譜》尤其悉心標出派入三聲的入聲字，可以說是對於平仄律的認知，達到了集中凝聚、進一步提煉精髓的層次。

接著談到《廣正譜》對於《中原音韻》上述四點是否有所承繼的問題。

第1點關於仄分上去、入派三聲，《廣正譜》多已述及，對於部分韻腳仄聲派作其他三聲者，也會以旁注方式標出；惟獨「平聲分陰陽」遍覽全譜卻一字未提，這無非是編者的一項疏漏，因為陰平舒緩、陽平上昂的聲調特質，攸關曲調的抑揚高低，若能細加斟酌，必能有助於對曲調旋律的掌握。〔註53〕

第2點和第4點結合來看，《廣正譜》全書對於平仄律最用力處，即在於對末句平仄的處理，不僅強調韻腳平煞、仄煞，還極為重視整句末句的平仄分配，近代北曲學家任訥《作詞十法疏證》〈九、末句〉條有云：

> 曲尾最要緊，因音節較美，每每即務頭所在，故文字必緊，而平仄必嚴也。〔註54〕

劇十二科〉、〈群英所編雜劇〉、〈善歌之士〉、〈音律宮調〉、〈詞林須知〉、〈樂府〉（調名譜）。

〔註52〕《太和正音譜》，前揭書，頁65。

〔註53〕如：《中原音韻》〈作詞十法〉第六條「陰陽」云：「用陰字法：【點絳唇】首句韻腳必用陰字，試以『天地玄黃』為句歌之，則歌『黃』字為『荒』字，非也；若以『宇宙洪荒』為句，協矣。蓋『荒』字屬陰、『黃』字屬陽也。用陽字法：【寄生草】末句七字內，第五字必用陽字，以『歸來飽飯黃昏後』為句，歌之協矣；若以『昏黃後』歌之，則歌『昏』字為『渾』字，非也。蓋『黃』字屬陽、『昏』字屬陰也。」，前揭書，頁235〜236。

〔註54〕任訥：《作詞十法疏證》，收入氏編《散曲叢刊》（台北：台灣中華書局，1971年），第四冊，頁35〜36。

如：商調【梧葉兒】《廣正譜》正曲註云：「末句必要平仄仄平平去上，去平屬第二著」第二格註云：「末句平煞」（頁 471～472）諸如此類的評注在全譜中俯拾皆是，明顯可見《廣正譜》編者的高度重視，由此可知《廣正譜》不僅繼承且進一步發揚了周德清對於末句平仄及其韻腳的處理。

至於第 3 點，《廣正譜》卻無隻字提及，且由全譜評注來看，編者對於用字選詞少有著墨，這種情形和周德清《中原音韻》相較，可清楚見出兩書的偏重點不同。不過，《廣正譜》提及平仄之處，還有兩點值得注意：一爲前文曾經談到《廣正譜》對於增句的平仄，雖無完整的歸納，但至少已有幾處觀察到了。二爲若將《中原音韻》、《廣正譜》比對平仄異同處，可以發現元末到清初數百年對於曲律要求的變遷，如：南呂宮【四塊玉】，《廣正譜》註云：「末句平煞。末句周德清謂必要平去平，平去上屬第二著，余謂必平去上，方別於【罵玉郎】之平去平去、【感皇恩】之去平平。」（頁 266）

（二）韻　協

與平煞仄煞相輔相成的，便是韻協。曲譜對於韻協的討論，可分爲三方面：一爲韻腳的平仄；二爲韻字的位置；三爲韻腳所屬韻部。

1、韻腳平仄

關於第一點，乾隆間的《九宮大成北詞宮譜》〈凡例〉說得很清楚：「曲之爲句，長短不齊，要其句法，不過自一字以至七字而止，句有平拈仄拈、平押仄押之異，押韻處最爲緊要，句法者，體格所由辨也，平仄拈押妥協，腔調所由生也。」（第 1 冊，頁 65）光是「平拈仄拈、平押仄押」之各種排列組合，就可以變化出不同的聲情：《廣正譜》的前身徐于室《北詞譜》，於〈臆論〉「論字句聲韻」條云：

> 聲之平仄，類不可拘。如【越調·金蕉葉】一章，雖止四句，其每
> 句煞處，平平仄仄交換互易，凡十有六格：王實甫《西廂記》第五
> 折：平平平平，周仲彬『釋卷挑燈』套：上上上上，《西廂記》第一
> 折：平平平上，高文秀《雙獻功》劇：上上上平，《群珠》『密密飄
> 飄』套：平平上平，王伯成『半世飄蓬』套：上上平上，王子一載
> 《正音譜》套：平平上上，《西廂記》第三折：上上平平，睢景臣《屈
> 原投江》劇：平上上上，《樂府群珠》『香篆簾櫳』套：上平平平，《群
> 珠》『喜新正』套：平上平平，王舜耕『畫閣初開』套：上平上上，

陳大聲『繡戶重關』套：平上平上，周德清『四角盤中』套：上平
上平，……平上上平，鮑吉甫《史魚尸諫》劇：上上平上，其變如
此。〔註55〕

此篇〈臆論〉連同其他〈凡例〉、〈引用書目〉等篇不附於現今傳世的《廣正
譜》中已如前述，惜未能得見全文，但從此條即可見出《北詞譜》編者對於
每一韻腳平仄的細心觀察與用功歸納。《廣正譜》亦頗為重視，除了會特別旁
注出派入三聲的入聲韻腳字之外，特殊的情況也會在評注中加以說明，如：
越調【麻郎兒】註云：「韻腳俱用平聲，若雜一上聲，便屬第二著。」（頁526）
雙調【清江引】註云：「周德清定格評此章首末二句曰上聲極是，切不可作平
聲。」（頁618）查《中原音韻》此章首末句詞云：「蕭蕭五株門外柳，……白
衣不來琴當酒。」周德清評曰：

「柳」、「酒」二字上聲，極是，切不可作「平聲」。曾有人用「拍拍
滿懷都是春」，語固俊矣，然歌為「都是蠢」，甚遭譏誚。〔註56〕

從這段資料可以看出，當聲情與詞情相悖時，曲家仍以聲情為首要考量，《廣
正譜》編者之所以贊同周氏作法，正是站在曲學而非文學的立場來衡量的。

2、韻字位置

　　第二點是指曲中的用韻之處，所謂「韻位」即是。〔註57〕俞為民《曲體
研究》論之甚詳，若以此檢視《廣正譜》編者對於「韻位」的處理，是以「不、
叶、韻」標示出例曲的協韻與否，其餘少有言及，如此一來似乎略顯疏略，
但有一處提及，值得討論：《廣正譜》所收仙呂宮【點絳唇】共列四格，前三
格以董解元《西廂記》曲為例，各附么篇一章，正體註「第四句起韻，與詩
餘同字句不同」，第二格註「第三句起韻，與詩餘不同」，第三格註「第二句
起韻，與詩餘同」；第四格則以王實甫《西廂記》雜劇為例曲，無么篇，註「第
一句用韻，與詩餘不同」。最後註云：

沈寧庵《琵琶》「月淡星稀」，此調乃南引子也，不可作北調唱。北
調第四句平仄平平、南曲第四句仄平平仄；北無換頭、南有換頭；
北第一第二句用韻、南直至第三句用韻。今閱董解元《西廂記》北
仍有么篇，第四句北仍仄平平仄，首二格第一、第二句北仍不用韻，

〔註55〕轉引自俞為民：《曲體研究》，前揭書，頁324。
〔註56〕《中原音韻》，前揭書，頁251。
〔註57〕俞為民：《曲體研究》，前揭書，頁244。

故備錄以證之無南北分也。（頁 153～156）

言下之意，實指此四格不管韻位、平仄爲何、換頭有無，均爲【點絳唇】變格，舊說南北曲的界線已經泯滅無存。然而，是否果然如此呢？鄭因百《新譜》云：

> 【點絳唇】爲宋詞常用之調，南北曲皆襲用之。南曲【點絳唇】是黃鍾引子，與詞全同。北曲則入仙呂，僅用詞之前半，而不用其後半（即所謂么篇）。此外復有異於詞及南曲者二事。其一：詞及南曲至第二句方起韻，北曲首句即起韻，且於第二句第四字藏韻，此句遂可分爲兩句。其二：詞及南曲第三句爲「仄平平仄」，北曲爲「十仄平平」。經此改變，南北判然，故北曲中用【點絳唇】者遠較【八聲甘州】爲多。……《廣正譜》雖亦論及南北之分，但並列四格，糾纏不清，遂使學者如墮霧中。（頁 78）

《新譜》所據乃純粹北曲，故他所歸納出來的準則可證明【點絳唇】確實有南北之分，該準則與《廣正譜》引述沈璟之言並無太大差別，然而，何以《廣正譜》編者會糾纏困擾至此呢？實因他沒有弄清楚韻位之不同，即對曲調的性質產生相當的影響：北曲首、二、四句均爲韻位，故用韻密集、節奏較快；南曲則否。此韻位之不同即揭示了曲體的不同，《廣正譜》編者未明此理，徒然羅列多曲反而治絲益棼，由此可知《廣正譜》編者對於韻位的理解尚且在模糊階段。

3、所韻韻部

至於第三點韻腳所屬韻部問題，前文曾經提及《廣正譜》詳細註明每支例曲所押韻部，這種作法同於南曲譜《九宮正始》，而優於前二部北曲譜、甚且南曲譜之二沈新舊譜、張大復《寒山譜》，筆者鄙意以爲這當和鈕少雅同爲《廣正》、《正始》二譜之編寫者有關。鈕少雅爲明末蘇州著名音樂家，「少時即善音律」，以其「孜孜焉有正樂之思」，「敲商戞徵」〔註 58〕校訂《正始》、樂句《廣正譜》，故詳細標注例曲所押韻部，可以見出他對於曲律的高度重視。

（三）對　偶

最後談到對偶的問題。筆者在談到清初南曲發展時，曾經論及南曲譜中從無出現對偶的獨立標示，這種情形同樣出現在北曲譜中；眾多的南曲譜連

〔註58〕見《南曲九宮正始》馮旭、吳亮中〈序〉，收錄於蔡毅編著：《中國古典戲曲序跋彙編》（濟南：齊魯書社，1989 年），第一冊，頁 86、88。

曲文的評注都極少涉及對偶，唯獨張大復《寒山堂曲譜》多次提及，這種情形則不同於北曲譜：前一節論及元周德清《中原音韻》是歷代曲論中最早提及「對偶」者，他在〈作詞十法〉中說：

> 對耦：逢雙必對，自然之理，人皆知之。扇面對：【調笑令】第四句對第六句、第五句對第七句。【駐馬聽】起四句是也。重疊對：【鬼三台】第一句對第二句、第四句對第五句；第一、第二、第三句，卻對第四、第五、第六句是也。救尾對：【紅繡鞋】第四句、第五句、第六句爲三對。【寨兒令】第九句、第十句、第十一句爲三對。二調若是末句稍弱，即以此法救之。〔註59〕

在〈定格〉中的例曲評注，也多處提及對偶，可見早在元代曲論家對於對偶，已經注意到頗多層面，包括：對偶的形式、位置、作用等等。明初《太和正音譜》卷上則提出了「合璧對兩句對者是。連璧對四句對者是。鼎足對三句對者是，俗呼爲「三鎗」。聯珠對句多相對者是。隔句對長短句對者是。鸞鳳和鳴對首尾相對，如【叨叨令】所對者是也。燕逐飛花對三句對作一句者是。」等七種對偶類型，以及「疊句、疊字」兩種重疊句型（頁14～15）。雖然該譜並無例曲評注，卻已可見對《中原音韻》的傳承與進一步開展。

相對於此，清初的《廣正譜》對於對偶的考察，似乎是守成有餘、開拓不足，如：黃鐘宮【刮地風】註云：「此格第四與第五句對、如減第五，則第四與第二對」（頁37）是提及對偶的「位置」；越調【調笑令】註云：「此章第四句對第六句、第五句對第七句，扇面對是也。」（頁520）【鬼三台】註云：「第一句對第二句、第四句對第五句，第一、第二、第三句卻對第四、第五、第六句，重疊對是也。」（頁542）【寨兒令】註云：「此章第九句、第十句、第十一句爲三對救尾對是也。」（頁552）是分別提及「扇面對、重疊對、救尾對」三種對偶形式，均明顯見出對《中原音韻》、《正音譜》的守成，卻不見更多層面的關注與開拓。相對於張大復《寒山堂曲譜》比起眾南曲譜更爲注意對偶，《廣正譜》對於對偶則簡略許多。

不過，值得注意的是，何調何處對偶與否，也會隨著時代變遷而有所轉移，如：大石調【還京樂】《廣正譜》註云：

> 第三、第四句無不六字對仗。此四字、六字參差乃董解元《西廂記》格。第六句五字亦董格，今無不六字甚而對仗。（頁376）

〔註59〕《中原音韻》，前揭書，頁236。

可知此曲第三四句、第六七句兩處在《董西廂》時代是不需對仗的；但到了清初，卻發展爲「無不六字對仗」。由此亦可見出曲調隨時代遷移而轉變衍化之跡。

　　總上所述，已由襯字、增字、增句、減字、減句、平仄、韻協、對偶等多方面，探討影響北曲格式變化之諸項因素，在清初曲論家的眼光中是如何地反映在曲譜之上，並藉以觀察清初北曲格律的發展變化，可知清初曲論家對於上述諸因素雖然多已觸及，但其觀念仍未盡清晰如：標示韻位；視野仍未盡全面如：論增損字句；觸角仍未盡深入如：論對偶；若相較於前二部北曲譜，清初《廣正譜》既有所傳承，也有所疏略，更重要的是在疏略之外，《廣正譜》所重視的是轉向曲律方面而非純就文學用詞的角度，如：對板式節奏的標點、對末句平仄的講究、對所押韻部的註明；若再從《廣正譜》與前二部、近代《新譜》的異同處相較，更可以發現清初北曲曲律的變革，例如：正襯字的廓清、單雙句式的釐定、賓白曲文的混淆、增損字句的用法、協韻對偶與否等等，在清初與前代均有很大的不同，而這些異同處，即顯示出元代雜劇所使用的北曲格式，輾轉發展到了清代，面貌已然不同。以下將再從北曲聯套規律的角度，進一步探討清初北曲將展示出如何不同的面貌。

第四節　　曲譜所見清初北曲聯套規律

　　北曲聯套規律至爲謹嚴，歷代曲論家均多提及，〔註60〕茲再引鄭因百先生一段頗具代表性的話以資強調說明：

> 北曲聯套規律至爲謹嚴，一套之中所用牌調，其數量之多寡、位置之先後，皆有一定法則，是即所謂套式。苟不遵套式而任意增減移動，即成紛亂之噪音而非美妙之樂歌。每一牌調，各有其高下疾徐、依聲協律，以類相從，自不能有所顚倒錯亂也。（〈序例〉頁1）

> 北曲聯套規律甚嚴，無論雜劇、散曲、前期、後期，守常規者居多，變異者佔少數。此蓋由於聯套所根據者爲音樂，牌調之組織搭配、位置先後，無一不與樂歌之高下疾徐有關，自不能遠離成規而以意

〔註60〕如：元代芝菴《唱論》、清李漁《閒情偶寄》卷二〈詞曲部・音律第三〉、民國許之衡《曲律易知》〈概論〉、吳梅《顧曲麈談》〈論北曲作法〉、王季烈《螾廬曲談》卷二〈論作曲・第三章論套數體式〉、鄭因百先生《北曲新譜》、《北曲套式彙錄詳解》均多論及。

　　爲之。(〈乙、結論〉第七條，頁 4。)

可知北曲聯套規律之基礎在於音樂，音樂之高下疾徐、是否美妙和諧，是北曲聯套相對上具有高度穩定性的主要原因；從另一角度來說，若北曲聯套產生「變異」而「遠離成規」，則可能代表著北曲音樂有所發展，此發展已到既有「成規」束縛不住以致「變化迥異」、必須建立新的「法則」的程度。因此，若要探究清初北曲曲律之發展與變化，將此時期所流行的聯套規律與前代「成規」比較異同，必能觀察出發展變化之情形，以下便以此爲出發點進行探討。

　　首先說明，由於《廣正譜》編纂體例之關係，以下分三點進行討論：一、《廣正譜》每宮調卷首均列有「套數分題」，即該宮調主要的聯套形式，當先據此與元代所流行之套式進行比較，以對聯套作整體性的探討。二、再從個別性的隻曲來觀察，該曲譜內的曲牌序列，大抵按照聯套規律前後續接，則清初曲段與隻曲所組成的聯套單位，與前代有何不同？三、北曲套式之「曲尾最要緊，因音節較美，每每即務頭所在」，[註61] 部分尾聲之前還有「煞曲」，均關係著此套樂歌之美聽諧和與否，因此最後探討北曲套式中的煞曲及尾聲。請依序論述如下。

一、「套數分題」所列與元代套式相較

(一)《北詞廣正譜》「套數分題」與鄭因百(騫)《北曲套式彙錄詳解》

　　近代學界中首先對北曲聯套作全面性探討者，爲民國二十二年上海商務印書館出版之蔡瑩《元劇聯套述例》，然因「時移勢易，其書已不適用」；民國六十二年鄭因百先生基於蔡書之弊，乃撰《北曲套式彙錄詳解》，彙輯「現存元代及明初雜劇六百餘套及散曲四百餘套之套式，參訂比較，分析種類」(以下簡稱《詳解》，頁 1～2)；民國八十二年許子漢撰有《元雜劇聯套研究──以關目排場爲論述基礎》(以下簡稱《聯套》)，其中對於「曲牌聯綴規律之研究，乃以《詳解》之說爲基礎，再根據套式之歸納與劇情之分析加以補充修正。」[註62] 由於鄭、許二書所收劇套、散套俱爲元代作品，所結論者當爲

〔註61〕前引任訥《作詞十法疏證》

〔註62〕許子漢：《元雜劇聯套研究──以關目排場爲論述基礎》(台北：文史哲出版社，1998 年)，〈緒論〉，頁 11。以下若論及此譜，爲行文簡潔避免繁瑣，不再另加註腳，而於引文後直接註明出處頁碼。

元代北曲之眞正面貌。

而清初《廣正譜》的「套數分題」，編者註云：

> 不將全套序別，致諸調用置乖方，前後失次，亦塡詞之一恨也。今
> 並序別之第，所收不拘本套，中多汰擇焉耳。（頁22～23）

對此，周維培有很好的解釋：

> 在這裡，編者實際上道出了總結『套數分題』的兩個原則：一是『汰
> 擇』，歸納出每一宮調中具有代表性的幾種聯套形式，而不是隨意羅
> 列；二是『序別』，分辨出同一宮調內不同聯套方法的差別，以供作
> 家取捨。〔註63〕

可知《廣正譜》所列套數，實可代表清初當時流行的、足以爲範式、可供時
人採用的套式類型，若據此與鄭、許二書所總結之元曲聯套形式進行比較，
即可觀察出北曲聯套遞嬗演變之跡，此亦爲《廣正譜》所列「套數分題」之
首要意義。爲便於統計與討論，筆者繪製〈《北詞廣正譜》「套數分題」與鄭
氏《北曲套式彙錄詳解》之比較〉一覽表，請參見附錄三。

（二）自元至清整體特性並無大變

首先從「說明」欄觀察各宮調套式的特性是否有大幅度地改變，筆者鄙
意以爲，從元代到清代北曲各宮調的整體特性沒有大幅度變化，如：

仙呂宮，許子漢《聯套》認爲「仙呂套式有以下幾點特殊之處：一爲鋪
敘情節的曲段相當多，且其主要之聯套單位用於平鋪直敘之用法爲多；二爲
可以構成一相當長的引導曲段。」（頁54）查《廣正譜》所收曲調多至53支、
套數亦高達18套，僅次於雙調，所收亦多長套；南呂宮，《詳解》「聯套法則」
云：「南呂宮所屬曲牌不多，自他宮借來之曲極少，煞曲又只限用兩支，故無
論劇散，甚少長套，多數均在十一曲以內。散套套式，上文所述者外，變化
無多。劇套法則亦頗簡單……後列實例即照此二者分類，再加套式特殊者，
共爲三類。」（頁71）查《廣正譜》所收曲牌僅25支，套式多爲中短套，且
曲段次序不甚明顯，結構頗爲鬆散，所收平均分配在《詳解》之三種類型中，
均頗符合《聯套》所稱「南呂套式具有鬆散分離之特性」（頁99）；越調，《詳
解》云「最爲簡單規矩，怪套甚少」（頁151），查《廣正譜》所收劇散，大都
可見於《詳解》之基本類型（僅一套例外），確實簡單規矩、變化不大；雙調，

〔註63〕周維培：《曲譜研究》（前揭書），頁78～79。

《聯套》歸結出：次曲極不固定、曲段用曲與獨立曲牌甚多且無明顯區隔等特性（頁185～186），查《廣正譜》所收套數偏於特殊類型，呈現出變化多、不固定、自由度極高的特質。再加上大石調、小石調向來不常使用、般涉調向不單獨使用多借入他宮等特性，均同樣地反映在《廣正譜》所收套式之中，故知若就北曲各宮調套式之整體特色來看，是不能認為元代到清初有極大幅度地變化。

（三）清初變化在於規律之瓦解

那麼，元代直到清初，北曲套式的發展與變化在哪裡呢？鄙意以為在於既有的套式組織規律漸行崩散瓦解。

首先從表中《廣正譜》所收套數相較於《詳解》所分套式「類型之異同」來看，鄭因百先生《詳解》於每一宮調俱分概說、聯套法則、及實例等三項，「實例部分，其一為劇套，其二為散套，所收諸例即按照聯套法則，分類彙錄」（頁2～3）。此「分類彙錄」多在歸納出「基本套式」之後，以「基本套式」酌加變化者為第一類型，變化愈多者為愈後類型，套式較為特殊、或竟不合規律者為最後一種類型；另外，若《廣正譜》所收而《詳解》所無者另立一欄。一經製表比對可以發現，《廣正譜》所收宮調的套式以集中在後面類型者居多，如：正宮、商調、雙調；《詳解》查無的套式所佔數量亦不在少數，如：黃鐘、仙呂、南呂，甚且比基本類型還多，如：商調、雙調。

以正宮為例說明，《詳解》聯套法則以「【端正好】、【滾繡球】、【倘秀才】、【滾繡球】、【倘秀才】、【滾繡球】、【煞尾】」為基本套式，「用基本套式，間以其他曲牌，以求變化發展，而不借用其他宮調者」為第一類型；「用基本套式，酌加變化，並借用其他宮調者」為第二類型；「用基本套式，酌加變化，尾聲前用【正宮煞】者……此類俱不借宮」為第三類型；「用基本套式，酌加變化，尾聲前借用般涉【要孩兒】及【煞】者」為第四類型；「套式較為特殊，或竟不合規律者」為第五類型。（頁14）

以此相較於《廣正譜》「套數分題」所收14套套式，12套劇套之中，第一種基本類型完全未收，所收卻大幅集中在第三至第五類，尤其是第四類借宮者最多，所借之宮遍及中呂、般涉、雙調，值得注意的是，這些套式之中，常常出現借宮之曲多於正宮本調者，如：「套數分題」所收第八套套式為【端正好】、【滾繡球】、【倘秀才】、【醉春風】、【迎仙客】、【十二月】、【堯民歌】、【朝天子】、【上小樓】、【紅繡鞋】、【快活三】、【鮑老兒】、【剔銀燈】、【要孩

兒〕、【煞】、【尾聲】（頁82），《詳解》云：「【醉春風】以下十曲借中呂，似有『喧賓奪主』之勢。」（頁29）第九套套式爲【端正好】、【滾繡球】、【倘秀才】、【叨叨令】、【白鶴子】、【快活三】、【紅繡鞋】、【鮑老兒】、【古鮑老】、【牆頭花】、【柳青娘】、【道和】、【要孩兒】、【煞】、【尾聲】（頁83），【快活三】至【古鮑老】四曲借中呂、【牆頭花】借般涉、【柳青娘】【道和】借中呂。第十套套式爲【端正好】、【滾繡球】、【醉高歌】、【醉春風】、【石榴花】、【鬥鵪鶉】、【上小樓】、【十二月】、【堯民歌】、【要孩兒】、【煞】、【尾聲】（頁83），【醉高歌】至【堯民歌】八曲借中呂，【要孩兒】借般涉。以上三式都是借宮之曲多於正宮本調而「喧賓奪主」者，已占此類型之過半數。

周維培《曲譜研究》中說：

> 借宮轉調實際上是一種突破北曲聯套必須同宮曲牌的規範，藉以傳遞不同聲情的變通辦法，在音樂效果上與南北合套有一致的地方。〔註64〕

換句話說，借宮也是突破既有聯套規範的方法之一，雖說借宮本即正宮套式的基本特色，然如此大幅度地變化運用，甚且地位份量堂而皇之地超過本宮曲調，已可視爲相當程度地崩解了既有的聯套規律。

再看到第五種類型者，第十一套套式爲【端正好】、【滾繡球】、【快活三】、【朝天子】、【四邊靜】、【齊天樂】、【紅衫兒】、【煞尾】（頁83），《詳解》云：「【端正好】【滾繡球】後，不用【倘秀才】，以下全借中呂及般涉，不合正宮聯套法則。」（頁32）；第十三套套式爲【菩薩蠻】、【月照庭】、【喜春來】、【高過金盞】、【牡丹春】、【醉高歌】、【收尾】（頁84），此爲散套，《詳解》分析道：

> 【菩薩蠻】是詞調，用於北曲者僅見此。【月照庭】用爲第二曲，亦僅見此。【喜春來】、【醉高歌】兩曲借中呂，【高過金盞兒】借仙呂，【牡丹春】借雙調。借宮如此之多，且借出範圍（正宮無借仙呂者）。以上數事，皆初期散曲格律未定之現象。此套如此奇特，故《廣正譜》收入套數分題。（頁36）

此套不僅打破曲牌與詞牌的界線，也打破【月照庭】作爲首曲之常例，還打破正宮不借仙呂之規範，可說是奇上加奇。《詳解》認爲《廣正譜》收錄此曲是因爲它反映了初期散曲格律未定時的現象，然筆者恐怕不能認同此等理由，由前文分析《廣正譜》「套數分題」的收錄用意是爲時人「填詞」之範式，

是具有實用意義的；而《廣正譜》竟以這類不符合元代聯套法則的套式爲範式，可見得元人建立起來的套式組織規律到了清初已漸行瓦解。

　　再以其他宮調爲例：中呂宮，《詳解》將套式分爲五類，第一類爲「全用本宮曲無借宮者」，第二類爲「本宮曲之後接用般涉【要孩兒】及【煞】者」，第三類爲「【要孩兒】及【煞】之外，又借用他曲者」，第四類是「不用【要孩兒】及【煞】而有借宮者」，第五類乃「套式較爲特殊者」。最後總結認爲中呂最常通用的套式是第二類，「全用本宮曲者反不甚多。【要孩兒】及【煞】之外又借他曲、不用【要孩兒】及【煞】而有借宮：此二者皆居極少數。」（頁92）這是元代時候的情形；然而到了清初，《廣正譜》所收第一類、第二類卻連一套也無，元代「居極少數」的第三類多至二套，最多者爲套式特殊之第五類。

　　雙調，前引《聯套》歸納出「次曲極不固定、曲段用曲與獨立曲牌甚多且無明顯區隔」等特性（頁 185～186），此特性到了清初更是極度發揮，《詳解》以「首曲不用新水令」、「套式較爲特殊者」分居第三、四類型，但實可合併爲一類，均是不守常律者，《廣正譜》所收便集中在此兩類，已超過第一類基本套式者，若再加上《廣正譜》所收而《詳解》所無者，幾乎沒辦法用《詳解》所歸納出來的規律去整理清初《廣正譜》所收的這些套式，如：第十二套套式爲第四類型，〔註65〕《詳解》評爲：「此種套式，其中牌調多冷僻者，劇套極少使用。」（頁 180）；第十三套套式〔註66〕《廣正譜》自註云：「【荊山玉】、【竹枝歌】、【春閨怨】、【牡丹春】四章無元套，姑從此次第之可也。」（頁 582）直接說明了此套是元代所無、之後才流行起來，至清代正式建立爲格範之新套式。

　　凡此上述種種，均可見出自元代建立起來的北曲聯套規律，時移勢異之下到了清初，原本居於主流的基本套式反而少見、原本屬於冷僻罕見的變化類型反而成爲多數，可見得既有的聯套「成規」已未能束縛變動不居的曲律

〔註65〕此套爲【新水令】、【慶宣和】、【早鄉詞】、【掛玉鉤】、【石竹子】、【山石榴】、【醉娘子】、【相公慶】、【一錠銀】、【阿納忽】、【小拜門】、【慢金盞】、【大拜門】、【也不羅】、【小喜人心】、【風流體】、【忽都白】、【倘兀歹】、【青天歌】、【川撥棹】、【七弟兄】、【梅花酒】、【收江南】、【鴛鴦煞】，見頁581～582。

〔註66〕此套爲【新水令】、【駐馬聽】、【喬牌兒】、【雁兒落】、【得勝令】、【大德歌】、【鎮江迴】、【沽美酒】、【太平令】、【荊山玉】、【竹枝歌】、【水仙子】、【春閨怨】、【牡丹春】、【川撥棹】、【七弟兄】、【梅花酒】、【收江南】、【尾聲】，見頁582。

發展，換句話說，清初北曲套式的發展走向，是朝著既有套式組織規律的漸行崩散瓦解。

二、曲段與隻曲所組成之聯套單位

（一）所謂「隻曲」與「曲段」

以上是針對各宮調套式的整體特性觀察清初北曲之發展方向，接著再從個別隻曲及曲段進行探討。關於隻曲與曲段的觀念，許子漢《元雜劇聯套研究——以關目排場爲論述基礎》引用司徒修（Hugh M.Stimson）所著〈元雜劇仙呂宮套曲的排列次序〉〔註67〕中的說法，認爲：

> 曲牌按照一定的排列次序形成固定的『曲段』（sequence），其他不必按照一定次序形成曲段的曲牌，稱之爲『獨立曲牌』（independent tune）……，其所謂之『曲段』即爲一般所謂之『連用曲』，這些經常（或必須）連用的曲牌在聯套時，事實上自成單位，並不分開。

進而歸納出北曲聯套之原理：

> 各宮調之套式並非由曲牌直接聯綴而成，而是先由部分連用之曲牌組成各個曲段，再由這些曲段與獨立曲牌做爲聯套之單位，組成套式。因而聯綴規律可以進一步區分爲兩個層次。第一個層次爲曲牌如何組成聯套單位，先區分何者爲連用曲，何者爲獨立曲牌；連用曲如何組成各曲段，包括各曲段之組成曲牌於曲段中之使用次序、次數及必要性等項目。第二個層次爲各聯套單位如何組成套式，即各單位於套式中使用之次序、次數及必要性之說明。一個宮調聯綴規律之特色亦即建立在此二層次上。（頁8）

由此觀念來觀察北曲的聯套組織規律，可以發現，由一支以上的曲牌所組成的曲段，曲牌之間的關係有結構緊密或者鬆散、使用之必要性與否等問題，以正宮爲例：

《聯套》分析正宮是由五組曲段、一組獨立曲牌（含有九支）、一煞尾曲段所組成，其中A曲段爲【端正好】、【滾繡球】兩支必要性曲牌組成，且其結構緊密，必然相連；B曲段則由【倘秀才】、【滾繡球】二曲循環使用組成，是結構鬆散的曲段，中間可以穿插入如【叨叨令】、【呆骨朵】、【窮河西】等

〔註67〕原文以英文發表，題爲"Song Arrangements in Shianleu Acts of Yuan Tzarjiuh"，刊於《清華學報》新五卷一期，1965年7月，頁86～106。

獨立曲牌；D曲段則是【伴讀書】、【笑歌賞】二曲組成，前者即為非必要性曲牌；E曲段由【白鶴子】、【么篇】組成，【么篇】為非必要性曲牌，可不用，二曲之間亦結構鬆散，可插入其他獨立曲牌。（《聯套》頁77～78）

（二）清初產生曲段的鬆動

然而，這樣的緊密性與必要性卻隨著時代的遷移，到了清初而有漸次鬆動脫落的跡象：

首先看到原本結構緊密連用的曲段卻插入其他曲牌的情形，以黃鐘宮為例，《詳解》以【醉花陰】、【喜遷鶯】、【出隊子】、【刮地風】、【四門子】、【古水仙子】六曲照例連用為其基本套式，且因所屬牌調不多，套式變化甚少，《聯套》則說「黃鐘並無獨立曲牌可以穿插於曲段之間」（頁159），《廣正譜》所收確實多依此律，可見其為結構緊密的曲段；然而，卻又出現了一例外套式：【醉花陰】、【喜遷鶯】、【出隊子】、【山坡羊】、【刮地風】、【四門子】、【古水仙子】、【尾聲】（頁24），此套出自楊顯之《瀟湘夜雨》劇，《詳解》分析道：

> 較之基本形式，【出隊子】與【刮地風】之間，加用【么篇】及借中呂【山坡羊】兩曲。【么篇】與始調【出隊子】本為一體，可以不計；加用【山坡羊】則甚為奇特，未見效者。楊顯之乃元劇初期作家，與關漢卿至交，漢卿作曲，其調律、協韻、聯套，亦往往與後來通行格式不同，蓋製作之始，體型未定之故也。《廣正譜》套數分題引此，無么篇，共只八曲。（頁5）

可知向來連用緊密的六曲之中，竟插入了自中呂借來的【山坡羊】，這種作法在元代是「製作之始，體型未定」；但出現在清初並被奉為範式，可能是此六曲連用之緊密性容或開始鬆動。

再以仙呂宮為例，前文曾引《聯套》認為仙呂宮曲段與獨立曲牌均多，為其特色，常用曲段之一為【後庭花】、【柳葉兒】、【青哥兒】，其中【柳葉兒】和【青哥兒】可只用其一。《聯套》統計使用此曲段的元雜劇共有八十五本，其中有八本在此曲段之後與尾曲之間夾入【寄生草】，三本夾入一支獨立曲牌，因此認為該曲段「為一結合緊密的曲段，……可見它亦應是以『唱』為主的曲段。」（頁28、42）然而，在《廣正譜》套數分題中卻收錄一套：【點絳唇】、【混江龍】、【醉中天】、【後庭花】、【青哥兒】、【醉扶歸】、【金盞兒】、【四季花】、【柳葉兒】、【賺煞】（頁146），此套前半段在【點絳唇】、【混江龍】之後不用【油葫蘆】等曲，形成短套，已是少見；在【後庭花】三曲連用的

曲段中,卻插入【醉扶歸】等三曲,此三曲是仙呂宮之獨立曲牌,但插入【後庭花】三曲連用之中卻是未見,[註68]因此,此套乃《廣正譜》所收而《詳解》所無者,想必亦是北曲後期發展所產生的變化形式,亦可見出仙呂宮該「結合緊密的曲段」出現鬆動情形。

(三)清初產生隻曲的脫落

其次看到曲段內曲牌使用之必要性產生脫落的情形,此就曲段中原屬必要性曲牌卻出現脫落、不用的情形來說(原屬非必要性曲牌自當不論),以黃鐘宮為例:

上述黃鐘宮以【醉花陰】至【古水仙子】六曲連用的曲段為基本套式,《聯套》以 A 曲段稱之;另有 B 曲段為【古寨兒令】、【古神仗兒】、(【么篇】,為非必要性曲牌);C 曲段為【節節高】、(【者刺古】為非必要性曲牌)、【掛金索】,【節】、【掛】則為必要性曲牌;其後綴以【尾聲】,A 曲段末尾【古水仙子】和【尾聲】中間即穿插 B 或 C 曲段,整個黃鐘宮套式組成即此,變化甚少,《聯套》結論為「黃鐘之套式全由曲段組成,且皆為由固定牌按固定次序組成之緊密曲段。」(頁 157)。觀察清初《廣正譜》「套數分題」所收套式亦大抵如此這般;然而,從未在元劇中發生脫落的 C 曲段卻在此有了改變:第一套、第三套套式之 C 曲段皆為【節節高犯】、【掛金索】,與原本規律無差;但其第二套 C 曲段卻作【節節高犯】、【者刺古】,竟少了原應必要使用之【掛金索】;第八套的 C 曲段甚至於只剩下【掛金索】一曲單獨出現,缺少【者】還情有可原,但連【節】也脫落了,就甚為可怪。(《廣正譜》頁 23～24)

再以越調為例,《聯套》分析所有曲牌可分為四組曲段、一組獨立曲牌以及尾曲等聯套單位,其中編號 D 曲段為【東原樂】、【綿搭絮】、【拙魯速】、【么篇】,此組關係緊密,但以【拙魯速】為必要性曲牌,其他三曲非必要性,可不用,但「至少須用二曲以組成此曲段」(頁 130)。然而,《廣正譜》所收第二套套式所用 D 曲段為【東原樂】、【綿搭絮】,雖以二曲組成,卻脫落了必要

〔註68〕 或云:【後庭花】此曲段雖以三曲連用為主,但後兩曲可擇一出現,故或可將此現象解釋為該曲段照例僅用前二曲,【醉扶歸】乃至【柳葉兒】四曲為獨立曲牌靈活運用,而非【醉扶歸】等三曲插入【後庭花】三曲連用之曲段內。然筆者鄙意以為此說不妥,因為【柳葉兒】出現時,必是連用【後庭花】,許子漢《聯套》統計僅一本例外,且該曲段組成曲牌有一特點,即皆可增句,【柳葉兒】可增一句,【後庭花】和【青哥兒】所增句數則無限制(頁 42),故恐怕不能將【柳葉兒】視為可獨立運用、自由穿插的曲牌。

性曲牌【拙魯速】；第三套套式與第八套套式所用 D 曲段均僅出現【東原樂】一曲，脫落了【綿搭絮】、【拙魯速】，儼然成為獨立用曲，但該曲獨用實未見於元代諸例（頁 512～513）。

再以雙調為例，《聯套》分析雙調共有九個曲段、四組獨立曲牌，曲段用曲大多亦可獨立使用，然只有少數曲段用曲不單獨出現，即編號 D 之【沽美酒】、【太平令】，「二曲皆用為九十八例，只有二例獨用【太平令】。」（頁 168）此比例之懸殊可見【沽】、【太】均是必要性曲牌；然在《廣正譜》所收第七套、第九套套式中，【太平令】都單獨出現〔註69〕（頁 580～581），在《聯套》統計元雜劇套式中【太平令】並無單獨使用之例，因此筆者仍視此為必要性曲牌脫落的變化現象。

綜上所述，可知就組成套式的聯套單位，包含獨立使用之曲牌與數曲連用之曲段兩方面，就曲段之內曲牌之間的關係有結構緊密或者鬆散、使用之必要與否的問題，我們可以發現，和元代雜劇所呈現出來的套式規律相較，清初所流行的北曲套式，曲段用曲之緊密性與必要性有漸次鬆動脫落的傾向：原本緊密連用的數曲因插入其他曲牌而彼此關係鬆動、結構隨之鬆散；原本必要出現的曲牌卻脫落不用以致剩餘曲牌儼然獨立、散落使用；這樣的發展與變化，無疑地和前文所述整體聯套「成規」漸行崩散瓦解的趨勢是一致並行的。

（四）曲段連用日久產生的變化

關於北曲套式中曲段與隻曲間的問題，還有一點附帶一提：關係緊密的隻曲結為曲段連用日久，會發生前後曲調相連處的句格上挪下移、相互混淆的現象，如：

前述黃鐘宮以【醉花陰】、【喜遷鶯】、【出隊子】、【刮地風】、【四門子】、【古水仙子】六曲照例連用為其基本套式，到了清初，這種關係緊密的曲段就影響到隻曲的原先格式：《廣正譜》在【醉花陰】曲後註云：「末三句可在此調作尾，亦可挪在下調【喜遷鶯】作頭……」、在【喜遷鶯】曲後註：「移上調【醉花陰】末三句於此作頭，體格合，文氣亦洽。」（頁 28、30）；於【刮

〔註69〕第九套套式為：【新水令】、【步步嬌】、【駐馬聽】、【夜行船】、【沈醉東風】、【慶東原】、【喬牌兒】、【胡十八】、【沽美酒】、【太平令】、【折桂令】、【梧桐樹】、【三煞】、【太平令】、【鴛鴦煞】（頁 581），其中已用一次完整的 D 曲段【沽美酒】、【太平令】，但第二次使用時卻脫落了【沽美酒】，故云。

地風】曲後註：「每多誤截【四門子】首二句增【刮地風】末二句。」、於【四門子】曲前註：「按【刮地風】、【四門子】二調自有定格，非如【醉花陰】、【喜遷鶯】首末差可移動，以唐宋詩餘爲解也。多有以【四門子】首三句作【刮地風】末二句者，此增彼減，殊亂體格，亟正之。」（頁38、42）

　　由此可知，曲段相連既久，有些前後隻曲可以上下挪移數句，有些則否，但到了清初，孰是孰否卻已界線泯滅、視聽混淆，便有了不該移而移、殊亂體格的情形，《廣正譜》編者亟力正之，即因如此。諸如此類的情形在全譜中頗爲常見，如：南呂【玄鶴鳴】和【烏夜啼】、雙調【七弟兄】和【梅花酒】等等。〔註70〕從這點亦可見出清初北曲套式規律產生變化的另一種情形。

三、煞曲與尾聲

　　接下來再從煞曲與尾聲的角度，觀察清初北曲的發展與變化。

（一）煞　曲

　　北曲中有相當數量的曲牌以「煞」爲名，多用於套式之末尾處，其名目之紛繁、格式之多樣，往往令人眼花撩亂、不知所以。葉慶炳先生在〈《北詞廣正譜》般涉【三煞】糾謬〉一文中清楚釐清其性質與種類，他說道：

> 在說明《廣正譜》的謬誤之前，必須就【煞】的種類及其異同作一個簡單的敘述。所謂【煞】這個曲牌，包括兩大類：其一是緊接尾聲之前的煞曲，如：正宮、南呂等煞。其二是尾聲的別名，如：【尾煞】、【煞尾】之類，有時僅一個煞字；或尾聲的特別格式，如仙呂的【賺煞】、雙調的【離亭宴煞】、商調的【浪來里煞】等。〔註71〕

〔註70〕《北詞廣正譜》南呂【烏夜啼】曲第三格下引錄元無名氏《鴛鴦冢》雜劇「你和他單絲不線」曲下註云：「首二句移在【玄鶴鳴】作尾者類多。按此二章首尾與黃鐘【醉花陰】、【喜遷鶯】多有挪移。【喜遷鶯】起句詩餘三字二句、四字一句不等，故增句可在【醉花陰】作尾，三字一句亦可在【喜遷鶯】作頭，必三字二句。【烏夜啼】詩餘恰好如此曲三句起，故四字二句止應在【烏夜啼】在（作）頭，不應在【玄鶴鳴】作尾，如四字二句亦可。」頁258；雙調【七弟兄】第二格後附「暗想當年」套註云：「謬增『呀』以下，是預支【梅花酒】，恐無此體。」「作詞者非敢以【梅花酒】作兩截也，北教師類不知牌名，不分斷落，其誰知【七弟兄】於何句止？【梅花酒】於何句起？作者想認爲別一詞所眩，故【七弟兄】則合二調爲一，【梅花酒】則分一調爲二耳。」頁639～640。

〔註71〕葉慶炳：〈《北詞廣正譜》般涉【三煞】糾謬〉，刊於《國立台灣大學文史哲學

可知「煞」有兩種，一指尾聲之前的「煞曲」，一即尾聲之別名。先就前者而言，葉先生緊接著說：

> 《廣正譜》所謂的【三煞】及本文所說的煞，都是屬於前一類的。
>
> 這一類的煞，習見的有三種，即正宮【煞】、南呂【煞】和般涉【煞】。

他並引用《北曲新譜》對這三種煞曲所訂的格式及實例，〔註72〕說明其「分屬各該宮調，從無錯亂；只有般涉【煞】可以借入正宮和中呂」；而葉文指出《廣正譜》所犯的謬誤，即將般涉調中另一名喚【三煞】的曲調，與代表次序第三的煞曲混為一談，致使《廣正譜》史無前例地在般涉【三煞】中洋洋灑灑分列十一格，事實上，《廣正譜》所列第二格實誤信錯簡，黃鐘本無煞曲；第四格為正宮【煞】，第三、五格皆為正宮【煞】之變格；第六格為南呂【煞】，第七、八、九格皆為南呂【煞】之變格；第十格即般涉【三煞】之本格；第十一格為【太清歌】附屬體，無涉煞曲。換言之：

> 《廣正譜》所謂般涉【三煞】十一格，歸根結蒂，要分為三項：應屬正宮的正宮【煞】、應屬南呂的南呂【煞】、和般涉【三煞】。《廣正譜》最大的謬誤是用冷僻的般涉【三煞】來統攝通行的正宮及南呂兩種煞，硬說人家是借來的，不惜變亂格式以遷就其說，並且還加上了好些纏夾不清的註語。（頁157）

此說一出，作為尾聲之前的三種煞曲始獲分門別類、各得其所，《廣正譜》自清初以來產生的謬誤至此撥雲見日，終得辨明。從另一角度來看，北曲煞曲發展到清初，已然錯綜複雜、撲朔迷離，《廣正譜》編者之變亂格式、纏夾不清，完全反映出當時三種煞曲彼此之間的界線模糊、格式錯亂，以致曲論家對於煞曲概念的訛誤、定義之未明。通過葉慶炳先生該文的分析，對於《廣正譜》中所反映出清初北曲煞曲的種種現象已能清楚掌握，應再無疑義。〔註73〕本文不再

報》第三期，台北：台大文史哲學報編輯委員會編，1951年，頁149～150。

〔註72〕葉氏一文根據《北曲新譜》歸納出北曲三種煞曲的格式，分別為：正宮【煞】十一句：七。。七。。四‧四‧四‧四。。四‧四‧四。。四（五）‧五。。（見《新譜》頁67～68）；南呂【煞】八句：七。。七。。七。。四‧六。。五。。七。。四。。（見《新譜》頁136～137）；般涉【煞】八句：三‧三。。七。。七‧七。。三‧四‧四。。（《新譜》頁207）

〔註73〕附帶一提的是，北曲煞曲除了正宮【煞】、南呂【煞】及般涉【煞】三種以外，還有極為少見的兩種：一為越調【煞】，在現存元人作品中，僅無名氏《赤壁賦》有一支，《廣正譜》題名為【隨煞】，列於尾聲之類，且與其他宮調之【隨煞】比較異同（頁566），然《新譜》考證該曲認為「原劇題【煞】，《正音》同。

贅述這一部份，接下來將討論焦點集中在「煞」的第二類──作爲尾聲別名的煞，藉以探討清初北曲尾聲的情形。

（二）尾　聲

1、北尾極其複雜

前引元代曲論家芝庵《唱論》所云「成文章曰樂府，有尾聲名套數」，可知「尾聲」是北曲聯套的組成要素之一。南曲聯套亦有「尾聲」，但和北曲相較，南曲尾聲顯得簡單得多；〔註74〕北曲尾聲不僅名目繁多、體裁亦多不同，顯得更爲五花八門、琳瑯滿目，試看歷代曲論家所言：元芝菴《唱論》又云：

> 全篇尾聲有【賺煞】、【隨煞】、【隔煞】、【羯煞】、【本調煞】、【拐子煞】、【三煞】、【七煞】。〔註75〕

明王驥德《曲律・論尾聲第三十三》云：

> 尾聲以結束一篇之曲，須是愈著精神，末句更得一極俊語收之，方妙。凡北曲煞尾，定佳。〔註76〕

清《九宮大成北詞》〈凡例〉：

> 北調煞尾最爲緊要，所以收拾一套之音節，結束一篇之文情。宮調既分，體裁各別，在仙呂調曰【賺煞】、在中呂調曰【賣花聲煞】、

原劇此曲後另有【尾聲】，蓋與正宮、南呂諸煞同其性質。」（頁276），此煞僅見此劇，應爲偶然之筆：一爲商調【高平煞】，見於無名氏「一聲杜宇」套者《新譜》考證「此章用【高平調】尾兩句冠於【高過浪來里】之首而成，照例緊接【尾聲】之前，其性質與正宮、南呂、般涉、越調諸煞相同。」又一體見於楊景言「景蕭索」套者《新譜》考證「此章《摘艷》題【浪來里煞】，《雍熙》題【高平調尾】。兩本俱至此爲止，其下無【尾聲】。但據《廣正》所載，實另有【尾聲】，然則此章既緊接【尾聲】之前，又與【高平煞】大同小異，證以《廣正》題名，其爲【高平煞】之別格無疑。」（頁242～243）可知越調與商調均有偶然出現的煞曲，以其極爲少見，故不列入上述三種煞曲之討論。

〔註74〕例如：前一章所云張大復在《寒山堂曲譜》〈凡例〉中說：「尾聲定格，本是三句、二十一字、十二拍，不分宮調，皆是如此。金董介元《西廂記》及元人北劇皆然，其由來之久可知。後世遂有【三字晃煞】、【凝行雲煞】、【收好因煞】等等名字，實皆由正格變來，原不足辯。但以其沿用日久，姑另立一卷，附於譜末，實則俱可通用，某宮調必用某尾聲格者，此故作深語欺人，不須從也。」頁637。張氏尾聲通用說尚待商榷，但南曲尾聲確實如他所言，格式較爲固定、用法上相對簡單。

〔註75〕〔元〕芝菴：《唱論》（前揭書），頁160。

〔註76〕〔明〕王驥德：《曲律》，收入《中國古典戲曲論著集成》第4冊（北京：中國戲劇出版社，1959年），卷三〈論尾聲第三十三〉，頁139。

在大石角曰【催拍煞】、在越角曰【收尾】，諸如此類，皆秩然不紊。

（第一冊，頁 74～75）

可知北套尾聲之重要性與複雜程度。

　　前引附錄二〈《北詞廣正譜》所收曲調分類〉表中，可以初步見出《廣正譜》各宮調所收尾聲曲牌為何、出入各宮調之某曲牌應歸入何調，然此表分析對象為《廣正譜》，其意義在於呈現清初曲譜編者對於北曲尾聲的理解與認知，而未能呈現元代北曲尾聲的原貌；為此筆者進一步依據《北曲新譜》對於每一支元代北曲曲牌的格式分析與說明，參以《北曲套式彙錄詳解》，整理出其中尾聲曲牌的部分彙製成表，以全面觀察元代北曲尾聲之樣態，並據此和《廣正譜》所收者比較異同，藉以探討清初北曲尾聲較諸元代有何發展與變化，請參見附錄四〈《北曲新譜》所見北曲尾聲種類彙整表〉。

2、北尾的類型

　　首先談到尾聲的類型。俞為民在《曲體研究》中說道：北曲尾聲的名稱雖然很多，但從北曲尾聲的文體結構與樂體特徵來劃分，可以分為兩大類：一類是本調類尾聲，一類是以曲調代作尾聲的。在本調類尾聲中，也可分為兩類，即一是句式固定，全篇尾聲皆為四句或三句，如：正宮【尾聲】、雙調【收尾】等；另一類是句式不規則、可增損者，如：黃鐘【煞尾】、中呂【煞尾】、南呂【煞尾】等。曲調兼作尾聲者也可分為分為兩類：一是本調，如：中呂【賣花聲煞】，實即【賣花聲】；二是集曲。集曲類尾聲通常是曲調與尾聲的集曲，如：黃鐘【神仗兒煞】前六句為【神仗兒】，後二句為【尾聲】；正宮【啄木兒煞】前二句為【啄木兒】，後三句為大石調【隨煞】等。〔註77〕俞氏所言大抵不差，亦大致囊括北曲尾聲的幾種類型，〔註78〕據此觀察清初

〔註77〕俞為民：《曲體研究》（前揭書），頁 207～208。

〔註78〕但筆者仍提出幾點稍作討論：首先，俞氏將本調類尾聲再區分為二，是以句式可否增損為標準，然而，曲調兼作類尾聲仍有可以增損字句者，如：南呂【黃鐘尾】及其增句體、大石調【玉翼蟬煞】；其次，曲調兼作類尾聲之第一種「本調」者，事實上是本調加上另一種尾聲而成，如俞氏所舉中呂【賣花聲煞】，並引用《九宮大成》注云「【賣花聲煞】與【賣花聲】同」恐非，因【賣花聲】第二句為七字、而【賣花聲煞】則需作七乙，《廣正譜》便將此調分作【隨煞】全三句加上【賣花聲】後三句始成，並註「【隨煞】，大石【隨煞】」；再其次，曲調兼作類尾聲不止兩種，還有其他幾種情形，第三種情形為：尾聲加尾聲，如：南呂【黃鐘尾】為南呂【隔尾】首兩句、中間加上三字句若干不拘、黃鐘【尾聲】末兩句作結；南呂【隔尾】增句體《廣正譜》

北曲尾聲，可以發現並沒有太大的差異，也就是說，元代所出現的北曲尾聲類型，大多數被繼承沿用到清初，清初也沒有創發出新型態、新組合方式的尾聲曲牌。如此說法，並不代表清初北曲尾聲較諸元代停滯不前、無有異同，而是指出：清初北曲尾聲的發展與變化不在於開發新類型尾聲曲牌，而在於既有曲牌的變體衍生以及曲牌區隔日趨混淆模糊，前者體現出量的增多、後者則意味著質的變異。

3、既有尾聲的變體衍生

首先就既有曲牌的變體衍生以致曲牌數量增多一點來看，從附錄四彙整表中以「※」標示《廣正譜》有收而《新譜》未收者即可看出，增出者多爲既有曲牌的變體，如：

仙呂宮【賺煞】《廣正譜》所錄第二格之後又錄「暢道」四格、且增錄第三格，之後又依「字、句、聲、韻」而列【賺煞】多曲變格（頁221～228），如此一來，《新譜》原本所收仙呂【賺煞】只有正體及其又一體兩支例曲，到了《廣正譜》就增出三格及其變格甚多支了。再如：仙呂【後庭花煞】，《廣正譜》多收第三、四格；中呂【尾聲】，《廣正譜》多收第三格；雙調【鴛鴦煞】，《廣正譜》多收第三、第五格、【離亭宴煞】《廣正譜》多收第三格、【離亭宴帶歇指煞】《廣正譜》多收第二三格等等。由此可知，清初北曲雖然沒有出現新型式的尾聲曲牌，卻出現了不少的變體。

4、曲牌區隔日漸模糊

再就尾聲曲牌彼此之間的區隔日趨混淆模糊來看，此點從附錄二〈《北詞廣正譜》所收曲調分類〉中標示出來的尾聲曲牌常被歸入他調即可見出，然而，這究竟是怎麼一回事呢？根據附錄四〈《北曲新譜》所見北曲尾聲種類彙整表〉的進一步分析，及表中以「◎」標示出《廣正譜》所收而《北曲新譜》認爲改歸別章者來看，筆者鄙意以爲：

到了清初，曲譜編者對於尾聲曲牌的概念與界義已然紊亂，以致於對曲牌彼此之間的區隔日趨模糊而有互相出入的現象，此現象反映爲四種情形：

（1）名同實異

從前引元代芝菴《唱論》、清代《大成・北詞宮譜》〈凡例〉諸語可見，

題作【隔尾黃鐘煞】，即是【黃鐘尾】首至六、【隔尾】三至五、【黃鐘尾】末句。第四種情形爲煞曲加尾聲，如：正宮【煞尾】即是正宮【煞】首兩句、中間七字句若干、正宮【尾聲】末句。

北曲尾聲名目極其繁多錯綜，但若深入考察它們的格式，將會發現其中有很多「名」「實」之間未盡相符的複雜現象，首先說明名同實異者，即尾聲常常出現同樣的曲牌名，但實際上它們分屬不同宮調、具有迥異格式，鄭因百先生〈《太和正音》、《北詞廣正》二譜引劇校錄〉一文即說：

> 蓋北曲習慣，無論何種尾聲，皆可以【煞尾】、【尾】、【尾聲】等名通稱之也。〔註79〕

即如：【尾聲】，黃鐘、正宮、中呂、小石調、般涉調、商角調最常使用的尾聲曲牌均同樣名為【尾聲】，但它們各自具有不同的格式；仙呂【賺煞】、南呂【隔尾】、商調【隨調煞】、越調【收尾】又同時以【尾聲】為其異名，它們之間和上述諸曲同樣分屬不同曲牌。再如：【煞尾】，同時出現在黃鐘【尾聲】、仙呂【賺煞】的異名以及正宮之中。再如：【隨煞】，本為大石調最常使用的尾聲曲牌名稱，但後來南呂、雙調又出現同名尾聲曲牌，越調【收尾】又可稱為【隨煞】，於是同一名稱分屬四支不同曲牌。再如：【收尾】，同為越調及雙調最常使用的尾聲曲牌名稱，又是黃鐘【尾聲】的異名，又出現為正宮另一少見的尾聲曲牌，《新譜》即云：「兩章句法大異，乃同名異調，北曲以【收尾】名者固不止一兩章也。」（頁 74）事實上不止【收尾】，上述所舉諸例均是名同實異的「同名異調」，可知北曲尾聲名目之錯綜出入。

（2）名異實同

　　與上述相反，「名」「實」之間未盡相符的另一種情形，是北曲尾聲往往擁有諸多異名，名目雖則不同，往往指稱的卻是同一支曲牌，例如：大石調【淨瓶兒煞】，《廣正譜》註云：「即中呂【啄木兒煞】，詞見中呂。」。再如：南呂【隔尾】的增句體，《廣正譜》另題作【隔尾黃鐘煞】，分析為【黃鐘尾】首至六、【隔尾】三至五、【黃鐘尾】末句；【黃鐘尾】的增句體，《廣正譜》另題作【收尾】；【賺煞】又一體，《廣正譜》另題作【隔尾賺煞】。再如：正宮【煞尾】，《廣正譜》題作【隨煞尾】，註云：「即黃鐘、南呂【隨尾】。」，在南呂卷所收【隨尾】處，則註云：「亦入黃鐘，即正宮【隨煞尾】。」上述諸例均是出現在《廣正譜》中，以不同的名稱來指稱實際相同的曲牌或其變體，由此可知到了清初，北曲尾聲的曲牌名稱有孳生異名以代稱同調的複雜現象。

〔註79〕鄭因百先生：〈《太和正音》、《北詞廣正》二譜引劇校錄〉，收入氏著《景午叢編》（前揭書），上冊，頁 353。

（3）不同於上述名實之間的異同問題，而是雖然是同名同實的曲牌，卻出入於不同的宮調，例如：

黃鐘【神仗兒煞】，《廣正譜》又收入南呂卷，註云「調本黃鐘」。正宮【煞尾】正格，《廣正譜》又收入大石調卷，註云「調本正宮」；其又一體，《廣正譜》又再收入南呂及中呂卷。正宮【啄木兒煞】，《廣正譜》又收入中呂卷。中呂【尾聲】，《廣正譜》又收入越調卷，註云：「本中呂。」以上諸例所指稱的曲牌均同名同實，但從《廣正譜》的註語可知，它們本來是歸屬於某宮調，但一向可以出入於其他宮調；到了清初，這些曲牌反而「樂不思蜀」經常使用在出入的其他宮調之內，使得曲譜編者也將它列入其他宮調，而用附註說明其「出身來源」。這樣的現象，顯示出清初某些尾聲曲牌的宮調歸屬，有了出入頻繁、甚且主次顛倒、歸屬模糊的情形。

（4）異名異實卻誤以爲同一支曲牌，亦即不同的曲牌卻互相混淆夾雜，如：

大石調【賺煞】，《廣正譜》題作【帶賺煞】，又分析爲【賺煞】首二句、【好觀音】二句、【賺煞】末四句。然而一經比對【好觀音】格式，卻不相符，是以《新譜》認爲《廣正譜》之說出於臆測，實乃訛誤。連帶地同卷【催拍子帶賺煞】，《廣正譜》視爲【帶賺煞】第二格，分析爲【賺煞】首兩句、【催拍子】十六至十八、【賺煞】後四句，註云「中三句【催拍子】」，格式雖然無誤，但《新譜》認爲既然【帶賺煞】之名根本不合，「自無所謂第二格。」（頁193）又如：《廣正譜》大石調所收【隨煞】，註云「即黃鐘【尾聲】」，但《新譜》考察兩調格式，發現「此兩尾句法雖同，末句平仄不同。」（頁190）尾聲末句平仄極爲重要，已見前述，可見此兩尾不宜視爲同一支曲牌。

綜上所述，可知清初北曲尾聲或因名實異同、或因宮調出入、或因格式未明等問題，而有曲牌之間的區隔日趨模糊混淆、複雜訛亂的現象，此現象反映出尾聲曲牌實質上的變異，不再依循傳統舊規，而有眾多變體滋生、各種異名增長、宮調歸屬凌亂、格式日漸未明等情形，這和清初煞曲彼此界線糾結、纏夾不清的現象是如出一轍的。

小結——清初蘇州北曲發展變化之方向

近代曲學家吳梅在〈《元詞校律》序〉中說：

夫北詞之難訂，世人謂難在正襯，實則匪獨正襯也。【混江龍】、【後

庭花]、【青歌兒】之增句，【六么序】、【梅花酒】、【道和】之格式，
般涉正宮之煞曲，繁簡不殊，比附不一，乍見之未有不斂手也，而
實皆有端倪可尋也。〔註80〕

這段話指出了治北曲者常須面臨幾個棘手的問題：「正襯」關乎北曲變化莫測
的格式、「增句」關乎字句不拘可供增減的曲牌、【梅花酒】等曲涉及套式中
連用曲段的體格損益、煞曲與尾聲之間則有名實異同的糾葛……凡此種種，
實可歸納為兩大重心，一為北曲格式變化的因素，一為北曲嚴謹有序的聯套
規律。本章以清初李玉等人所編《北詞廣正譜》為文本對象，探討清初蘇州
北曲之發展與變化，即著眼在研治北曲的兩大重心，以此為主軸進行問題的
探討，企能直搗黃龍、得探驪珠。

　　經過全章的討論，可知清初《北詞廣正譜》編目錄、輯套數、分劇散、
列變體，堪稱篇幅整齊內容周全；別正襯、附板眼、標韻句、評注語，誠然
態度謹慎作法詳實，整體而言，其在曲牌的收羅與整理、曲文的分析與歸納、
體例的建立與完善、內容的補充與開拓等方面，均有相當的貢獻，而其刪平
仄、增板式，更顯示出清初曲譜由格律譜向音樂譜的過渡。凡此種種，均可
說是《廣正譜》於北曲譜史上，佔有相當份量的成就。

　　而這樣的成就出現在去元已遠的清初蘇州地區，適足以提供給後人探討北
曲從元代流播到清初時，所產生的發展與變化，於是本章以鄭因百先生研究元
代北曲的心血結晶《北曲新譜》、《北曲套式彙錄詳解》為北曲原貌，參照其他
諸譜，比較研讀《廣正譜》全書內容，針對上述兩大重心，進一步深入探討下
列問題：影響北曲格式方面，從前輩學者所提出增襯字、增減句等方面擴及平
仄、韻協、對偶、乃至板式；北曲聯套規律方面，從整體的套式類型分析、到
個別的曲段與隻曲探討、再總結到煞曲與尾聲，盡量以提綱挈領的方式，將北
曲令人「乍見之未有不斂手」的複雜問題，整理出「可尋」之「端倪」。

　　筆者不揣簡陋，在探討了全章問題之後，鄙意以為從清初北曲譜之代表
《北詞廣正譜》觀察蘇州地區北曲發展與變化的方向，有以下幾點：

一、尤重審音度律之曲學層面

　　前文第一節曾經提到《北詞廣正譜》是由徐于室、鈕少雅、李玉、朱素

〔註80〕吳梅：〈《元詞校律》序〉，前揭文，頁1008。

臣等人前後積累、通力合作而成，這些編者均擁有極高的音樂素養：曾爲《南曲九宮正始》作序的吳亮中說「雲間徐子（按：應作「于」）室先生，殆詞家龍象也；吳門鈕翁少雅，則又律中鼻祖矣。」〔註81〕錢謙益爲李玉《眉山秀》所作〈題詞〉則謂「元玉上窮典雅、下漁稗乘，既富才情、又嫻音律，殆所稱青蓮苗裔、金粟後身耶！」〔註82〕朱素臣則曾與吳綺、沈德潛等人宴前度曲吹簫，〔註83〕可知均是深諳曲律的戲曲音樂家，他們編著《廣正譜》時很明顯地透露出曲律的重要性大於語詞、即是站在音樂的角度而非文學的角度來編纂曲譜：

首先從平仄方面來看，元代周德清《中原音韻》多偏重在用字選詞的平仄分配，但《廣正譜》雖然刪落逐字標注，卻多提及末句的平仄分配，尤其是韻腳字的平仄，如：「末句必要平平上去平，仄平平去平亦可」（頁250）、「末句平煞。末三句煞須去去平，方與【罵玉郎】平平去別」（頁251～252）韻腳平仄分配首要關係者即該曲的語言旋律及音樂旋律，諸如此類的評注在譜中唾手可得，可見其重視音律的程度。

再從增句方面來看，前述《廣正譜》對於增句的關注，多集中在位置、形式、數量等方面，而這些方面首當其衝影響的就是唱法的問題，如：仙呂【青哥兒】字句不拘可供增損，《廣正譜》以王實甫《西廂記》「都一般啼痕渥透」曲爲增句格，其中之疊字增句，編者評云：「既非本格，又是惡腔，習以成俗，切戒切戒！」（頁182）可知《廣正譜》編者雖然批判當時流行的疊句唱法，卻透顯出增句影響唱法、唱法反映時俗的情形。

再從板式方面來看，近代曲論家王季烈在論及板式時首先提到「板於曲之節奏，關係至重，故製譜者首須點定板式，⋯⋯不先定板式，無從定腔格也。」〔註84〕前引吳梅也說「文字之多寡爲板式之疏密，而其聲即隨之爲轉

〔註81〕見《南曲九宮正始》吳亮中〈序〉，收錄於蔡毅編著：《中國古典戲曲序跋彙編》（前揭書），第一冊，頁88。

〔註82〕見見《眉山秀》錢謙益〈題詞〉，收錄於蔡毅編著：《中國古典戲曲序跋彙編》（前揭書），第三冊，頁1471。

〔註83〕見：吳綺：《林蕙堂全集》卷十九〈九月六日偕周匏葉、劉秀英、朱素臣、舒奕蕃、家大章小集克敏堂分韻〉、沈德潛《歸愚詩鈔》卷十〈凌氏如松堂文宴觀劇〉、范逸〈月夜聽項子儀度曲、朱素臣吹簫〉詩收入《松江詩鈔》卷十三，以上可參見康保成：《蘇州劇派研究》（廣州：花城出版社，1993年），附錄〈蘇州派部分作家的生平史料〉，頁186～194。

〔註84〕王季烈：《螾廬曲談》（台北：台灣商務印書館，1978年），卷三〈論譜曲・第

移。又上下板移易處，歌者高下閃賺，極聲文之美，此又隨曲聲之勢變爲準者也。」可知板式和音樂之間密切的關係。《北詞廣正譜》身爲第一部標點板眼的北曲譜，除了透露出清初由格律譜轉往工尺譜的過渡痕跡，同時也是揭櫫了蘇州曲學家們對於北曲的關注，已遠遠超越了周德清時代講究用字選詞、平仄陰陽的文學層面，而是進入了審音度律的曲學層面。

二、北曲內在規律已渺不可知

前文屢次提到，無論是曲牌格式或者聯套規律方面，清初北曲在表面上的大原則、大方向似乎均繼承前代特色，沒有極大的落差或者歧異；然而，事實上若深入探討，則可以發現，清初北曲的內在規律實已悄然消解終至渺不可知：

首先從增句來看，前文比對《中原音韻》、《正音譜》、《廣正譜》所錄「字句不拘可供增損」的曲牌，並無太大增減；然而，進一步比較諸譜卻可以發現《廣正譜》所收增減句的例句大幅增多，增損方式也大幅變化，既有成規已快收縛不住，正朝著極爲開放、恣意的方向發展，可謂處於發展鼎盛、而又即將凋零衰落之前的轉捩時期。

再從所收曲調的種類來看，《廣正譜》大部分承襲了前二譜而有所增加，然而其中卻收入了應被剔除出「北曲」範疇的諸宮調，甚且應屬詞牌、南曲的曲牌。眾所周知，諸宮調是從「詞」到「曲」蛻變時期的作品：〔註85〕劉知遠《白兔記》諸宮調最早，最接近詞；董解元《西廂記》居中，恰爲詞到曲的過渡；王伯成《天寶遺事》諸宮調最晚，最接近北曲形式，但仍非北曲而是說唱形式的諸宮調。《廣正譜》頗常引用董、王諸宮調之例曲與套式，顯示出清初曲論家對於「北曲」的概念與認知，以元代北曲的標準審視之，已然錯亂謬誤，換句話說，清初北曲的內涵產生了質變而崩解模糊。

二章論板式〉，頁2。

〔註85〕可參見鄭因百先生《北曲新譜·凡例》：「劉知遠、董西廂等諸宮調，向被視爲北曲，實則爲北曲初興時南北曲與詞之混合體，故其體製規格或純粹之北曲每有不同，說詳拙著《景午叢編》下集〈《董西廂》與詞及南北曲的關係〉文中。」（頁1～2）；在〈《董西廂》與詞及南北曲的關係〉一文中則說：「《董西廂》是一部從『詞』到『曲』蛻變時期的作品，也是南北曲將分未分時的作品，上接唐宋詞，下開元明曲，承先啓後，綜括南北，爲詞曲史上一大樞紐。」收入《景午叢編》（前揭書），下冊，頁381。

再從各宮調套式與曲段來看，從元代到清代北曲各宮調的整體特性並沒有大幅度的變化，如：仙呂宮曲段多、越調簡單規矩、雙調次序不固定……等，然而清初北曲套式卻多集中在元代特殊、罕見的類型，甚且出現元代所無、清初卻被視爲範式的套數；原本結構緊密、必要使用的曲段用曲，也隨著時代的遷移，出現了鬆動散落的情形。

再從煞曲與尾聲來看，《廣正譜》誤將相沿日久的正宮、南呂、般涉三個宮調的煞曲，與般涉調【三煞】曲牌相混淆，以致般涉【三煞】出現史無前例的十一種變格，即是清初三種北曲煞曲界線模糊、歸屬錯亂之反映；清初北曲尾聲幾種類型大抵繼承前代，並無創新開展，然而，既有曲牌卻衍生出多曲變體，彼此之間的區隔日益紛亂難辨，或者名異實同、或者名同實異、或徑出入宮調主次顛倒、或名實兩異卻扭作一調者，凡此種種不煩再舉。

上述各種複雜訛亂的情形，均指出北曲內在規律的漸次消解，清初曲家雖極力探究或者保存蒐羅，實際上與元代北曲原貌已大異其趣，清初北曲之內在規律實已渺不可知。

三、北曲崑山水磨調化

清初蘇州北曲內在規律漸次消解終至渺不可知，事實上是受到整個時代環境的影響而產生的質變，此「質變」一言以蔽之，曰「崑山水磨調化」。

筆者在前文第壹章中曾經梳理清初蘇州地區所流行的戲曲腔調，其中來自北方的弦索調事實上即元代的北曲，在明中葉以後由張野塘等位曲師傳入蘇州，在魏良輔等位音樂家的悉心研習琢磨之下，「更定弦索音，使與南音相近」，終於使得「吳中『弦索』自今而後始得與南詞並推隆盛矣。」〔註86〕這裡的「南音」、「南詞」，實際上就是魏良輔等人所創發提升的「崑山水磨調」。換句話說，自明中葉以來傳入蘇州地區的北曲，早已在耳濡目染之下深受崑山腔影響，在明末尚且能保有自身體質而與「南詞」齊頭並進、並推隆盛；但到了清初，此「崑山水磨調化」日益浸染，終至崩散瓦解了北曲內在的規律，使得清初蘇州北曲呈現和元代北曲大異其趣之貌。

關於此點，茲以《廣正譜》於北曲譜史上首創的板式爲例說明：明魏良輔《曲律》云：

〔註86〕引語分別出自清初葉夢珠《閱世編》卷十〈紀聞〉、明沈寵綏《度曲須知》中「弦索題評」條，參見第一章第二節。

> 北曲與南曲，大相懸絕，有磨調、弦索調之分。北曲字多而調促，
> 促處見筋故詞情多而聲情少。南曲字少而調緩，緩處見眼，故詞情
> 少而聲情多。北力在弦索，宜和歌，故氣易粗。南力在磨調，宜獨
> 奏，故氣易弱。〔註87〕

可知南曲字少音多、北曲字多音少，體質本來不同，此異同處反映在板式上，
便是前引明王驥德《曲律》卷二第十九條所云：「北曲配弦索，雖繁聲稍多，不
妨引帶。南曲取按拍板，板眼緊慢有數，襯字太多，搶帶不及，則調中正字反
不分明。」然而，前文提及清初《北詞廣正譜》雖然首創北曲附點板眼，卻不
免於「點板過密」之病，此病因追根究柢即「崑山水磨調化」，即以崑腔的板式
去規範北曲，原本北曲活板靈動自如，襯字即便再多，也能引帶過去；一旦將
襯字視為正字、進而點上實板之後，便使得曲文字數過多，喧賓奪主、搶帶不
及。前文提到《廣正譜》全書以襯作正、附點板式之處甚多，均反映出清初北
曲崑山水磨調化的趨勢，如此趨勢焉能不使北曲內在規律發生質變與消解？明
末蘇州音樂家沈寵綏即屢屢發生感嘆，其《度曲須知·曲運隆衰》云：

> 蓋自有良輔，而南詞音理，已極抽秘逞妍矣。惟是北曲元音，則沈
> 閣既久，古律彌湮，有牌名而譜或莫考，有曲譜而板或無徵，抑或
> 有板有譜，而原來腔格，若務頭、顛落、種種閒採子，應作如何擺
> 放，絕無理會其說者。……至如弦索曲者，俗固呼為『北調』，然腔
> 嫌嫋娜，字涉土音，則名北曲而曲不真北也，年來業經釐別，顧亦
> 以字清腔徑之故，漸近水磨，轉無北氣，則字北曲豈盡北哉？〔註88〕

晚於李玉的清徐大椿《樂府雜錄·源流》則云：

> 至明之中葉，崑腔盛行，至今守之不失。其偶唱北曲一二調，亦改
> 為崑腔之北曲，非當時之北曲矣！〔註89〕

明白揭櫫入清以後的北曲已是「崑腔之北曲」，亦即「崑山水磨調化」了！可
知清初蘇州北曲發展，已然朝著不可違逆的崑化方向駛去。

　　職是之故，李玉等蘇州戲曲家所編《北詞廣正譜》，雖然攀登上北曲譜史

〔註87〕〔明〕魏良輔：《曲律》，收入《中國古典戲曲論著集成》第 5 冊（北京：中
　　　　國戲劇出版社，1959 年），頁 7。
〔註88〕〔明〕沈寵綏：《度曲須知》，收入《中國古典戲曲論著集成》第 5 冊（前揭
　　　　書），頁 198～199。
〔註89〕〔清〕徐大椿：《樂府傳聲》，收入《中國古典戲曲論著集成》第 7 冊（前揭
　　　　書），頁 157。

最高最遠的成就，但同時，也標示著北曲自此已如日暮西山，乾隆年間出現的《九宮大成北詞宮譜》，儼然是南曲體格的北曲譜了。由此看來，清初北曲正處於新舊交替之前的過渡時期，是在乾隆年間全然崩解之前的迴光反照，清初之後已是夕陽無限好！